# 平安稻谷

「字码头」读库·辽宁舰

◎周建新 著

大连出版社
DALIAN PUBLISHING HOUSE

# 周建新

满族，1963 年冬月生于辽宁兴城。现为辽宁省作家协会副主席、创联部主任。20 世纪 80 年代开始文学创作，著有长篇小说《老滩》《大户人家》等八部，在《当代》《十月》等文学期刊发表中篇小说百余篇，作品多次被《小说月报》《小说选刊》《新华文摘》《中华文学选刊》等选载，多次入选年度文学选本。小说多次获得辽宁文学奖，入围第三届鲁迅文学奖。

# 目录

PING'AN DAOGU

# 平安稻谷

## 一

公元 1945 年 8 月 15 日，酷暑难挨。

我爷爷周安顶着草帽，拎着铁锹，赤着泥脚，踩着湿漉漉的水渠，冒着炎炎烈日，一畦接一畦地挖开田埂，耐心地给稻池灌水。

伏天里，龙王偷了懒，降水不勤。立秋后，老天敞开蓝瓦瓦的大脸，任太阳无遮无拦地烤。村外的水泡子瘦了，喜水的三棱草蔫了，庄稼的颜色也不翠绿。旱地作物尚算可以，穗粒饱满地渡向成熟，只欠白露前一场透雨。水田却不行，稻秧茂盛地抽穗，正需水满肥足，却眼瞅着埂干水枯，秧蔫头垂。

我爷爷坐不住了，生怕毒日头烤干稻池，烤黄稻秧，毁了收成，没等吩咐，自己跑向稻田，甩开膀子，引水入渠。

很早以前，稻田曾是我们家的荒甸子，我爷爷贪图那片苇子，买了下来。天寒地冻时，我爷爷踩在冰上，割下苇子。我奶奶在家，编成各种图案的席子，卖给城里讲究的人家，有模有样地铺在房子的檩木之上，既好看又干净。

后来，这里变成了稻田，就不归我们家了，水田为日本人专属，“满洲人”不许拥有，于是，田的主人成了犬冢一郎。十年前，他带着开拓团，扛着枪，来到辽西古城——兴城，到处寻找风水宝地。走到城西十几里远的羊安堡，打了个尖，又往村南踅摸了一圈，驻足在龙河北岸。望着长满芦苇的荷泽之地，眼里放出贼亮的光。

从此，我们家与芦苇的缘分就尽了。

本来，日本人的眼光和我爷爷没有关系，荒甸子出不了一升半斗的粮，卖苇席子的钱顶多换出半年的油盐酱醋，占就占去了吧，没有和日本人计较。我们是本分人家，不想惹麻烦，躲还来不及呢。更何况我们家的生活比较殷实，养着一挂三套马车，住着七间粗梁抱柱的房子，种着十几垧平川好地，不在乎每年少了几车苇子。可是，我爷爷还是让日本人盯上了，逼着给他们打头扛活。

农家院里的活儿，我爷爷是样样精通，本可以万事不求人，根本不需要给日本人扛活养家糊口。村里的保长曹振东一个劲儿地向犬冢一郎举荐我爷爷，称让周安当扛活的把头，在荷泽之地填沟清淤，铺泥修渠，挖出百亩良田，那是不二人选。

日本人选把头，精明极了，保长举荐了，也不完全相信。犬冢一郎亲自到我们家考察，眼睛隔着大门，只往我们家院子一扫，就圈定了我爷爷。我们家的院子，家什农具摆放得特别讲究，到处都是我爷爷心灵手巧的痕迹，哪怕挂在墙角的簸箕，悬在牲口棚里的马鞍子，都是与众不同地妥帖。这样的好把式，他们怎肯放过?

许多年过后，我爷爷九旬寿终，人们还在夸，打有村子起，三百多年了，没出过这么巧的庄稼把式，赶车扶犁，点种育秧，割地打场，舂米磨面，砌墙盖房，烤烟酿酒，喂猪养羊，周安老爷子无所不精，无所不长。即使是扎扫帚、锔大缸这等不常干的活计，也是手拿把掐。只要是庄稼活儿，让老爷子搭上一眼，准是行家里手。

可是，我爷爷却没给曹保长面子，拒绝给日本人开荒种稻。其实，我爷爷并没有那么强烈的民族气节，也不是对日本人恨之入骨，更不是丢了荒甸子心里难受，他很简单，干活儿吃饭，过与世无争的平常日子。他之所以拒绝，是因为没见过稻谷，更不懂稻田为何物，怕丢了手艺。

我爷爷越是不肯，日本人越是要我爷爷。曹保长本来就讨厌我爷爷一副死脑瓜骨，咋拍都不开窍，哪怕是给保长家杀猪宰羊，仍像到平常百姓家，斤是斤两是两地拎回顶工钱的肉份子，惹得保长好没面子。曹保长正愁没缝下蛆呢，趁此机会，借着日本人的手，让我爷爷“明白明白”，硬说我爷爷私藏枪支，送进了县城的大牢，让我爷爷和日本人计较去。

日本人的牢房，可不是闹着玩的，过一次堂就是一次死里逃生。我爷爷从阎王爷的手缝里挤出来好几回，老虎凳、辣椒水尝了个够，愣是没明白，咋就成了反满抗日分子，当然，也不知道招供了就少挨打的道理。

倒是我爷爷的哥哥，我大爷爷周平，脑子灵活。大爷爷在城里开了间名为“德号昌”的杂货铺，朋友多，见识也广，花钱找了个明白人，锯了两截钢管，权当枪管交了，还替我爷爷向日本人承诺，给开拓团当把头，别说是开一百亩水田，就是一千亩，也是理所当然，大东亚共荣嘛。

大爷爷貌似奴颜婢膝的谦卑，换回了我爷爷的命。我爷爷出来时，还挺着脖颈说，我没有反满抗日。大爷爷照着我爷爷的脖颈就是一巴掌，训着我爷爷，忘了咱妈是咋说的？

我曾祖父逝于第二次直奉大战，死前发过一笔战争财，据说是贩卖粮草，也卖情报。血淋淋地从水上长城九门口拉回家，只给曾祖母留下一句话，平安是福。我曾祖母谨遵这句话，把两个儿子改名为周平、周安。

那一天，我爷爷周安在我曾祖母的安慰下，安定了下来，垂着头，被保长曹振东牵到了犬冢一郎的尖顶房子里，聆听翻译官喋喋不休地传授如何开垦稻田，如何育秧，如何插秧，如何浇灌，如何施肥，直到如何收割脱粒。

也许，我爷爷天生就是禾苗的奴隶，庄稼的贱种，筑过拦截龙河的水坝，修了阡陌纵横的水渠，看到秧苗绿茵茵地长在了水里，就喜欢上了，不由自主地让犬冢一郎这个日本人套上了笼头，而且一套就是十年。甚至自己家的庄稼都耽搁了，日本人的稻田里，却找不到一棵稗子。日本县长放过狠话，稻子减产一斤，村里每户人家必须多交十斤出荷粮，否则就是经济犯。

精耕细作的稻子，稍有疏忽，就减产个百八十斤，每家每户就得多交千八百斤的出荷粮，田少地薄的人家就得卖儿卖女度饥荒。我爷爷害怕极了，竭心尽力地侍候稻田，唯恐自己一时不慎，让村里饿死人，瞪圆了眼睛看稻苗，直至籽丰粒满，颗粒归仓，才松下一双劳累的腿。

我爷爷把自己变成了牛。

日头偏西，暑热不消，满世界的知了吵成一团。好在坝高渠宽，水流顺畅，一畦接一畦的稻田很快灌满，我爷爷这才感觉到，身子被日头晒得发烫，汗也快流干了。可他看到灌过水的稻秧，全都挺直了腰身，心里便一片清凉。眼瞅着稻穗越抽越大，越长越沉，再过四五十天，又是一个丰收的年景，村里人再也不用担心多交出荷粮了。这么一想，我爷爷甚是欢喜，也像这稻秧一样，伏在水里，洗了个透彻。

我爷爷总是这样，喂饱了猪，喂饱了羊，喂饱了牲口，侍候完了庄稼，才猛然想起，自己已是口干舌燥，肚子饿身子乏了。

清爽过自己，我爷爷迈开步子，向犬冢一郎居住的尖顶房子走过去。那是座白墙红瓦的尖顶房，单独矗立在碧绿的原野中，格外醒目。房前，有一根高耸的旗杆，每天太阳升起的时候，犬冢一郎总是隆重地走出尖顶房，将一面太阳旗高高地升过房顶，直至太阳升至一竿子高，犬冢一郎还在凝视那块破布。天上的太阳和旗上的红圆圈重合了，我爷爷便会不由自主地打个冷战，一种恐惧感油然而生，他觉得旗上的红圆圈渐渐地活了，飞扑下来，张开血盆大口，将他一口吞噬进去，骨头都不剩。

没有风，没有云，湛蓝的天上，孤独的白日正在西垂，还有那座尖顶房，也是在原野上孤独地立着。旗杆上的那面旗，不知啥时滑落下半截，无精打采地垂着。除了知了在无知地吵闹，世界静得要死。正向尖顶房走过去的我爷爷，丝毫没有意识到，此时的犬冢一郎，对稻田的丰收与否，已兴致全无。因为，世界正在天翻地覆。

我爷爷洗净泥脚，换上木屐，正准备迈进尖顶房子，忽然听到屋里的收音机传来沙哑迟滞而又忧郁的声音。

我爷爷探头望过去，看到屋子的拉门大敞着，里面一片狼藉，碎纸片、碎布条、碎瓷片扬满了木地板和榻榻米。犬冢一郎全家老少六七口人跪在地上，抱在一起，哭成一团。唯有怀里的小婴孩，对哭声全然不顾，叼住犬冢一郎妻子的乳头不放，一口接一口地吸吮。

一家老少，不管我爷爷如何劝解，依旧悲痛欲绝，泪如滂沱，悲伤程度，如遇天崩。

风和日丽，天清气爽，家人齐全，无灾无难，哭的是哪门子丧？我爷爷困惑不已。

收音机里沙哑的嗓音，一遍又一遍地重复，犬冢一郎全家冲着收音机，一遍又一遍地跪拜磕头。毕竟常年给日本人干活儿，耳濡目染知道些日语，渐渐地，我爷爷听出了些门道，原来，他们的天皇正在宣布投降。

我爷爷顿时释然，心也像外边的天空，一片晴朗。他终于明白，一直视稻田为心肝的犬冢一郎，为啥对快要干涸了的稻池不管不问。

对于犬冢一郎的悲伤，我爷爷的反应很淡，投降就投降了呗，干吗要死要活的？我都投降你十年了，日头不照样落，庄稼不照样长，人不是照样活吗？这么想着，我爷爷寻来手巾，给犬冢一郎擦眼泪。

犬冢一郎表现出一副受宠若惊的样子，连连给我爷爷鞠大躬磕响头，吩咐孩子们端茶倒水剥糖果，恐怕一时礼数不周，我爷爷怪罪。

世界真的颠倒了，东家怕雇工了，突如其来的变故，令我爷爷一时难以适应。平时穿着高傲的和服，戴着浑圆的眼镜，靠文明棍指点我爷爷那群泥腿子的犬冢一郎，全然不见了，变得格外谦恭与卑贱，眼神比落水狗还要可怜，我爷爷简直不认识了。

直至犬冢一郎掏出了心窝子，我爷爷才恍然大悟。这个小日本，哭昏了还怀着鬼胎呢，看到我爷爷憨厚质朴，趁着村里人还蒙在鼓里，即刻安顿后路，乞求我爷爷将他的孩子们藏起来，以防不测。我爷爷迟疑了一下，光天化日，朗朗乾坤，谁能把你的孩子扔井里？犬冢一郎便把头磕成了鸡鸽米，眼泪和鼻涕涌成泉水，硬是泡软了我爷爷的心。

那天晚上，我爷爷头一次从犬冢一郎家往外拉东西，除了十几架脚踏稻谷脱粒机，还有几百条麻袋，几百米长的缆绳，几十把钢口锋利的镰刀。这些都是生产用具，我爷爷当然喜欢，欣然受之，手巧不如家什妙嘛。至于金银细软，首饰钟表，与庄稼活儿无关，我爷爷一概回绝。

犬冢一郎将他们家三个懂事的孩子推过来，我爷爷在大马车上，用麻袋搭成了窝，把三个孩子藏在里边，和那些工具一并拉回了家。

我七岁的父亲有了玩伴，把打那三个孩子的嘴巴当成过年放炮仗，因为我父亲从记事起，印象最深的就是挨他们欺负。三个孩子连哭都不敢，害怕别人知道他们藏在我们家。我父亲的暴力常常被我爷爷熊掌般的大手阻断，屁股上留下的红手印经久不衰。不过，这却阻挡不住我父亲听“炮仗”的热情。离开爷爷的视线，我父亲照打不误。

事实证明，犬冢一郎比我爷爷有先见之明。第二天一早，久违了的胡子，突然死灰复燃，闯进犬冢一郎的家，劫掠一空后，把尖顶房子烧得片瓦不留，落荒而逃的犬冢一郎夫妻下落不明。

接下来的几天，县城里抢劫成风，人们疯了般，只要是日本人的，见啥拿啥，咋解恨就咋作践。没多久，满街头行乞要饭的，都成了身着和服温文尔雅的日本人。娶不起媳妇的光棍汉，突然间扬眉吐气了，没出阁的日本姑娘，争着抢着往花轿里钻，恐怕天地拜晚了。

伪县府内，人人自危，扔下差事，远走他乡，树倒猢狲散，全县陷入无政府状态。胡子头孙蜂子缴了警察署的械，装模作样地当了一天县长，大车小辆地拉走了一大溜东西，回到了山里的老窝。

虽说苏联红军直抵兴城，封锁了日本军营，可是，他们分不清街头上谁是中国人谁是日本人，弄不懂谁哄抢了谁，睁着空洞的眼睛，就是不管。直至八路军曾克林部抢先出关，接管了兴城，才恢复了秩序。

后来，另一伙八路，也来抢兴城，他们从山东乘船，在钓鱼台登陆，两伙八路，还弄误会了，动了枪炮，打了好一会儿，才知道彼此是谁。

这些变故，我爷爷并不知晓，也不想知晓，仗打得有多凶，谁在争夺天下，都是拿枪人的事，和老百姓没啥关系。我爷爷全部心思都放在高粱穗有多大，苞米棒子有多沉，黄豆株上挂了多少荚，大白菜能不能壮满芯，大萝卜会不会长到绊倒驴。再有，他窃窃自喜的事情，就是偌大的一片快要成熟的稻谷，没了主人，收获自然要归劳动者——我爷爷所有。

后来，我舅爷爷张冠武来了，一切都改变了。

舅爷爷不是孤身来的，带个叫林梦舒的人，舅爷爷喊他林主任。林主任与我爷爷同龄，从海上来的，满嘴山东腔，年纪轻轻地就当了县里最大的官——八路军驻兴城办事处主任。舅爷爷云山雾罩地夸林主任，搞武装，抓俘虏，打日寇，比孙悟空都有本事。

林主任一副书生样，被舅爷爷夸得面红耳赤。我奶奶敲着茶碗，让她的弟弟说话有点儿谱，别扯八竿子远，把神仙夸蒙了，算你有本事啊？

舅爷爷是典型的落魄八旗子弟，浑身臭毛病，嗓门大，脾气大，过日子有一个花俩，成天东跑西颠，家里仅有的几亩地也嘚瑟光了，常来我爷爷这里蹭饭吃。奶奶瞧不起他，看他时，眼白比眼仁多，给他盛饭也是摔盆打碗的。毕竟哥儿俩没分家，即使是吃小灶，吃掉的也是两家的日子，奶奶不愿意看大奶奶的眼色。

舅爷爷不在乎，吃饱了还伸懒腰睡一觉。

当着林主任的面，舅爷爷又摆上了谱，一见面就让我奶奶杀鸡宰鹅赊羊肉，款待贵宾，我爷爷示意着奶奶一一照办。本来，我爷爷没这么大方，来的又不是至爱亲朋，没必要破费。他是担心家里藏着犬冢一郎的三个日本崽子，让八路搜出来，那就麻烦了，定个窝藏罪是小，兵荒马乱的丢了三个孩子的性命，罪过可就大了，人命关天，孩子是无辜的，不该替杀人放火的日本鬼子承担责任。

眼见得就要无端地夺了花公鸡和大白鹅的命，我奶奶显得有些磨蹭，不是小气，而是在意大奶奶事后耍脾气。大奶奶能把针鼻大的小孔闹出斗大的风，到头来还得麻烦曾祖母动用家法才能平息，奶奶不想因为小事惹是非。幸好林主任谢绝了在我爷爷家吃饭，说八路军不拿群众一针一线，才避免了一场我们家有可能爆发的纷争。卸去了负担的奶奶立刻接话，张冠武也是八路，连拿带抢，快拆我们家房子了。

这次轮到我舅爷爷脸红了，舅爷爷带着的那伙武工队，缺枪少炮，没吃没喝，不欺负我爷爷，还能欺负谁？

林主任正了正灰色的军装，从警卫员手里拎过一个沉甸甸的面袋子，哗啦啦地堆在炕上，单刀直入地切入正题，周家二哥，地里长的稻子，我们全要了，这二百块大洋是订金，尽早打出稻谷，送到县城，队伍上的人，大多来自苏北水乡，高粱米吃坏了他们的胃。

我爷爷吃了一惊，这么多年了，当兵征粮，嗓门比腰都粗，少给一斤都会挨枪子。虽说地是自家的地，稻谷却是日本人的稻谷，被队伍收走了，也不奇怪。奇怪的是，没见过这样的队伍，本来可以白拿，却扔下了大洋，足可以买下所有的稻谷，还说是订金。我爷爷无所适从了，紧张地搓着手，不知怎么办才好，后来才想明白，应该留下点儿啥。于是，他立刻抓过一支毛笔，让我父亲研墨，写下一张收条，两个月后，无论林主任来否，见到收条，支付两百麻袋稻谷。

林主任起身告辞，握我爷爷的手，藤缠树一样紧，看我爷爷的眼睛，比湖水还要清。

我爷爷的眼睛潮湿了，后悔了没有坚决地让奶奶宰杀掉花公鸡和大白鹅。

后来的许多年，我爷爷一直在等，等着林梦舒的出现，等了一辈子。年近九旬时，还督促我父亲，去找林梦舒，补上欠下的那顿饭。

## 二

霜降割稻，节气恰好。

我爷爷提前开镰了，八路犯胃病的越来越多，等不得霜降。好在大田作物已场了地光，村里的青壮年劳力闲暇了下来，人手不再是问题，都被我爷爷雇来割稻子。那一天，我爷爷特意将早熟的半麻袋稻谷舂成大米，提前杀了一头准备过年的猪，图的就是把大家的情绪鼓捣得高高的，快点儿割完稻谷。

多年来，我爷爷把眼光练成了秤，哪怕是一亩地，估产的误差都不会超过十斤，肯用大米饭招待雇工，那是有十足的把握，准能给八路打出满满的两百麻袋稻谷。

别看稻谷金灿灿地长在村南，村里人从来没敢奢望过，日本人不让吃，抓住了就是经济犯，轻则进大牢、服苦役，重则暴尸荒野。现在，能够毫无忌惮地吃大米饭，那是天降的福分，何况还有可够吃的猪肉呢，周家兄弟没薄待雇工，够意思。

无形中，割稻谷成了一场竞赛游戏。

接下来的几天，十几架脱粒机昼夜不停地转，一麻袋接一麻袋的稻谷，堆满了我们家的东西两个偏厦。脱光了粒的稻草，堆满了半条街，家家户户一冬的烧柴不用愁了。勤快的人家，搓出了草绳，编织了草袋子，换来过日子的油盐酱醋。

然而，八路不能等米下锅，中央军打了过来，把八路撵出了县城。临撤退时，舅爷爷单独一人，骑着快马，急慌慌地跑到我们家，用匣子枪威胁我爷爷，稻谷弄丢了，我要你的脑袋。

我大爷爷不愿意了，不耐烦地对舅爷爷说，赶快找人，把稻谷都搬走，我们留着脑袋吃饭呢。

两百麻袋稻谷，就算舅爷爷生出三头六臂，也没有能力搬走，只好悻悻而去。

从此，这两百麻袋稻谷，成了我爷爷最头疼的事情。

我爷爷做梦都没有想到，第一个惦记着那批稻谷的，会是犬冢一郎。犬冢一郎卷土重来了。

那天，一大家子人正在吃午饭，吃刚刚舂好的新高粱米，我的曾祖母，我大爷爷、大奶奶，我爷爷、奶奶，没出阁的老姑奶，还有我的父亲姑姑叔叔们，吃得特别香，新米毕竟比陈米有嚼头，滋味儿好。可是，犬冢一郎的三个孩子，却嫌高粱米饭粗，刮嗓子，死活不肯吃，一个劲儿地舀菜。庄户人家，菜是用来下饭的，只吃菜，不吃饭，谁家供得起?

前段日子，割稻谷剩下十几斤大米，我爷爷只给三个日本孩子吃，自家的孩子们却眼巴眼望，一个米粒也吃不到。现在，那点儿大米吃没了，我爷爷再也不能惯着他们了，剩下的稻谷，属于八路，只是暂存在家，不能动。日本孩子的胃再娇贵，也得适应粗粮了。

大奶奶对此很有意见，她很渴望吃大米饭的日子，更渴望孩子们能可够地吃大米饭，既然天翻地覆了，风水就得轮流转，该是日本小崽子吃苦了。可老哥儿俩已经把封存稻谷作为家规，不许有丝毫的觊觎，还把日本小孩当成座上宾。大奶奶对着日本孩子翻白眼，快要翻成白内障了，三个孩子却只顾菜盆，不看眼色。

大奶奶敲着碗边，权当敲打我爷爷了，老周家祖坟没埋对，养不出少爷，整几个野种装少爷来了，没大米就不吃饭，别忘了，小日本是喂不熟的白眼儿狼，有这个闲心，还不如养几条狗。

奶奶不爱听了，反驳道，狗再好也听不懂人话，积善行德，扶危济困，是老周家的家风，再说了，种稻谷的活儿都是你二弟干的，这点儿家还当不起吗？馋大米饭也得忍着点儿。

大奶奶的火被逗起来了，立眉立眼地要爆发。

曾祖母一蹾筷子，吃饭别说话。

我们家到底是讲规矩的，老太太一发威，就把火给按住了。饭桌上，除了吃饭的唰唰声，别的都静止了。

正在这时，汽车的引擎声打破了屋里的寂静，一辆吉普车停在我们家门外。

那时候，铺着褥子挂着彩绸的马车停在谁家门口，都是新鲜事。日本人到村里来，骑个高头大马，就够威风的了，冷丁开进村里一辆吉普车，还是新媳妇上轿头一遭。村里人好奇，我们家门口围了一圈人。

车上下来一位国军少将，跟随其后的，便是犬冢一郎了。只不过犬冢一郎不似第一次来村时，狼一样昂着头，而是狗一样，夹着尾巴，躲在少将的身后。虽然如此，我爷爷还是看到了犬冢一郎的眼神中透露着狼的本色。

望着大步迈进院里的少将与去而复归的犬冢一郎，我爷爷怔了下，心扑通扑通地跳，不知道他们的到来是福还是祸，忙把犬冢一郎的三个孩子藏在柜子里，等弄明白了再说。

客套了几句，我爷爷终于知道少将此行的目的。原来，少将在葫芦岛港负责整个东北的日本侨俘遣返，上边只给他任务，钱粮却少得可怜，此次登门拜访，就是让我爷爷捐出稻谷，善待日本侨俘，因为他们不习惯吃高粱米，此项善举，体现的是中华民族的宽容。

我爷爷已经没有宽容的余地了，稻谷不是他的了，替林梦舒保管呢，捐也得林梦舒去捐，可我爷爷又不能说，你去找八路要，如果实话实说，就会被视为通匪。拙嘴笨腮的我爷爷，只会不断地重复两个字，不行。

少将的口气渐渐硬了，他说，这涉及国家形象，让你捐，说的是客气话，给你一个立功赎罪的机会，地是你替犬冢一郎种的，留点儿稻谷，权当是酬劳，倒也无妨，想全部留下，那就另当别论了，别怪我把你当汉奸处理了。

我爷爷只会犟脑袋说，杀了我，也不行。

少将掏出了小手枪，啪的一声拍在八仙桌上，你以为我不敢吗？

开始的时候，大爷爷还能圆滑地哄着少将，看到少将不吃这一套，也恼了，大声吼着，还讲理不？地是我们家的苇子地，被日本人强占了，还强迫我弟弟种稻子，没日没夜，一干就是十年。前九年的收成全让日本人拿走了，最后一年就不允许留给我们自己吗？日本人统治时，吃大米是经济犯，现在，小鬼子投降了，还不让我们吃大米饭，还让我们把稻谷送给日本人，要论谁是汉奸，你比我们更是。

少将没想到小小百姓还能叼住理，愤怒地扯开衣服，袒露出伤痕累累的胸脯，咬牙切齿地说，老子是汉奸？八年抗战，老子天天枪林弹雨，月月死里逃生，为的就是拯救你们这群没有血性的亡国奴。

大爷爷并不示弱，我们是平头百姓，不当亡国奴，还能怎样？你伤在皮肉，我们伤在内心。我们种了满地的大豆高粱，却没有粮食吃，只能拿橡子面充饥，有多少人屙不下屎，被活活憋死了？有多少人出劳工，被活活累死？我弟弟没日夜地给犬冢一郎种稻子，都快累死了，为的就是村里人不多交出荷粮，不再挨饿，不去沿街乞讨。

少将惊愕了，不相信这是真的，眼光盯向了犬冢一郎，求证大爷爷说话的真实性。

犬冢一郎低下了头，也等于承认了这一切，随后，他拉了下我爷爷的胳膊，拉到了外屋，与我爷爷说起了悄悄话，他说，周安君，稻谷的我不要，接孩子的是真。

我爷爷闭上了眼睛，他想到了狐假虎威的故事。从前给犬冢一郎干活儿，我爷爷只感觉到无奈，不是特别讨厌，现在，我爷爷终于看清楚了犬冢一郎，憎恶感从心底油然而生。我爷爷忽然觉得，我大奶奶白眼儿狼的话并不是无中生有，便匆匆走进另一间堂屋，从柜子里拎出那三个孩子，推进犬冢一郎的怀里，大声说，滚吧，滚吧，滚回你们的小日本。

三个孩子抱着犬冢一郎号啕大哭，好像我爷爷给了他们多大的委屈。

少将被突如其来的三个孩子弄蒙了，直至大爷爷再三解释，少将才弄清楚来龙去脉。原来，犬冢一郎略施小计，把少将当成挡箭牌，给遣返的日本侨民弄稻谷是借口，安全地接回他三个孩子才是真。

我爷爷看到，少将仰起头，眼里噙着泪花。一种被愚弄的感觉流遍少将全身，比战场上打了败仗还要窝心。

少将整理下自己的帽子，片刻也不肯停留，可临走时仍丢下一句狠话，这一次就算了，不让小日本看笑话，把稻谷留住，年后我拿钱来取，慰劳我的弟兄们。

我爷爷的心里又一哆嗦。

吉普车走了，带着少将和犬冢一郎以及他的三个孩子，留给村里的，是一股夹着黑烟的黄尘。

转眼间快过年了，那是1946年的春节，也是第一个没有日本人管束，不担心吃好东西当经济犯、话说不慎当政治犯的春节。全家忙碌起来，清扫房子，挂红灯笼，门上贴福字，门框贴对联，淘米磨面做黏豆包，甚至猪圈鸡架牲口棚子马车辕子都贴上了红对联。院子里充满了喜庆，我没出阁的小姑奶带着父亲和他的兄弟姊妹们，吃糖葫芦，打雪仗，快活极了。

那天，我曾祖母被我两个出阁的姑奶奶接走了。辽西风俗，腊月里，爹妈要在姑娘家串上一圈门，大年三十才回来，进了正月，姑娘就可以回娘家了，待过元宵节，才哭天抹泪地回婆家。那天，我大爷爷也没在家，出去讨要欠款，城里店铺的规矩，债不过年，年前讨不回，账就烂了。我爷爷也在东奔西走，到处找地方，想把那两百麻袋稻谷藏起来，等到国军少将揣着钱来，那就麻烦了。在我们家的道德观中，一货卖二主与一女嫁二夫一样地可耻。

家里的事情，就由大奶奶张罗着。作为一大家子的内当家，过年的吃喝用度，自然全归她管。一进腊月门，她便筹划年的滋味儿，先是让我大爷爷从城里扛回一匹布，和我奶奶一块儿给全家老少做了一身新衣服，接下来，杀了年猪，烧了木炭。到了过年那天，热腾腾的火锅摆在中间，鸡鸭鱼肉点缀一圈，把囤了好几年的高粱烧倒进酒壶，在开水里烫得热乎乎的，倒进盅，呷一口，嘴和心里都熨帖着呢。

家里的年味儿都齐全了，最后若能端上一盆热腾腾的大米饭，便是老周家十全十美的年了。

别的都好办，大米饭却是件挠头的事，稻谷是个稀罕物，城里的粮店都没有，买是买不到的。可是，家里现成的稻谷，像舂高粱米那样，舂出十斤八斤的大米不成问题，问题是我爷爷是死脑瓜骨，将两百袋稻谷斤是斤两是两地称完了，还用麻绳缝死，死活不肯开封。我大爷爷也和我爷爷一个鼻孔出气，眼睛一闭，烟袋锅往炕沿上一敲，意思是这事没商量。

既然哥儿俩都王八吃秤砣铁了心，就从孩子们身上寻找突破。我大奶奶不断地怂恿孩子们，大米饭又黏又软又香甜，抠出一簸箕，舂成大米，省得天天吃又硬又酸又噎嗓子的黏豆包。大米饭闻着都香，谁不想吃呀，大奶奶把孩子们的馋虫给勾引了出来，趁着大爷爷和我爷爷不在家，就要抠开麻袋，抓出稻谷了。

我奶奶坚决地拦下了孩子们，尽管我奶奶对我爷爷的一根筋根本就不赞成，可她坚守着夫唱妇随的原则，也坚守着答应下的事情一丝一毫不能差的家规，不肯和大奶奶苟同。我奶奶没有立刻和大奶奶针锋相对，而是吓唬着孩子们，大米饭是曲曲弯弯白白亮亮的蛆变的，从茅坑里爬出来，钻进壳子里，就成了大米，吃了满肚子下崽生蛆，变成十足的坏人。

大奶奶很恼火，指责我奶奶红口白牙说瞎话，大米饭那么坏，咱们给雇工们吃了，不是比坏人还要坏吗？

奶奶不会说谎，被戳穿了，脸涨得通红，可她又害怕我爷爷的承诺被大奶奶破坏了，力量都集中到拳头上。老周家人，答应人家的事情，刀架在脖子上，也不能改，改了，就是坏了家风。大奶奶明知麻袋里的稻谷就是周家的信誉，却怂恿着孩子们抠稻谷，这样的当家奶奶就是欠揍。我奶奶忍无可忍，忘了曾祖母长幼有序的教诲，反正曾祖母没在家，憋了多年的格格脾气，也该爆发一次了。我奶奶张开那张比大奶奶脚还大的大巴掌，就要一下子将小脚大奶奶扇趴下了。

这时候，大门突然响了，乒乒乓乓的，敲得既急促又猛烈。突如其来的敲门声阻止住了我奶奶的巴掌，也阻止住了孩子们抠稻谷的小手。拉开沉重的门闩，进来的是我们家族的近门，他神色慌张，上气不接下气地告诉我家一个坏消息，孙蜂子来了，奔的就是你们家。

孙蜂子是方圆百里的活阎王，日本人刚一投降，就拉起了百八十人的杆子，蝗虫一般啃食着城里乡下。大人们都拿他吓唬人，哪家的孩子闹，说一句孙蜂子来了，立刻鸦雀无声。民间传说，孙蜂子逮住小孩子，先抠瞎眼睛，再挖出心肝，拿开水烫一下，生着吃。

就像老鹰飞进了家雀群，我们家院里一片寂静，谁也不敢叽叽喳喳地吵，就连树上的麻雀，也知趣地飞走了。

没多久，马的銮铃声哗铃铃地传过来，陪伴铃声的还有落地有声的马蹄，不用看，我们家的前门后院都被孙蜂子带来的胡子堵住了。

除了来报信的人，家里没有成年男丁，我大奶奶的裤子湿了，却浑然不觉，木偶一样站着，再也不张罗抠稻谷了。小姑奶和我的父亲叔叔姑姑们都吓傻了，不知所措。我奶奶却一反常态，突然间恢复了旗人格格的野性，抄起一杆舅爷爷藏到我们家的枪，登着梯子就上了房，把枪架在了烟囱下。她正有气没处撒呢，拿孙蜂子当出气筒。

孙蜂子已经站在我们家的大门外了，带来的胡子，不过是七八个人。可这七八个人，对于我们这样的庄户人家，也是灭顶之灾呀。七八个胡子骑来的不是马，是骡子，骡子痛快，闹性，比马跑得快，虽然不如马通人性，却适合胡来胡去的胡子。

胡子们堵住了我们家的前门后院，堵得连一只耗子都逃不出去了。胡子们没敲门，也没喊话，更没放枪，嘻嘻哈哈地在外面笑。没过多久，又多了两个胡子，把全村十几辆马车和牛车都抢来了，赶到了我们家门外。这时，孙蜂子骑上了他那头最高最壮也最闹性的大骡子，大骡子不安分地捯动四条腿，好像要踢我们家的大门。

孙蜂子冲着我奶奶笑嘻嘻地喊，劫财不劫色，痛快地打开大门，让我们把稻谷拉走。

胡子们也在乱喊，拿下老周家，过年有钱花。

我奶奶忍无可忍了，冲着孙蜂子，发射出了唯一的一颗子弹。

尽管舅爷爷教过我奶奶打枪，我奶奶对枪也不算陌生，枪还是打偏了，没有击中孙蜂子，而是打穿了那头大骡子的耳朵。大骡子一惊，把孙蜂子甩了下来。

孙蜂子只顾护脸了，手摔伤了，滴滴答答淌血。从没吃过亏的孙蜂子，哪里受得了这个屈，让一个女人给教训了，爬起来就让手下人往院里冲，见啥抢啥。

我奶奶在房上喊，别给脸不要脸，打你的骡子耳朵，那是客气，不想和你们结梁子，拼人命，真的进院来抢，姑奶奶就不客气了，一枪一个开脑瓢。

胡子们不知道我奶奶是虚张声势，真的以为枪打得准，把身子藏在墙下头，或者是骡子身后，不敢露脑袋了，气得孙蜂子不断地踢他们的屁股，给他们壮胆子。

趁着胡子们犹豫，我奶奶扯过房顶上的一只空笸箩，冲着房下喊，把子弹扔上房。我父亲小的时候，既顽皮又聪明，马上明白了奶奶的话，带着我的叔叔姑姑们往房顶扔“子弹”。所谓的子弹，并不是真的，舅爷爷子弹不多，却揣了许多子弹壳，我爷爷把这些子弹壳留下，用枣木削成子弹头，严丝合缝地插在弹壳上，以备不时之需。

现在，这些假子弹真的派上用场了。

“子弹”在扬上房顶的时候，叮叮咚咚撞得山响，灿烂的阳光下，闪烁着黄灿灿的光芒，刺疼了胡子们的眼睛。他们张大嘴巴，心里头琢磨着，老周家不显山不露水，有真东西呀，子弹快有县里的保安队多了。还有周家老二那个旗人媳妇，枪法就是子弹喂出来的，房顶上一趴，指哪儿打哪儿。老娘儿们都这么横，院里再有几个爷儿们帮衬，真是碰到了茬口上，冒冒失失地干这一票，丢了脑袋可就不好玩了。

黄色的光芒依然在闪烁，金属的撞击声不绝于耳，笸箩装得满满的，还在往上扔。奶奶冲着下边喊，够了，够了，打这几个兔崽子，用不了那么多。

胡子们进不敢，退不甘，犹犹豫豫了好久。奶奶趴在房顶，也是一动不动，出了一身冷汗，一旦让胡子们识破那杆枪是吓唬人的，损失的就不仅仅是稻谷了，家里肯定会被洗劫一空，没准儿还要搭上人命。

我奶奶就这样和孙蜂子僵持着，谁也没有让步的意思。

突然间，村西头枪声大作，舅爷爷张冠武来了。虽说武工队没几个人，却个个精悍，钻惯了枪林弹雨，打这几个蟊贼，游刃有余。更何况胡子遭到的是突然袭击，没等动手，就乱了阵脚，惊慌失措地爬上骡子，唯恐跑慢了被阎王叫住了魂。

这时候，我奶奶才长舒了一口气，头趴了下去，腿软得都不会动弹了。

同样腿软的，还有我爷爷和我大爷爷。和我奶奶比，他们都不够大老爷儿们，我奶奶和孙蜂子对峙的时候，得到消息的这哥儿俩都跑回来了，只是看到胡子围住了我们家，谁也不敢进，藏了起来，让一个女人在房上顶着。直到舅爷爷把胡子撵跑了，哥儿俩才颤颤巍巍地走进了家门。

我奶奶的怀里还死死地抱着那杆枪，好像没有枪做倚仗，魂马上就会被叫走了般。舅爷爷费了好大的劲儿，才把她从房上背下来。

那天夜里，舅爷爷带着他的武工队，理直气壮地留在了我们家，提前过年了。他把岗哨放出去了七八里路远，就想在我们家舒心地待上几个钟头。从秋到冬，舅爷爷被国军剿得满山跑，兜着圈子逃命，弄得小半年衣服都没敢离身。现在，国军去了主战场，县城里只剩下点儿杂牌军，还有些保安队之类的花子队，舅爷爷没把他们放在眼里。

坐在我们家炕头上的舅爷爷，总算能喘口气了，先把脚解放了，甩开棉乌拉，盘腿坐在炕上，脚的气味儿奇臭无比地涨满了整个屋子。

武工队的弟兄们都把脚解放了，放在火炕上烙，熏得屋子里没法待人。

大奶奶惊魂未定，躺在他们住的上房养神。大爷爷是买卖人，很讲究，杂货店收拾得比脸还干净，一点儿都不杂，禁不住臭味儿熏，应酬一下，躲回上房。我奶奶不能推却屋子里的臭味儿，弟弟刚刚救下全家十几口人的命，臭也是香的，频繁出入，给弟兄们端菜温酒。我爷爷呢，天天马圈牛圈猪圈地干活儿，恨不得把臭不可闻的狗粪捧在手里，埋进自家的庄稼地，根本不嫌臭，笑逐颜开地陪着舅爷爷和他的弟兄们胡吃海喝。

酒过三巡，舅爷爷拍着爷爷的肩头，开始索要这次出手相救的报酬。舅爷爷的理论是，打跑了孙蜂子，不能白忙活，子弹都是兄弟们拿命换来的，总归有些表示吧。舅爷爷索要的表示就是那两百麻袋稻谷，舅爷爷不想让弟兄们天天瘪着肚子打天下，即使稻谷吃不了，多余的可以换枪，换子弹，打下县城坐江山。

我爷爷头摇得像拨浪鼓，收下了林梦舒的钱，东西就是人家的，半路给了别人，那还怎么做人。

舅爷爷火了，我也是八路，不是别人，我给你打条子，将来林梦舒来要稻谷，就拿我的条子顶，给我给他，不都是一样吗？

我爷爷大声说，不一样，他是八路，你是土匪。

舅爷爷满脸的无奈，姐夫就是死脑筋，打死了也不开窍，真要硬拉走稻谷，土匪的恶名就摘不下去了。

既然谋不来稻谷，那就磨钱吧，磨林梦舒留下的钱。舅爷爷从一颗手榴弹、一发子弹、一双鞋子、一套军衣、一支三八大盖、一件皮裤带，一笔笔地算，直至算到了和孙蜂子结了仇，需要弥合弥合，一切一切，都得靠钱，没有千八百块大洋，啥都不是。可是，一家人怎能说钱的事呢，帮咱自家打胡子，理所应当，一分钱也不要。但借钱总归不过分吧，就当林梦舒没给过钱，二百块大洋先借我，等革命胜利了，加倍还。

我爷爷不吱声了，我爷爷把庄稼看得比银子重，家里的钱财，都由大爷爷大奶奶掌握，老大当家，也是老周家祖传的家规。这一点，舅爷爷不是不知道。看到我爷爷蔫头耷脑、一脚踹不出屁来的样子，舅爷爷索性下了炕，趿拉着棉乌拉，去了我大爷爷的屋，拿着枪点着我大爷爷的脑壳，骂着大爷爷，不陪我喝酒，躲清静去了，弟兄们的命，还不如猪狗吗？亲戚是亲戚，理是理，我们流血出汗，你却一毛不拔，今天我不难为你，要么两百麻袋稻谷我拉走，要么二百块大洋借给我，说吧，给啥？

大爷爷眨巴着眼睛，他知道，舅爷爷再凶，也凶不过胡子。大奶奶早就换完了湿裤子，她对舅爷爷知根知底，顺毛驴子的脾气哄一哄就能过去，忙说，老太太不在家，我们晚辈的随便做主，那是不敬不孝，要遭天谴的，不差这几天，过完年，老太太咋说咱就咋办，好不？

舅爷爷果然气消了一大半，把我爷爷我奶奶都找了过去，教训着他们，留几亩地几间房够吃够住就行了，该卖就卖，该当就当，留在家，谁都眼红，都是祸害，别当守财奴了，等到我们坐了天下，共产了，啥都不是你的。

大爷爷点着头说，那是。

## 三

早晨醒来，变天了，北风把辽西走廊吹得狼哭鬼嚎。三九天的寒流，异常冷酷，冷得石头都在瑟瑟发抖，连最耐寒的长毛狗都承受不了，哼哼叽叽地叫着，不停地用爪子挠门，想进屋里暖和暖和。

外面没有太阳，灰蒙蒙的，天地一片混沌，看不出几十米远。屋里呢，我奶奶点燃了豆油灯，拨开了灯芯，才亮堂起来，檩子椽子箱子柜子一是一二是二地显现在眼前。当然，最显眼的是炕上的饭桌，没有收拾下去，依然杯盘狼藉。昨夜，奶奶熬不过舅爷爷没完没了的大吃二喝，不再热菜温酒，任他们闹下去，和衣而睡了。

舅爷爷是四更天走的，走的时候是说走就走，连声招呼都不打，刚刚还是闹得鸡飞狗跳，一眨眼就悄无声息地走得干净，弄得神出鬼没的，像没来过一般。若不是饭桌上留下那么多痕迹，还有散不尽的臭脚味儿，谁也不会相信，舅爷爷在离县城不太远的地方，会胆大妄为地待了这么久。

不过，舅爷爷不是空手走的，家里过年的鸡鸭鱼肉，还有成筐成筐的黏豆包，被席卷一空。

大奶奶费尽心思备足的九碟十八盘，还有热腾腾的火锅，全被舅爷爷祸害了。操了半冬的心，置办了这么丰盛的年货，本来想过一个热热闹闹的年，补回十几年的缺欠，没想到心血就这样白费了，大奶奶心灰意懒，不再张罗。

这注定又是一个清苦的年，好在我们不是小门小户，年总能过得去，只是还像从前那样，缺少一种气氛。

奶奶边收拾残羹剩饭，边对我爷爷说，这稻谷，横竖是保不住了，干脆让冠武他们拉走吧。

我爷爷翻了一眼奶奶，你看他们那个人马刀枪，和胡子有啥区别，我信不着他们，他们不像八路，再说了，咋处理，大哥还没言语呢。

自己的弟弟啥样，奶奶再清楚不过了，没有和爷爷犟嘴。

晌午，天还是早上那副德行，不明不暗，朔风怒吼，又多了打在脸上疼得发麻的雪糁子。

就这么个坏天气，我大爷爷背着钱褡子，还是出门了。他把狗皮帽子、羊皮大袄、棉花手闷子捂得严严的，只露出两只眼睛。

傍晚，我大爷爷还没有回家，就有人跳过我们家高高的院墙，趴在窗口，悄悄地给我奶奶叫姐。那人是舅爷爷换命兄弟，告诉了一件让我爷爷我奶奶惊讶不已的消息。大爷爷背着我爷爷，把稻谷卖了，明天一早人家来拉粮。

我爷爷吃了一惊，不相信这是真的。老周家人，向来忠厚传家，一诺千金，把脸面看得和命一样值钱，不至于轻易变卦吧？

来人将所有的细节一五一十地讲给了我爷爷，包括我大爷爷怎样去的县城里的茶馆，说了些啥话，和谁做的交易，卖了多少中央票子，甚至连脱下来的羊皮大袄里有几个绵羊的黑眼圈都说得清清楚楚。

我爷爷不得不信了。

奶奶说，我要是大哥，也会这么做，自古就是当兵吃粮，稻谷放在咱们家，谁不惦记？昨天咱逃过一劫了，趁早给了冠武吧，咱得过个安稳的日子，别弄得鸡飞蛋打，两头不够人，兵荒马乱的，脸面不是咱想留就能留得住，就算咱豁出命去保，该保不住还是保不住。

我爷爷这个闷葫芦，闷了好久，最终拍了下大腿，表明了自己的态度，他说，告诉张冠武，明天早点儿来，把稻谷拉走。

奶奶乐了，认为我爷爷终于开了窍，不再是死脑瓜骨，她还不知道我爷爷心里的小九九。

舅爷爷的换命兄弟兴高采烈地走了，舅爷爷埋伏在我们家的眼线也随之消失。舅爷爷虽然被国军追得满山跑，对两百麻袋稻谷却念念不忘，总有一双眼睛监视着我们家。我爷爷用一生中唯一一次最诚实的谎言，骗跑了那双警惕的眼睛。

我爷爷掐着手指头算时辰，舅爷爷带着大车小辆，从西部山区赶来，起码得跑到天亮。他要在三个时辰内，把要做的事情，彻底做完。

憋了一天的大雪片，终于在天黑时飞旋而下。大爷爷叩响大门时，已伸手不见五指，若不是屋里的灯光透过窗户纸，漫射出去，根本看不清敞开的大门还站着个人。也许那天我大爷爷敲了好一阵子门，因为呼啸的北风过于凶猛，才让所有人的耳朵失聪。是躲在灶膛前取暖的长毛狗，跳了起来，不断地向外挠门，才提醒了我爷爷。

大爷爷从呼啸的北风中钻进院里，笨拙地拍打着钻进脖领和袖口的雪。尽管天冷得唾沫没落地就冻成了冰，大爷爷的脸却堆满了笑容。他是醉意蒙眬回来的，还得意地冲着为他开门的我爷爷哼了几句二人转。

我爷爷知道他哥为啥醉的，却不说。

大爷爷回房没多久，就熄了灯，我爷爷悄脚过去，在窗外细听，终于听到了和外面的北风相呼应的鼾声。

奶奶纳闷了，我爷爷向来中规中矩，从来不做听房这类下作的事情，今晚是怎么了?

被窝儿早已被奶奶铺好了，我爷爷却迟迟不肯睡，不时钻进风雪中，捧出高粱苞米和黑豆，给我们家大青骡子开小灶，没完没了地理顺大青骡子的毛，仔仔细细地拾掇那挂马车，还给车轱辘抹了油，马鞍子、马套包和马肚带挑选的也是最好的。干这些活计时，不能出响动，也不能露光亮，我爷爷摸着黑干，他的手就是一双透亮的眼睛。

二更时，我爷爷拍醒了奶奶，将养精蓄锐足了的大青骡子套进马车。奶奶突然间明白了，趁着风凶雪猛，夜黑无人，我爷爷要把稻谷藏起来。即便是雪厚风疾，三套马车拉这些稻谷，费不了多大的力气，可惜的是，两个拉套的小驴骡不习惯走夜路，更不会与爷爷的鞭子达成默契，黑灯瞎火的，不能劲儿往一处使，反倒成了累赘，打急了，叫几嗓子，更麻烦了，还不如一头大青骡子使用得心应手。

打开偏厦的门，扛起稻谷，一麻袋接一麻袋地往车上装。奶奶没把自己当女人，和爷爷一道扛着麻袋。旗人家没有娇惯孩子的习惯，奶奶从小都是在干活儿中长大，不像大奶奶，裹脚是她小时候的全部劳动。所以，奶奶干起体力活儿，一点儿也不比男人差，紧跟在我爷爷身后，一趟不落地扛稻谷。

暴风骤雪中，马车被彻底地掩藏在黑夜里。落下来的雪，让村里的路变得艰涩迟滞，车轱辘每转动一圈都很吃力，不管是我爷爷、我奶奶还是大青骡子，都不遗余力地让马车紧走快赶，浑身都被汗水浸透了。两百麻袋稻谷，从家里拉到三里外的烤烟楼子，得往返好几趟，每一趟都要躲开村人的眼睛，每一步都不能耽搁，都要拼命地往前赶，运得越快，秘密被人发现的概率就越低，否则，一切努力便前功尽弃了。

烤烟楼子，是我们家在村外的另一座私产，有三层楼那么高，一律是土坯垒、黄泥抹上去的，既能保暖保温，又能防潮防湿。烤烟用的火洞，宽阔得赶进一头牤牛都能转过身。我爷爷就是将那两百麻袋稻谷藏进火洞里，再用泥封死，石头砌牢，待到风停雪住，一切痕迹都没有了，稻谷就会神不知鬼不觉地消失了，只等林梦舒来启封。

唯一遗憾的是，等到开春以后，我们家再也不能种黄烟了。黄烟让我们家殷实了许多年，这个风雪夜过后，我爷爷只能将烤烟楼子当成废墟了。种了烟，必须把烟叶放进烟楼子里烤，那样，秘密就藏不住了。

扛稻谷运稻谷，从二更干到四更，片刻也不敢停歇，奶奶累得不行，身上的汗也流干了，强硬的北风蛮横地钻进奶奶的身体，奶奶的棉袄结成了冰。奶奶硬挺着，还是将最后一麻袋稻谷扛进了烤烟楼子。等到放下麻袋，让身体放松的时候，奶奶觉得嗓子发咸，忍了好几忍，没忍住，还是呕出了一口鲜血。她发现我爷爷没看到，装成没事的样子，和我爷爷一块儿往家走。

我爷爷天天干重体力活儿，没有多大的不适，赶着车，回到家，若无其事地整理好马车，放置好鞍辔，才将走路已经趔趄的大青骡子牵进牲口棚。他没有留意，奶奶走进屋里的步子，其实很拖沓、很无力了。心粗的我爷爷没有觉察出异样，还要忙碌，那就是铲雪，同时也铲掉了院里院外奔忙的痕迹，又得准备好一套就合舅爷爷的招法，免得天亮后弄出漏洞，那就不好收场了。

天刚蒙蒙亮，奶奶便高烧不退，上面是三层厚厚的棉被，下面是火炭一样的炕头，奶奶依然瑟瑟发抖。我爷爷有些蒙，请来了大奶奶，大奶奶端来酒，蘸上棉球，前胸后背地给我奶奶搓，还吩咐我爷爷赶快熬姜汤，没完没了地给我奶奶灌。我大爷爷踏着雪野，一步一趔趄，好不容易把郎中背回家，开了几服药，给奶奶灌了下去，总算保住了奶奶的命。此后，奶奶的病根便落下了，肺气肿魔鬼一样缠在奶奶的身上，一直缠了三十年，直至骨瘦如柴，油干灯尽。

最不幸的是我们家的大青骡子，活生生地累死了。直到我奶奶的烧退了，我爷爷才想起大青骡子，又捧了几捧黑豆，想去犒劳，发现它躺在牲口棚子的一角，已经僵硬。另两只小驴骡，瞅着大青骡子，眨巴着可怜的眼睛。

天亮了，风住了，雪停了，天是蓝的，日是红的，地是白的，村庄是静的。茫茫雪野把整个世界完全覆盖，就连房屋都被大雪埋住，只露出曲曲折折的窗户和房顶的烟囱。几缕炊烟直上青天，透露出顽强的生命气息。同样顽强的，还有门前的两盏灯笼，被主人拍去积雪，耀眼地红在无际的雪野。

一切的一切，都被大雪掩饰得干干净净，包括昨夜的车辙。好像这世界本来就很平静，平静得似乎什么都没曾发生过。

可是，要发生的事情，终究还要发生。

本来，我爷爷已经策划好了，装了鼓鼓囊囊两百麻袋的谷草，趁着天色将明未明，让舅爷爷当成稻谷拉走，给全村人一个错觉，也能给大爷爷找来的客商一个交代。骗也好哄也罢，反正是自己的小舅子，目标也都是一致的，稻谷不能落到别人手里。张冠武再不懂事，也不敢拿他姐夫怎样，还得替着瞒天过海。

可一夜过后，舅爷爷却音讯皆无，我爷爷如坐针毡了。

大雪没膝，道路无痕，从县城到羊安堡才十几里的路，大马车却摸摸索索地走了小半天。买稻谷的客商，抓到了千载难逢的商机，稻谷是稀缺物，全县城也没有几百斤，加工成大米，一出手就是小一半的利润，这等好事，怎能错过？尽管道路艰难，依然坚韧不拔地赶到我们家，而且是用麻袋扛着中央票子。

大爷爷出奇地热情，打开上锁的柜子，掏出了许多私房货。泡出的茶，飘着花香，花花绿绿的糖果，脆生生地甜，果盘里还摆着的槽子糕、炉果等糕点，松软的香味儿诱惑得人鼻孔发痒。哪怕是占嘴磨牙闲嗑零碎，也不是平常的葵花子，换了罕见的松子和榛子。这些好东西，我父亲这些孩子们，见都没见过，馋得直淌涎水。

我爷爷明知来人是谁，也知道为啥来的，却故作不知，也不理会客人，把两头小驴骡牵到了羊圈，闷头待在牲口棚里，笼上一堆火，一味地给大青骡子开膛破肚。这头大青骡子，我爷爷视为掌上明珠，比对儿子还亲。割大青骡子肉的时候，我爷爷心疼得像割了自己的心头肉。

大爷爷只顾招待客人了，没瞅几眼躺在牲口棚子里的大青骡子。大爷爷是商人，对用于周转的资金，比家里所有的物件都重要。大爷爷有个理论，家有万贯，带毛的不算。鸡鸭鹅是带毛的，闹了瘟灾，全军覆没。大青骡子也是带毛的，尽管顶替家里一半的劳力，大爷爷依然不视之为财产。大爷爷只把房子、土地、门市、大洋和钞票视为财产。

寒暄过后，大爷爷引领客商来到东西两座偏厦，准备装稻谷。可是，一摸麻袋，大爷爷傻了，轻飘飘的，两百只麻袋里，都是谷草，一粒稻谷都没有了。

大爷爷怒气冲冲地问我爷爷，老二，稻谷哪去了？

我爷爷不紧不慢地说，昨晚上，张冠武拉走了。

大爷爷指责着我爷爷，这么大的事，你就不能叫醒我？

我爷爷木讷地说，张冠武不让，稻谷是他抢走的，我没辙。

大爷爷满脸的无奈，我答应了人家，你让我的脸丢尽了，以后让我在城里的街面上怎么走？

我爷爷低着头，不接大爷爷的话茬，依然如故地收拾大青骡子。

大爷爷拍着大腿说，这烟不出火不冒的，气死我了。

我爷爷依旧不吱声，反正稻谷藏好了，只要客商拉不走，老周家就没毁约。

客商见稻谷没了，脸红涨得像鸡冠，一大早就雇了马车，冰天雪地赶了小半天的路，好不容易来到老周家，竟然让人家耍了，都在街面上混，谁能忍下这口窝囊气。

大爷爷小心翼翼地赔着不是，把大青骡子的皮和肉都堆在了人家的马车上，算是赔偿人家的车马费，客商还是不依不饶，临走放下狠话，周平，我告诉你，你不守诚信，城里的那些买卖人不会饶过你的，过完年，你城里的杂货铺赔等着关门吧。

客商走了，大爷爷蹲在地上，半天没有起来，大马车轧在雪地上的吱吱声，像是一圈接一圈旋动的刀子，没完没了地剐着大爷爷的心。

大爷爷脚都蹲麻了，还不愿意起来，我爷爷拉了好几次，才将他拉起来。他唉声叹气地拍着我爷爷的肩膀，老二啊，不是我不守信誉，稻谷放在家，成天提心吊胆的，卖了，钱在咱手呢，等到八路来了，咱再买回来，哪怕出双倍的价钱，谁也不会欠，你的心眼儿太实了，把哥坑苦了。

过年的东西被舅爷爷掳去了，大青骡子肉又被客商毫不客气地拉走，我父亲这群孩子们眼巴眼望的好吃的都没了，小日本子投降了，怎么还让我们过清汤寡水的年啊？

我父亲带着孩子们，跑到大门外，不断地唾着唾沫，唾着不让我们过安生年的人，还要唾掉缠着我们家的霉气。

过年的前一天，大奶奶把对联扯了，灯笼都砸了，就差挂白灯笼了。家里没有一点儿过年的气息，每个人都忧郁地听别人家放爆竹。好歹我爷爷会杀猪，年前那些天，没间断地被人请去，当工钱的肉份子堆了好几摞。

过年的菜只剩下一个了，就是酸菜猪肉炖粉条，一家人吃得饱，也吃得暖，就是没有年的喜庆。

大爷爷想了好几天，终于想明白了那件事情。他私下里对我爷爷说，张冠武办放屁那点儿事都会闹得满城风雨，会没声没响地拉走稻谷？别以为大青骡子咋死的我不知道，你媳妇咋闹的病我不明白，都是累的。这种蔫巴事，只有你能做。说吧，稻谷藏在哪儿了？

我爷爷手往袖子里一褪，还是不吭声。

大爷爷没辙了，只好说，你心里有数就行，我不问了。

## 四

元宵节那天，我们家同样没有节的气息，甚至连元宵都没吃成。奶奶的病扎了根，气都喘不匀，没有精神头做元宵了。大奶奶一肚子怨气，嗔我爷爷太不懂事，家里的祸都是他惹的，连年都过不消停，更没心情做了。

大爷爷打点着礼物，成天跑县城，向客商赔不是，向街面的商铺解释，不是他不守诚信，是张冠武太浑了，抢走了稻谷。大爷爷这么费尽心机，一是想挽回面子，“德号昌”嘛，德为先，德字被人甩上了污点，开春的时候，杂货铺就没法开张了。第二呢，借此造造声势，把脏水都泼在了舅爷爷身上，换得家里真正的平安。

我爷爷提心吊胆地过着每一天，葫芦岛港的国军少将扔下过话，年后拉稻谷。现在，年过完了，我爷爷便度日如年了，他做梦都梦见吉普车，梦见国军少将用小枪顶着脑袋，逼问稻谷哪儿去了。

这种噩梦，在解放后的许多年份里，我爷爷依然做了好几次，直至我爷爷过完米字大寿，居然做起了白日梦，梦见的就是国军少将来索要稻谷，没完没了地喊“躲起来”。这时，我爷爷已经患上了老年痴呆症，他所有的记忆都停留在过去。21 世纪第一个十年的某一天，我在一份资料上看到，那位特别富有同情心、宁可自己挨饿也要让日本侨俘吃饱的国军少将，放弃了对日侨的照顾，在 1946 年的春节开赴前线，彻底将稻谷的事情忘掉了。

我猜测，国军少将的选择，大概与陪同犬冢一郎来过我们家有关。

我爷爷之所以对少将念念不忘，与我们家的传统观念有关，那时候，我爷爷视八路和国军都是正统的官家。

我们家不惧胡子，却怕官家。

回家过年的两个姑奶，看到家里这副样子，害怕一不留神引火烧身，住了两宿，没过初五都回婆家了，还把姑爷派过来，大包小包地送来好吃的。曾祖母大年三十才回来，不知道家里发生了这么多变故，一看气氛不对，马上缓解大家的情绪，不断地劝慰，没有过不去的火焰山，咱家人口齐全着呢，平安是福，都快活点儿。

快活的只有孩子们，孩子们很容易忘记，只有大人们迈不过去火焰山，整个正月也就过得无精打采。

元宵节的圆月，白朗朗地挂在天上，大地上的雪，无边无际地铺着，折射着银色的光，满世界既清冷又明亮。我们家终于有了红灯笼，那是我曾祖母挂出去的，她费了好几天时间，才糊成了六只灯笼，企盼全家六六大顺。

有着灯笼的呼应，天上那轮孤独的圆月不再尴尬。

元宵节过后的第三天，是雨水，天渐渐地暖了，这时节，该做种地的准备了。我爷爷趁着冰冻有所松动，猪圈里的粪土不再坚硬如铁，便跳进空空如也的猪圈，挥动洋镐，起圈里的粪。等到开春抓进新猪羔时，清净过的猪圈，不再泥泞和发臭。

自然，清出来的猪粪，还要送到我们家的大田里，这些都是难得的肥料，“庄稼一枝花，全靠粪当家”嘛。

我爷爷正在挥汗如雨地劳作，村长曹振东来了。曹振东在村里消失了小半年，八路来了，他跑了，怕当汉奸给镇压了，国军来了，他又躲了，摸不准国军是啥风头。年前，他回来了，摇身一变，不当保长当村长了。

曹村长戴着礼帽，拄着文明棍，从前的那一身马褂变成了中山服，胸前还戴着一枚国民党党徽，大摇大摆地走进我们家。我爷爷并没在意，你穿了龙袍，该是曹振东还是曹振东，成不了皇上，也成不了别人。可是，曹村长身后跟着的那个人，着实让我爷爷吓了一大跳。

那人是孙蜂子。

孙蜂子被官家招安了，也摇身一变，穿上了警察制服，当上了县保安队的队长。

不是冤家不聚头，是祸终究躲不过。我爷爷丢下洋镐，他认了，这世道，杀人越货的强盗都能成为官家，黑白完全颠倒了，辩解和挣扎都没有用。我爷爷不想弄得全家哭声一片，更不想让孙蜂子看到我病歪歪的奶奶，不等人家发话，自己就走出了院子。

那天，我爷爷连手都没洗，脚上还踩着猪粪，就被孙蜂子和曹振东捆走了，捆进了县城，扔进了大牢。

大牢里的情形，我爷爷并不陌生，十年前，他就在这里蹲过，现在还是老样子，连狱卒都没换，不同的是十年前关我爷爷的是日本人。现在，日本人走了，给我爷爷上刑的人却没走，甚至连刑具都没变，只是被血染得更黑，更亮了。

审讯的手段和日本人没啥区别，坐老虎凳，勒手指头，灌辣椒水，凉水蘸皮鞭子可劲儿地抽，再狠一点儿的就是上烙铁。还像十年前那样，我爷爷一次又一次地挺了过来，所不同的是，上一次，我爷爷确实很糊涂，这一次，我爷爷揣着明白当糊涂。

我爷爷不是共产党员，也没有坚定的意志，更不是不怕疼，他心里清楚得很，越怕越没好果子吃，反正干活儿干得一身皮糙肉厚，骨壮筋强，比平常的人扛打，挺着吧，挺过去就好了。真的熬不住，承认了，那就是通共的铁证，到时候，稻谷没了，命也肯定保不住。我爷爷是个不会说谎的人，一旦说了谎，就要扛到底，把谎言变成真的，否则，落下撒谎的坏名声，就没脸见人了，咋在人群里活着呢？

从进来开始，我爷爷就没改过嘴，始终如一地说，稻谷被张冠武抢走了，不信，你们把他找来，咱们就当面鼓对面锣地对质。

越是这样说，孙蜂子越是气急败坏，让舅爷爷与我爷爷对质，纯属是放屁。

这显然是个漏洞百出的谎，我爷爷或许不知道那个暴风骤雪之夜发生过什么，孙蜂子对那夜却是刻骨铭心。那天，孙蜂子刺探到了舅爷爷的行踪，拿舅爷爷当作招安的见面礼，带着胡子和县城里的警防大队合为一处，将舅爷爷的武工队团团围困在孤山上，是大风和阴霾成全了舅爷爷，让孙蜂子他们一时找不到攻击的目标。后来，大雪让双方的行动变得比狗熊还笨，舅爷爷再机敏也逃不掉，孙蜂子他们再凶猛也追不上。

就这样，双方僵持了七天七夜，孙蜂子不急着攻，山上没吃没喝，又没有取暖的地方，虽然占着有利地形，困也能把他们困死。没想到，舅爷爷占了地形熟的便宜，从山沟里掏出一条雪洞，一顿猝不及防的手榴弹，就扯开了包围圈，消失进热东丘陵，死里逃生地到了热河去休整。

许多年过后，舅爷爷仍旧念念不忘，没有那一筐筐扛饿的黏豆包，没有那一坛坛让冰冷的身体暖和过来的高粱烧，他的队伍真的熬不过去了。

孙蜂子清楚得很，张冠武不是孙悟空，没有那个分身术。稻谷肯定被周安藏起来了，只是这人一根筋，死活不肯说。摊上个不怕打也不怕死的人，孙蜂子没咒念了，向县长求援。

县长还是讲理的，县长没有当过胡子，县长是读书人出身，县长不会因为稻谷给我爷爷定罪。可是，我爷爷永远说不清的是和张冠武的关系，说不清连笸箩都装不下的子弹是哪里来的，通匪的罪名揭也揭不去了。

三天两头上一次刑，已经是家常便饭，尽管孙蜂子很清楚，从我们家搜出来的那些子弹是假的，可他不能承认，否则让一个老娘儿们用一颗子弹就吓住了，就成了笑柄，怎能在人群里吆三喝四，怎有资格雄霸一方？罪名定的是通匪，可目的还是那两百麻袋稻谷。只要我爷爷交出稻谷，所有的罪名都能取消，还能得到国民政府的奖励，一枚青天白日勋章，功名是扣缴了共匪的战略物资。

我爷爷最憎恨的就是胡子，不劳不作，平白无故地把人家辛辛苦苦干一辈子的全给掳走。尤其是孙蜂子这绺胡子，谁敢不愿意就杀了谁，甚至让人家灭门，已经是恶贯满盈了，政府不去剿，反倒和他们搅在一起，只能让我爷爷心如死灰，死了也要管住嘴。更何况，在他们的眼里，稻谷比我爷爷的命值钱得多，只要挺住了酷刑，没人愿意夺走他的命。

就这样，我爷爷从春一直挺到了秋，把自己挺成了铁嘴钢牙。

没有我爷爷的日子，家里也发生了本质性的变化。

大奶奶要死要活地张罗分家，不把哥儿俩的日子掰开，她宁肯闹出人命来。我爷爷通匪，和通匪的人过一家日子，就是匪属了。分了家，你们是匪属，我们这边就是良民了，井水不犯河水，各过各的日子。就算张冠武闹翻了天，和他们也没有关系。

大爷爷拗不过大奶奶，想不分也不成。曾祖母也劝过几次，大奶奶却铁了心，不分家，就投河、上吊、撞南墙或者是喝卤水，只要曾祖母点头，让她咋死，她就咋死。看到大奶奶要疯了，曾祖母不再勉强，分家就分家吧，家大了，早晚得分。于是，七间房，哥儿俩各三间，剩下的那间归我曾祖母，曾祖母跟谁过，那间房子就归谁。田地呢，也是各家一半。城里的“德号昌”归大爷爷，家里车马牲畜和生产工具都归我爷爷。剩下的金银细软呢，大奶奶说花光了，没有几个子了。家里又没有账房，钱都归大奶奶管，奶奶根本不知道有多少，又没处求证，给几块大洋算几块吧，较不得真儿。

曾祖母把家分完了，一屁股坐在了奶奶这边，也就是说，西院我爷爷家分得了四间房。大奶奶不在乎少了一间房，房少，吃闲饭的人（包括我老姑奶）也少了，更重要的是少了个平素约束她的人，省心了。曾祖母之所以愿意归到我爷爷这边，是心疼奶奶，住在一起，能给奶奶煎药，也能干点儿零活儿，还可以和我奶奶说话解闷，免得奶奶天天为我爷爷的事上火。

从此，一家大院的中间垒上了界墙，东西两院，各讨生活。

事实上，大奶奶张罗分家，和通匪不通匪的没啥关系，只是由头而已。关键是我爷爷在大牢里，大爷爷总是想办法往出捞。往出捞人，哪有不花钱的，上上下下都得打点，可摊上了孙蜂子，打点得起吗？人家是胡子，胡子哪会嫌钱咬手，那是个无底洞，给他一万麻袋稻谷也不知足，家底填光了，也喂不熟那个白眼狼。

分了家，捞人的事，就是西院自己的事了，祸是那边惹的，就让那边自己圆吧。分家的事，全家人都认为大奶奶矫情，自私，其实，大奶奶的苦衷没人能理解，分家是她的苦肉计。大奶奶是大户人家的闺女，从小就读三国，她留了个心眼儿，鸡蛋装进两个筐里，总比混在一个筐里安全，西院的筐被踩扁了，东院还有筐，还有鸡蛋，关键的时刻拿出来接济西院，两家都能活，总比一块儿死了强。

可是，大奶奶的心机过重了，直到“文革”时她死于癌症，憨直的老周家人还没能理解她。

分家的事，本来就是我们自己家的事，谁也没想到，曹村长却插了一杠子，非得给两家立文书，中证人就是他这个村长。但凡村里的事，不是由村长做主，都不合法，必须推倒重来。曹村长比曹保长当得有气魄，当保长时，得看日本人的眼色，现在，他谁的眼色也不用看，县党部授予他至高无上的权力，村子可以自治，村长相当于村里的总统，甚至可以养兵办团练，唯一条件是，剿灭共匪。

对于我们这样匪属之家，曹村长当然不会客气，在替我们分家之前，没收了曾归属于犬冢一郎的那片偌大的稻田，尽管那片地的地契是我们家的，曹村长却指定了那是伪产，我爷爷就是汉奸，替日本人种稻谷，让日本兵吃饱了杀中国人，是十恶不赦的汉奸，没收了都是轻的，更何况我爷爷还窝藏过三个日本人，尽管是小孩，那也是罪证。说到最后，曹村长又把话拉回来，看在一个村的面子，人不亲水还亲呢，就不没收你们的家产了，稻田必须充公。

于是，我们家的那片地没了，三绕两绕，就归了曹村长。可惜的是，曹村长不会种水稻，方圆十几里的庄稼人，也都不懂水稻怎么种，我爷爷又在大牢里，不可能给曹村长指点迷津，与我爷爷一块儿种水稻的人，都是半吊子，拿不起张做不起主，离开我爷爷这根拐棍就瘸。

曹村长不再求人，索性种了大田，反正地养肥了，又不怕旱，种啥都会籽粒饱满。

与我们家稻田一起失去的，还有另一垧良田，那是中证费，付给曹村长的操心钱。

大爷爷大奶奶心疼坏了，置一垧地，不省吃俭用个十年八年的，怎能买得到手？曹村长只用一顿唾沫就给拿走了，拿得还理直气壮。两口子上火了，牙床肿得老高，总是觉得对不起我的曾祖父，那片地是曾祖父拿命换来的。

我奶奶不敢生气，生气了，病就会重，还劝着曾祖母，张冠武说了，地就是孽，等共产党得了天下，地就是大家的，谁也揣不进兜里，地少了，也少操一份心，够吃够用就行了。

曾祖母忧心忡忡，地没了，拿啥赎我二儿子？

婆媳俩便抱头大哭。

立秋过后，庄稼秆都长足了，遍地的高粱都成了舅爷爷的战友。

舅爷爷在高粱的掩护下，悄悄地从热东丘陵走下来，混进了县城。舅爷爷的队伍不叫武工队了，叫了区小队，人马刀枪也比以前好了。一路上没有进村入户地找给养，到了县城，也是神不知鬼不觉。在热河休整的日子里，舅爷爷挨的批评，像天上的冰雹砸在脑袋上，只不过砸出的大包藏在脑子里，露不出脑皮外。

此后，舅爷爷离土匪远了，离八路近了。

这次进城，舅爷爷为的是救出我爷爷。

县城里，防范得并不严密，县长和孙蜂子都有些疏忽大意，原因是林彪都快被赶到苏联去了，县里的共匪都被赶进了深山沟，不敢露头，国民政府就要稳坐江山了，城里是天下太平。舅爷爷没有选择武力进攻，更没去大牢打探虚实，劫牢反狱是冒风险的。

舅爷爷救爷爷的成本，只用一把水果糖，含着水果糖的县长小公子被舅爷爷哄上了轿子，大摇大摆地出了县城。直至到了安全地带，逼着小公子给县长写了封信，信的内容是，我参加了八路，张冠武是我的首长，希望父亲能让周安当警察局长，管住胡作非为的孙蜂子。

舅爷爷虽然受了八路的正规训练，还是改不掉旗人的老毛病，正经事也办得嘻嘻哈哈，不时地以县长公子的口气，向县长下战书，根本不提劫持了县长的儿子当人质，也不说你儿子在我手里很安全。

县长太害怕自己的儿子在张冠武的手里出现意外，在县长的眼里，现在的张冠武和从前的孙蜂子没啥区别，说翻脸就翻脸，杀个人像捻臭虫一样。

没等舅爷爷开条件，县长心知肚明，急三火四地释放了我爷爷，连连说孙蜂子真是疯子，不分好赖人，谁都敢抓。

县长本想给我爷爷梳洗打扮一番，再小心翼翼地送回家。我爷爷回家心切，片刻也不等，拖着关公一样长的胡子，披头散发地赶回了家。曾祖母和奶奶居然没认出来，以为家门口来了个要饭的，倒是长毛狗机灵些，扑进我爷爷的怀里，没完没了地撒欢。

曾祖母和奶奶这才猛醒，呆呆地望着，不相信这是真的。

也难怪，被抓走的时候，我爷爷是车轴汉子，回来时，已经瘦成了龙。

县长也得到了回报，有机会见了小公子一面。小公子没有受虐待，穿的还是公子服，没穿八路的粗布衣。看到他爹，居然不着急喊，依然沉浸在和一个小八路一起逮蝈蝈的快乐中。

从表面上看，舅爷爷对县长公子控制得很宽松，事实上，区小队的人，每一双眼睛都是绳索，牵得紧紧的，不可能让小公子逃掉。小公子是舅爷爷的挡箭牌和撒手铜，谁批评他做得不对，他都不管，老子吃亏了，丢的是人命，才不管他对与错呢。

舅爷爷就是舅爷爷，就像狗改不了吃屎，狼改不了吃肉。

## 五

我爷爷获释之日，也是大爷爷倒霉之时。雁过拔毛的孙蜂子，折腾到最后，居然让我爷爷一毛不拔地走了，怎肯吃下这个亏，高低要给找回来。可是，他又不能得罪县长，只好另找替罪羊。于是，他把手伸向了“德号昌”大掌柜的，我大爷爷周平身上。

大牢里，我爷爷前脚刚走，大爷爷就被孙蜂子派人懵懵懂懂地骗了进来。至于什么罪名，打几顿就出来了。孙蜂子有孙蜂子的逻辑，盗亦有道嘛，说他凶，说他狠，说他坏，他都不在乎，他最害怕别人揭他的短，说他没能耐，提他走麦城的事。本来，给孙蜂子难堪的人是我奶奶，他偏偏不碰已经弱不禁风的我奶奶，总在奶奶周围人身上打转转。本来，他想要的就是稻谷，偏偏不说这事，挖空心思地问别的，逼得你主动把稻谷送出来，好显得他有本事。

孙蜂子最愿意给别人扣汉奸的帽子，戴上这顶帽子，他有资格把任何人折腾得半死。他已经是官面上的人了，咋能留下趁火打劫的话柄。

大爷爷是买卖人，细皮嫩肉，禁不起折腾。大爷爷招了，招得是胡说八道，他真的不知道稻谷藏在哪儿，只能瞎说。孙蜂子派人来搜，没搜到，打得更凶了。其实，大爷爷完全有理由招出我爷爷把稻谷藏在了哪里，他之所以不敢问，真的怕问出来，管不住自己的嘴，只好顺从了我爷爷的说法，被张冠武抢走了。

拖回大牢，疼得大爷爷直打战，心里一个劲儿地嘀咕，老二呀，老二，你到底把稻谷藏在哪儿了，咋就不翼而飞了呢，你快点儿交出来吧，你哥我扛不住了。

大爷爷越熊，孙蜂子越高兴。

不管孙蜂子穿上啥衣服，归根到底，还是胡子。胡子图的是啥？把天底下的财富都装进自己的大马车里。现在，他正准备装大爷爷的财富。

尽管县长称我舅爷爷也是胡子，但此胡子毕竟不是彼胡子，终究与真胡子相去甚远。舅爷爷做的事情是散财，打家劫舍是让大家高兴，能让肚子吃饱，他一块铜板都不会多拿。舅爷爷甚至都不否认自己是胡子，他叫自己为“红胡子”，一大群穷得光屁股的人都是他的兵，人打光了，一转眼，又带出一群兵。

好了，不再评价舅爷爷，大爷爷还关在大牢里呢。这回轮到大奶奶着急上火了，大奶奶求着我奶奶，也让张冠武想个招，把大爷爷捞出来。奶奶歇歇喘喘，好不容易才找到舅爷爷，舅爷爷反倒有些幸灾乐祸，弄辆马车，把奶奶打发回家。反正，小公子还在舅爷爷的手里，这是舅爷爷最损的招了。舅爷爷只能保证大爷爷在大牢里死不了，啥时捞出来，那得看孙蜂子啥心情。自然了，县长也受了一惊，原指望拿我爷爷换回小公子，没想到，舅爷爷没接这个茬儿，说他从没绑架过小公子，交换个屁人质。现在，县长说啥也不肯放出大爷爷，大爷爷出了牢，县长心里就更没底了，他害怕小公子有意外，有大爷爷在他手里，他心里多少有些底。

所以，从这一年的深秋到第二年的中秋，辽西走廊边缘的两交线，国共两党你进我出地打得再凶，县长都不敢派重兵打我舅爷爷，反倒是让我舅爷爷没完没了地把铁道掀个底朝天，把关里关外的国军彻底隔开。

聪明一世的大奶奶，终于做出了最蠢的选择，我爷爷鬼一样走出大牢的样子，深深地刺激了大奶奶，她太害怕家里被折磨出第二个鬼，明知那是万丈深渊，仍然义无反顾地往里跳，没完没了地破财免灾。甚至用毛驴驮着光洋给孙蜂子送礼，把好不容易积攒下的私房钱送光了不算，还把城里的“德号昌”折腾没了。

唯一的效果是，大爷爷不再挨打了，因为大奶奶送过去的钱，没断过捻。

大奶奶绝望了，她再也没钱可送了。

孙蜂子笑眯眯地看着大奶奶，说，你们家还有两百麻袋稻谷呢。

大奶奶当时就昏了。

昏了头的大奶奶，开始找我爷爷和奶奶的麻烦了，哪怕我爷爷花钱买，也要买出两百麻袋稻谷，送给了孙蜂子，大爷爷就真的出来了。

奶奶闭上了眼睛，孙蜂子疯了，大奶奶也疯了吗?事情的症结不在钱那儿，钱送多少都是打水漂，问题是人,唯一的办法,就是换人,拿县长的公子换回我大爷爷。

然而，舅爷爷是坚决不答应的，舅爷爷要把这张底牌打到底。舅爷爷意味深长地说，老大那边有钱，随便祸害吧，祸害光了，以后就省心了。

大奶奶真的疯了，大奶奶不能不疯，大奶奶有许多不是，可对大爷爷的感情天地可鉴。除了房子和地，这些老周家的祖产大奶奶不敢卖，全部家财，她已经送光了，再送就要送自己了，这也是大奶奶的底线，死了也不能破。大奶奶把心结都记在了稻谷上，若不是爷爷死守着两百麻袋稻谷，周家怎能接二连三地惹来祸端?

大奶奶站在界墙外骂我爷爷，从早上骂到晌午，把界墙都骂倒了，我爷爷就是不接腔。气得大奶奶干瞪眼，一口痰没上来，就疯了，疯的时候，把全世界的脏话都泼给了我爷爷，甚至光着屁股让我爷爷瞅。

自己的亲哥哥被关进去了，村里人都说是周家老大换出了老二，这话好说不好听，我爷爷怎能不着急上火，巴不得自己重新进去，换回哥哥。可这种想法比孩子还可笑，孙蜂子怎肯让榨不出油来的我爷爷二进宫？何况还冒着被县长斥责、张冠武报复的双重风险。

我爷爷牵出两头驴骡，赶着马车到了集上，把车和骡子都卖了，钱给了大奶奶。隔了几个集日，我爷爷又把家里的羊群赶走了，换回的光洋，又叮当乱响地丢进大奶奶的手里。哪怕是铧犁种子这些必须留的家当，我爷爷一咬牙，也卖了。换回来的这些钱，也是一股脑儿地交给大奶奶，作为大爷爷的赎资。

这些浮物，早就够得上两百麻袋稻谷了，可惜的是，日本人走了，稻田全毁了，满县城愣是没有稻谷，大奶奶也是干瞪眼，只会拿钱财填坑。

当然，周家还没到山穷水尽，还有土地呢，十几垧良田，换了钞票能飞满村子，换成光洋得雇个好力夫。我爷爷却说啥也不肯卖地，连嘴都不松，宁肯把大爷爷耗死也寸土不让。其实，我爷爷不是不想卖地，而是不敢卖地，曹村长瞪大眼睛盯着呢，不能卖呀。土地不像那些浮财，牵着就走，有主便卖，想卖，必须有中证人，有手续。这些都需要曹村长，曹村长白白刮走你一半都是轻的。

那时候，大奶奶还没有疯，因为我爷爷拿着自己这一筐鸡蛋，不停地供给大奶奶，让她随便地踩。骂过几声，拿到了让她心安的钱，大奶奶连停都不停，急着往县城赶，忙三火四地送给孙蜂子。

我爷爷也天真地认为破财能免灾，自打大爷爷进了大牢，我爷爷就养成了个习惯，经常爬到自家的烤烟楼子上，向着县城的方向，久久地凝望，盼着哪一天奇迹会出现，送钱财去的大奶奶能牵着大爷爷的手，走回村里。

就这么望下去，我爷爷快把自己望成了雕像，村里人议论纷纷，称我爷爷为周二傻子。

日复一日地过去了，总是站在烤烟楼子上望下去，也不是个事。我爷爷常找些活计，比如给烤烟楼子顶上洒盐抹泥，防止上面长草、漏雨等借口，依然如故地往上爬。

有谁能解其中味？只有我爷爷、奶奶。翘首遥望大爷爷是真的，借机保护稻谷才是根本。他们怕烤烟楼子漏雨渗水，打湿了烟道，让稻谷受潮发芽；他们怕无处不在的耗子，嗑透了烧得坚硬的烟道；他们怕闲人掏开烤烟楼子，刨出里面的秘密；他们怕野孩子们捉迷藏时凿开烟道，当成匿身之地。

只有我爷爷天天站在烤烟楼顶，抻长鹅一般的脖子，向远方望成周二傻子时，我爷爷脚下的秘密才不会被怀疑。

大爷爷在大牢里关了整整两年。两年后的中秋节，东北野战军的四纵队突然围住了兴城，大炮一响，轰倒了城楼和魁星楼，却没轰走一个大牢里的狱卒，那是孙蜂子看得紧，不让狱卒离开，他家里已经金银成山了，还想从犯人身上揩油，不肯放走一个。

孙蜂子狂妄地认为，清太祖努尔哈赤都没打下兴城，这帮泥腿子来攻城，造势而已。

倒是县长识时务，骗走了孙蜂子，把大爷爷等一干要犯藏在了地窖里，四纵破城而入的时候，县长拿这些人做了投降的资本。

孙蜂子跑了，是从地道里跑的，跑回了山里。那里藏着他花不完的财宝，舅爷爷闻到腥味儿，摸到了孙蜂子的兔子尾巴，猫戏老鼠一般，把孙蜂子逼到了曾经围困过舅爷爷的那座山上。

舅爷爷对那座山熟透了，不慌不忙地耗着，反正金银当不了吃喝，反正不愁对孙蜂子恨之入骨的人群，把山围个水泄不通，只等着孙蜂子自投罗网。跟随孙蜂子的人，得到了舅爷爷保命的承诺，纷纷弃山而逃，心甘情愿当舅爷爷的俘虏。

整座山上，就剩下了孙蜂子一个人，舅爷爷不着急，他把孙蜂子装进望远镜里，如影随形地跟踪。舅爷爷说，打了这么多年仗，没少死人，就因为最后一个畜生，伤了我兄弟一根毫毛都不合适，还是关门打狗好。所有的下山路径，都被舅爷爷设了陷阱。这时节，高粱收了，草棵子黄了，想把身子藏住，那可是难了。孙蜂子明智一点儿，咬住枪管，勾一下扳机就能结束一切。可他却不肯，他惦着自己的金山银山，惦记着东山再起，惦记着能当国军的师长。

没人去抓孙蜂子，别看大家闹腾得凶，却是瘸子打围——坐地喊，舅爷爷不让大家动手，人脏到了这种程度，碰一下，手就会臭一辈子。心惊肉跳的孙蜂子只能是没头的苍蝇，一脚踩翻了陷阱的跳板，被猎人用的网袋捆猪一样套死。

动手捆绑孙蜂子的，都是跟随他多年的人，舅爷爷喜欢看热闹，就让自己的老对手尝尝背叛的滋味儿。来自四邻八乡的人，恨得牙根痒，既然张队长不让好人拿手碰他，那就用棒子打，打死这个羔操的。

舅爷爷阻止了大家的冲动，舅爷爷说，他玩了那么多花样害别人，咱也玩一场大戏，别让他白死一回。

那场大戏就是点天灯，大家众口一词喊出来的。

八路是不讲酷刑的，可是给孙蜂子点天灯是群众自发的，八路不是讲让人民当家做主吗？主人没啥要求，就想看到给孙蜂子点天灯。

那时候，我爷爷还不相信，打下县城的东北野战军，就是从前的八路。八路来的时候是灰衣服，现在怎么黄衣服灰衣服都穿了，八路是不是也变色了，变得和国军一样？直到大家还像从前那样，把穿黄衣服的也叫八路，我爷爷才相信，穿灰衣服的人和穿黄衣服的人与舅爷爷啥衣服都穿的人是一伙人。

“大戏”开演的头天晚上，舅爷爷赶着大马车，来接我爷爷、奶奶、大爷爷、大奶奶。一进院，就大着嗓门喊，看一出百年不遇的好戏。我父亲那群孩子们不知道“好戏”的内容，争着要看，奶奶却很清楚，不允许孩子们张罗，也不允许舅爷爷进我们家屋里。

奶奶嫌的不是舅爷爷，是舅爷爷身上的味儿，和衣而睡很久了，身上比猪还臭，屋里还咋能待人？奶奶吩咐爷爷烧开水，让孩子们把一个硕大的木浴盆拖进屋里。那个大浴盆，是三年前犬冢一郎硬塞到我爷爷赶着的那辆马车里的，他说他们的孩子爱干净，要一天一洗澡，没有浴盆怎能行。

现在，奶奶要让舅爷爷洗澡了，服侍舅爷爷洗澡的是我爷爷。不再有敌人紧追不舍地索命，也不必披星戴月地去消灭敌人，舅爷爷可以舒心地洗个透彻了。我爷爷将最不爱洗澡的舅爷爷按进浴盆，把他所有的衣服都抱出去，扔进了院里。随手又拿块砖头，当搓澡巾，狠命地搓舅爷爷身上快有铜钱厚的皴。

奶奶拿出新的衬衣、衬裤，还有新的棉袄、棉裤，还有棉鞋，放在了浴盆旁，天一天比一天冷，弟弟该换棉衣服了。奶奶又走到院里，从我爷爷扔出的旧衣服中捡回外面套着的八路服，那是舅爷爷身份的标志，再破也不能丢掉。奶奶用猪胰子和火碱配成的肥皂，用力地洗，洗净了，放在我们家的炕头烙干，最后，拿起针线，一针一线地缝补破损的窟窿。

那一夜，舅爷爷简直就是新姑爷了，里里外外都是新的，就连睡在我们家炕上的被窝儿，也是新的。钻进被窝儿的舅爷爷，和我爷爷商量着，天下已定，别再藏了，该把稻谷拿出来了。我爷爷还是摇头，拿舅爷爷的话说，有点儿不见棺材不落泪了，高低见到林梦舒不可。舅爷爷说了句，在梦里见吧，倒头就睡。

晚秋时节，正是秋虫叫得最欢的时候，那一夜，我们家却安静极了，秋虫都被舅爷爷的臭衣服熏跑了，跑到了很远的地方。

我爷爷却失眠了，他还要想着林梦舒。

第二天一早，舅爷爷赶着大车，拉走了我爷爷、奶奶、大爷爷，还有半疯半癫的大奶奶，到西边的大集上看“大戏”去了，只把曾祖母留下来，看护两院的孩子们，舅爷爷特意嘱咐，不能让孩子们走出大院一步，大集上的戏再好看，也不许孩子看，看了瞎眼睛。

大集的戏台上，空空荡荡的，只是并排立着三根木桩子。已经是人山人海了，大戏还没开演。后来，舅爷爷上台了，来了段开场白，主角孙蜂子才露面。

孙蜂子是一丝不挂出的场，面条一样，被倒栽葱地捆在三根木桩上，形成了一个反写着的“大”字。当然，捆他的人，都曾是他的左膀右臂，而且比别人捆得还要牢，牢得除了眼睛能眨，别处都不能动。他们以此证明和旧政权的决裂。

有人在孙蜂子的手心脚心还有阴囊处涂了凝固的羊油，有人往羊油里插进了灯芯。还有人在旁边陪绑，似乎是先点完孙蜂子的天灯，接下来就是陪绑的人，那个陪绑的人，就是刚刚垮台的国民政府的县长。

天灯是县长点的，这是大家出的主意，既然八路把处置孙蜂子的权力交给了人民，就让人民说了算。人民说，县长有生杀大权呀，这把火，就得县长去点。县长点火的时候，哆嗦成了一团，还得靠别人扶住他的胳膊。

天灯烧完了羊油，就烧孙蜂子的人油了，孙蜂子长得胖，油多膘厚，人油的火苗比羊油的高。不管是坏人还是恶人，孙蜂子还算上是个男人，不孬，烧了小半天，骨头一节一节地烧露了，眼睛都疼得瞪了出来，最终也没叫一声。

大奶奶被渐渐烧出的人骨架惊呆了，突然亮开嗓子，尖叫了半截，一口痰没上来，卡得她瞪圆了眼睛，随后跌进大爷爷的怀里，晕了过去。等她醒来时，抱着大爷爷不肯撒手，恐怕手一松，大爷爷又从她手里溜走了。大奶奶的疯病，就在那瞬间，一下子就好了。

尽管，我爷爷受过的酷刑就差点天灯了，可他还是看不下去了，背起奶奶，离开了大集。我爷爷后半辈子说得最多的一句话是，别做坏事，要点天灯的。

同样受到刺激的，还有县长的媳妇。县长的媳妇毕竟没有民恨，没被关押起来，她找到了比舅爷爷更大的八路，拿出了好几张纸条，都是县长家的公子以八路的口吻写给父亲的信。首长找舅爷爷核实，信是真的，事也是真的，可县长家的公子不是八路也是真的，舅爷爷不敢说，那是我的人质。

舅爷爷没招了，只好让首长自己去问，县长家的公子愿意不愿意跟部队走，如果愿意走，只能算是真的了，那样的话，县长就是八路的家属了。没想到县长的公子说了一连串愿意，还说我早就是八路了。于是，县长陪绑就是虚惊一场，捡回了一条命。

舅爷爷的绑票，让县长的公子因祸得福，公子跟着部队一直走到了海南，又因为能写会算，十几年后，也当了县长，是共产党的县长。

提心吊胆的日子，一去不复返了，我爷爷再也不当烤烟楼上的那个周二傻子，他很坦然地待在家里，等待着林梦舒，他有一肚子话说给林梦舒听。舅爷爷带着队伍来到我们家，人模人样地担水劈柴扫院子，还别出心裁地爬上自家的房顶，在屋门上方的房檐上钉出个插孔，将一面红得耀眼的旗帜插在了上面。于是，在村子里的历史上，留下了浓重的一笔，我们家成了全村第一个把红旗插上屋顶的人家。

舅爷爷欢欣鼓舞，本以为这样军民团结如一人，我爷爷会敞敞亮亮地交出稻谷，悄悄地问我爷爷，姐夫，这回该妥了吧？没想到我爷爷没给他面子，照旧让他烧鸡大窝脖，见不到林梦舒，门都没有。

我爷爷固执地认为，冤有头，债有主，欠谁的就还谁，不能欠着东家的还西家，还亲兄弟也不行。他唯一能做出让步的是，见到他打下的那张条子也行。我爷爷有个心结，既然八路打了回来，凭啥林梦舒不回来？死活也得有个信儿呀，还欠着人家一顿家鹅炖土豆、小鸡炖蘑菇呢。

除此之外，我爷爷又附加了个条件，既然林梦舒亲自来取稻谷，也不能说稻谷是他藏起来的。我爷爷早就张扬开了，稻谷是被舅爷爷抢走的，这个谎需要舅爷爷最终圆全了。否则，就会毁了我爷爷诚实厚道的名声了。

舅爷爷哭笑不得，天下已定，我爷爷的担心纯属多余，但遇到我爷爷这样一根筋的人，他不能不妥协，只得允诺下来，连真带假地骂着我爷爷，不怪别人叫你周二傻子。

于是，第二天一早，舅爷爷带上“周二傻子”，踏上了寻找林梦舒的征程。部队正在休整，急需军粮补给，舅爷爷刻不容缓地想拿到稻谷，不得不屁颠屁颠地听从我爷爷的使唤。

寻找是从县城开始的，县城有电话，能打通四方。整整过去三年了，仗打得乱了套，谁知道林梦舒去了哪儿？好在林梦舒有一定的职务，查起来不太难，得到准确的消息是，留在了黑龙江，没跟部队回来。

得知林梦舒没死，我爷爷来了劲儿，既然电话能通到千里之外，就不能说上几句话吗？说上几句话，心里也能踏实。舅爷爷费了好大的劲儿，才和首长沟通好，可以通过军用电话联系林梦舒。尽管舅爷爷从来没承认过用二百麻袋稻谷说服的首长，但除此之外，还有什么能够让首长如此动心，掐断正常的军事联络，替一个普通农民去做无关紧要的事情？

电话接通了，听着林梦舒没完没了的“喂喂喂”，我爷爷呆呆地拿着听筒，一句话也不说，好不容易开口了，却是哽咽着，哭成了泪人，都是舅爷爷替我爷爷说话。电话撂下的时候，舅爷爷问，这回行了吧？我爷爷拭泪点头。

从县城赶回羊安堡的途中，下起了小清雪，初冬的雪很绵软，落身即化，雪水流进我爷爷的脖颈，我爷爷打了个冷战，突然间站住不动了。他的心里涌出另一种担心，和林梦舒一样口音的山东人多着呢，万一接电话的人不是林梦舒呢？

向来称自己男儿膝下有黄金的舅爷爷，扑通一声给我爷爷跪下了，就差声泪俱下了，他哀求着我爷爷，我的活祖宗，别再折磨我了。

我爷爷落出了孩子般的笑。

启封烤烟楼子那天，天空奇蓝，蓝得一尘不染，透彻的阳光驱走了初冬的寒气，给人一种初春的感觉。新政府锣鼓喧天地举行了送粮仪式，自然，功劳记在了舅爷爷的头上，我爷爷心里虽然满脸笑容，心里却是酸酸的。我大奶奶呢，为此愤愤不平，只是锣鼓声太大了，掩盖住了大奶奶的牢骚。

我爷爷扛着一柄大锤，跟随在舅爷爷的身后，向着烤烟楼子进发了。不言而喻，想取出藏在里面的稻谷，不砸碎一些东西，那是不可能的。藏稻谷那晚上，我爷爷仅仅用石头砌住了烟道的炉口，没过几天，我爷爷诞生出了另一种担心，活砌着的石头被人扒开，秘密就藏不住了，再有稻谷不知要藏到驴年马月，潮气水气顺着石头缝钻进来，稻谷发霉了怎么办？还有那耗崽子顺着石头缝钻进去，在里面一代又一代生崽子，也会毁了稻谷。于是，我爷爷在家里熬好了一担糯米汤，挑到烤烟楼子，掺和着白灰，重新砌好了炉口，砌得和整块石头一样牢固，除非用炸药才能轰开。

撬开生了锈的大锁，推开烤烟楼子厚重的门，一股尘埃随之而起，几道从透气孔射进来的阳光，黑白分明地把里边分割开来。烤烟楼子里，空空荡荡的，并无一物，定睛细瞅，便看到了一层又一层蜘蛛网。

一股尘土味儿扑鼻而来。

空旷的烤烟楼子，一览无余，大家怔住了，以为郑重其事的事成了闹剧了呢。就连舅爷爷也以为上当受骗了，还认为我爷爷没见到林梦舒，反悔了呢。众目睽睽之下，舅爷爷只能用乞求的眼神丢给了我爷爷。

我爷爷让人挑来一担水，泼在了烟道上，被火烤得坚硬而又干燥的烟道，瞬间吸干了那担水。我爷爷往掌心唾了两口唾沫，高高地举起了大锤，一下接一下砸下去，那空洞而又结实的声音，一次又一次地回荡在烤烟楼子里。

终于砸塌了烟道，露出了尘封在里面两年零九个月的麻袋，我爷爷用指尖顶开麻袋的经纬，挤出几粒稻谷，扔进嘴里，边咀嚼，边品味。渐渐地我爷爷笑逐颜开了，稻谷依然像刚收获时那样，清香、坚韧而又脆生。

谢天谢地，烤烟楼子里与世隔绝的烟道，原汁原味地保存着稻谷原有的新鲜。我爷爷那颗悬着的心总算落地了。

大爷爷闭上了眼睛，在他关进大牢的一年以后，大奶奶探望他时，忽然提到了烤烟楼子，也提到了勤劳惯了的老二居然没有种黄烟。那时，大爷爷曾猜想过，老二可能把稻谷藏到了那里。所幸的是，大奶奶一次又一次地破财免灾，不让大爷爷挨打。否则，大爷爷兴许会挺不住，交代给了孙蜂子。

大家往出扛稻谷的时候，大爷爷蹲在地上，用树枝，一遍又一遍在地上写着，平安是福。

看到拿命保住的稻谷，被部队拉走了，我爷爷哭成了泪人，不是心疼，三年了，稻谷不再是稻谷，而是他深藏不露的儿子，儿子跟着部队走了，而且是一去不回，当爹的不掉几滴眼泪，还叫爹吗？

稻谷和部队一起消失那天，我爷爷的心里空落落的，像是丢了魂。他默默地走到烤烟楼子，和从前望我大爷爷一样，爬到顶上，向着部队行走的方向，把自己望成了雕像。

我们家的稻谷，和部队一起悄悄地入了关，据说，战士们就是吃着我们家稻谷加工成的大米饭，和平地解放了北平。

## 补　记

县城解放那天，曹村长跑了，一直跑出去了好几年，甚至躲过了镇压反革命，后来还是被逮住了，逃过去了镇压他的子弹，一辈子过着低头认罪的日子，甚至见了我这样的小毛孩子都点头哈腰。

大奶奶理直气壮地要回了稻田和被勒索出去的一垧地，舅爷爷说好说歹都没有用，那是老周家的脸面，几辈人流血流汗攒下的，地契也是我们家的，老二不要，我们要。

要回来的地，还没种上一年，就赶上了划分成分。舅爷爷驻扎进羊安堡，主持着这件大事，大爷爷也算得上对革命有过贡献的，尽管有舅爷爷照顾，仍被划成了富农。谁让大奶奶看不透事理，总嫌自家土地少呢。

我爷爷这边，有地有房，成分也不该比大爷爷家低。舅爷爷眼珠子一转，计上心头，亲手给我爷爷家造人口花名册，就连死了十几年的老大，还有死了没几年的小光、小五、小七、二丫头、四妞子，都登记在册。出阁的两个姑奶，没出阁的老姑奶，还有常到我们家吃蹭饭的没田没地的几户周家近门，都成了我们家的人，甚至，张冠武把自己的名字也写进了我们家。

有人问舅爷爷，这不是造假吗？

舅爷爷说，我是吃谁家的饭出去打仗的？是老周家呀，没有老周家，我哪有力气扒铁道，杀敌人，解放劳苦大众？

于是，我们家便被划成了中农，自然，也是革命团结的对象。

“文革”的时候，有人举报我们家是漏划地主，舅爷爷干脆住进了那户人家，高低要让人家买进两百麻袋稻谷，没事他就去磨几斤大米，啥时吃光了啥时走。吓得那户人家赶紧要回了举报信。

舅爷爷依然来我们家蹭饭，那时，我已经懂事了，没事就听他骂大爷爷和我爷爷，没有那两百袋稻谷，你们家平安个屁。

# 阿门，1900 年

天上的大雁嗷呜嗷呜地叫着，从县城瓦灰色的鼓楼尖上一行行飞过。我无心感受季节的变化，痴迷地望着天，心想，那雁可真大呀，比羊羔还大。我的眼前就虚幻出了煺光毛的雁，那只大雁赤裸裸泡在大锅里，可怜的小脑袋被细长的脖子送出了锅沿，无望地垂着。灶膛下烈焰滚滚，大锅里热气腾腾，香味儿随着蒸汽越来越浓烈地挥发着。

我知道我是在白日做梦，可我的馋虫还是被勾引了出来。我不断地咽着口水，我多么盼那雁真的能掉下来，哪怕就一只，让我饱饱地吃一顿肉，我也就知足了。自打过完年从城西羊安堡的家出来，没尝过一回荤腥味儿，现在都八九了，除了喝粥还是喝粥，喝得我总是找地方撒尿，大便却少得几天才能一回。

学堂里的同学笑话我，说姓周的就是喝粥的命。我很自卑，同时也很感激卜右林神父，喝粥总比挨饿强多了，没有神父收留我做教徒，供我吃住，我的书肯定念不下去，早就回村给人家放牛去了。

卜右林神父见我望着天发呆，就用手掌心托了下我尖瘦的下巴，半生不熟地说着汉话：“走吧，抱歪周。”

神父总是叫我“抱歪周”，我不知道是啥意思，“抱歪”就“抱歪”吧，那年头孩子生得多死得也多，小孩和猫啦狗啦的差不多，生下了往炕上一撇，喝饱米汤就不错了。就是奶水好一点儿，也舍不得多喂几口，留着到富户人家当奶妈，带出一张嘴不算，还能挣出一升半斗的粮食。自己家的小孩能养活啥样算啥样，能活多大算多大，当妈的能趁着烧火扫地干不要紧的活计时歪着抱一会儿，或是给口奶就不薄了。老周家人口稀，就是歪着斜着抱着，也比别人家的孩子被抱的机会多。卜右林神父这么叫，我也就不怎么反感了。

叫惯了，我也应，应久了，我就有了这个绰号。神父每天都领着我从东街的教堂穿过鼓楼走到西街的粥厂，那里有施善的大锅。他让我给信教的人分粥喝。反正跟着他能喝饱粥，叫我啥都不打紧了。

卜右林神父低着头微笑着瞅我，他又叫我一声“抱歪周”，在我的脑袋上拍了好几下，才憋出了下句话：“信教，好吗？”

我忙不迭地点头，其实我根本不知道信教是咋回事，我见了观音菩萨和大肚弥勒佛比耶稣亲多了，我是怕他不再让我混粥喝了，才答应得那么彻底。

卜右林神父露出了开心的样子，他闭上眼睛，胸前画个十字，很舒心地说了声："阿门。"

我也说："阿门。"

粥厂外已经排了长长的队，卜右林神父站在粥棚的门口，摘每个信徒的帽子，一旦发现有长辫子从帽子里蛇一样滑出，神父会很生气地将混粥的人撵出去。我做的差事是一人一勺地往碗里添粥，神父对谁点头，我手中的大铁勺就伸向谁的碗。

这是我一天中最愉快的时候，我可以给顺眼的人剜一点儿干的，也可以把最稀的舀给我讨厌的人。最后剩的肯定是比较干的粥，那是我的勺把握得有分寸，我远没有耶稣的献身精神，我得为自己的肚子着想，虽然粥底常常混进沙子，甚至硌响我的牙，我都不在乎，我要的是不打折扣地填饱肚子。

城里人都笑话我们这些混粥喝的教徒，说我们是群抢食的狗，是不要脸的狗。须发都是祖宗留下来的，剪了辫子是断子绝孙，是不肖子孙，是虎逼猫哨子加上狗杂种。我是个孩子，吃饱不饿就行了，不知道断子绝孙多么残酷，更何况我的爹妈和家族里的人都在乡下，没人计较我辫子的长短。

卜右林神父常给我剪头，剪那种根本梳不了辫子的短头。自打我从学堂里被神父挑出来，我就被剪掉了常被人揪的辫子。学堂里的孩子大多来自殷实人家，就我一个家穷底薄，不揪我的辫子揪谁的？咱们家族里的人看我脑子还算灵，就一家凑上几个铜钱，送我进城里的学堂，图个将来打官司能有个手笔，别吃亏，弄好了中了举，谋个一官半职的，还能光宗耀祖。神父说信教不许梳辫子，我就动了心，没了辫子就没法揪我了，省得他们天天揪得我脑瓜皮直疼，后来神父说信教可以喝饱粥，就更打动了我。我就不顾一切地做了教徒。

神父来学堂选教徒那天，是我饿得最难受的一天，从家里带来的几个铜钱已经花光了，我只盼着早点儿放学，光脚跑回二十里外的家，求爷告奶地借几升粮食。我的鞋不过是同学面前的摆设，离开同学的眼睛，我就能放心地光脚了。校董陪着神父走进学堂时，把我们吓了一跳，我们只听说过西洋人，还没见过洋人是啥模样。那洋人的脸长得像个老山羊。神父结结巴巴地介绍自己，说他的名字叫卜右林。

我们这群学生都笑了起来，也都记住了神父的名字，神父的发音很成问题，他把自己叫成了“不要脸”。神父满脸都是胡子，叫“不要脸”和他的模样还挺般配。

可“不要脸”神父在城里净做些露脸的事情，他除了施粥，还能给人看病，又能用“主”把受地主老财气的人劝说得心里顺畅些。到了礼拜天，领着一群人在教堂里念《圣经》，像是学堂的先生领着我们背书。

粥厂里唏唏噜噜的喝粥声连成一片，随后就是接二连三的嗞嗞声，那是大家在舔碗。信徒们把空碗递到我面前时，干净得已经用不着洗涮了。他们的手依然恋恋不舍地捧着碗，眼睛里透露出一种奢望，期待着我的勺能再给他们添一次粥，哪怕是稀得照人的粥。

剩下的最后一碗粥才是我的，我的粥还没有喝完，我怕他们发现我的粥比较稠，就三口两口地咽下去，也和大家一样，把碗底舔得能照清自己的脸。这时，我才用铁勺敲着锅，大声说："没了。"

粥厂外传来了马蹄声，这是我最不爱听的声音。我知道，用不多久，知州大老爷瑞祥就会出现在我面前了，瑞祥常以体察民情为由来粥厂看热闹，像是看一群抢食的小猪。别看瑞祥高高在上，城里城外的人都议论他，也都知道他的州官不是功名得来的，是花钱捐的，说他爹临死前把家产变卖了两万两白银，分给了他们兄弟俩，他用这钱捐了官，他弟弟用这钱去西洋念书。尽管那时我年龄不大，可我也懂得一个道理，就是花钱捐官的人都像贪吃蛇，不撑死了决不罢休。

我丢了辫子，沦落到假装信教骗粥喝的地步，全怪瑞祥，他过生日，全城人都得送贺礼，学堂也不能例外，全家族人给我凑的那点儿吃饭钱全让他刮走了。

按理说，知州出门该是坐轿的，瑞祥带着一队人骑高头大马，就是为了显威风。喝粥的信徒吓得四处躲闪，瑞祥长驱直入地到了我面前。瑞祥用马鞭指着信徒们，信口胡说这是衙门放赈，让大家牢记朝廷的恩典。信徒们怕大老爷说信教是背叛朝廷，也怕计较凭啥丢了辫子，就没人敢吱声。卜右林神父弄不懂放赈是啥意思，以为大老爷赞扬他舍粥呢，低头在胸口画十字，嘴里说：“阿门。”

瑞祥也回应一句“阿门”，策马走了。知州大老爷有个弟弟去了西洋留学，加上慈禧老佛爷对洋人和善着呢，就连宁远州的教堂也都是朝廷动用了库银修成的，瑞祥见了洋人就有了亲近感，也能手下留情了，没有过多地难为教堂。

教堂的钟悠扬地响着，响得很悦耳，悦耳得能把包在心窝上的委屈事都给敲落下去。神父把这神圣的职责交给了我，让我按照规定的节律敲响大钟，来召唤教徒们做礼拜。神父站在我身旁，一招一式地教着我，像我亲爹一样慈爱，我很感动。

钟声一响，就惊飞了栖居在教堂屋檐下的麻雀，麻雀在城里的上空忽东忽西地盘旋，最后又飞回到了教堂，叽叽喳喳地叫着，好像议论刚才的惊吓。每个礼拜麻雀们都要受到一次这样的惊吓，可它们却总也舍不得离开教堂，因为从来没有人到教堂来掏它们的窝。我总想趁黑夜掏几把那些麻雀的窝，把麻雀烧得煳香煳香，解解我身上的馋虫，可我不敢做，神父说教堂是个神圣的地方，触犯了会遭报应的。我不怕耶稣报应，我不认识耶稣，我怕的是阎王。

那个礼拜天和别的礼拜天没啥区别，就是多了个抱小孩的妇女。卜右林神父总想找个不满周岁的小孩做洗礼，谁都不明白洗礼是咋回事，怎肯抱孩子来呢？这是个破天荒的洗礼，神父很高兴。

做完祈祷，神父就带抱孩子的妇女来到教堂旁的一口井前，准备隆重地给孩子洗礼。我按照神父的指使，从井里打出一桶清水。神父的指头蘸着水，不断地在孩子的额头上抹来抹去，嘴里念念有词地叨咕着什么。

所有的人都学着神父的样子，默默地祝福着孩子一生安康，天空也是知晓人意般，和大家的心情一样清朗爽快。本来一切都挺好，可偏偏就在这时，我们的四周突然爆发了山崩地裂的声音，震得我耳朵发麻，心发颤。

我被这声音震呆了，眼见得一柱柱房梁房木砖瓦石块飞上去又落下来，就不知道躲闪，甚至一个个大活人被掀上天又落到我身旁，我都麻木得没有反应。神父一下子把我扑倒在地，把我推进井旁的一处凹地，让我老老实实趴着别动。

神父安顿完我，急急忙忙往教堂里跑。出来时，我看见神父手里拿着一根长管，吃力地往教堂的房顶爬。事后，神父才告诉我，那是单筒望远镜。事后，神父还告诉我，那天根本不是什么天崩地裂，是八国联军的炮舰途经辽东湾时，发现了距岸不远的宁远城，鬼使神差地轰了一顿炮。

神父从教堂的顶上爬下来，就开始敲钟。钟声在轰轰的炮声里虽然很弱，可还是传了出去，而且传得还很远。神父很镇定，不慌不忙一下一下有节制地敲下去。

城里的人到处嚷嚷着，天塌地裂了，没命地四处乱跑。那个刚才抱孩子做洗礼的妇女，哇哇大哭着，她嘴里不断地叨咕着，是她给孩子做洗礼招来的孽，天快塌了，地也裂了，人间的大限已到了，谁也活不成了，孩子孩子你先走吧，妈随后就跟你一块儿走。

那时候，我一伸手就能把孩子抢过来，可我被爆炸声震傻了，眼睁睁看着那妇女把孩子扔进井里。

炮声就在这瞬间稀落下来，接着就彻底地停止了。我们这群人傻愣地呆在那里，不知所措地四下张望。没有了炮声，也没有了人们惊乱的吵嚷声，教堂的钟声突然洪亮了起来，一下接一下地撞着我们的心，我们被这钟声招回了魂，大惑不解地互相望着。

就在这时，那个妇女爆发出了撕心裂肺的喊声：“儿啊，我的儿啊。”

我猛醒过来，急着爬向井沿，向井底望去。井底已经看不到孩子的身影了，那方水不断地往外扩散着水圈，蓝天在井底打着哆嗦。

卜右林神父还在那里敲钟，一直敲到天黑。

几天后，全城的人终于弄明白了，是外国大鼻子从海里的洋舰上开来的炮。学堂不敢再开课了，怕洋鬼子回头再轰城。我不愿回家，可不得不回乡下，因为大家都恨洋人，对卜右林神父也不例外，我就没法跟神父混粥喝了。我知道，是神父的钟声阻止了洋人的炮，救下了城里许多人的命，可没有几个人感谢神父。

我很沮丧地回了家，把我在学堂里穿的鞋珍藏了起来，我不知道以后我能不能有机会穿鞋进学堂了。晚上睡觉的时候，我爹我妈发现我丢了辫子，没命地把我从被窝儿里捞出来，不依不饶地追问我是咋回事，愤怒和伤心得好像我丢了脑袋。

我爹我妈的骂声惊动了族里人，他们都过来了，家族里的老长辈看着我的短头发像是看怪物。他们唉声叹气地拍大腿，心疼着供我上学舍出去的铜钱和粮食，嘴里不断地说着，这孩子，完了，完了。

听族里人这样说我，我爹我妈气就更大了，拎着我的耳朵进了咱们那个破落的周氏祠堂，让我跪在祖宗的神像前。那个夜晚很冷，我穿得很单薄，凉风在祠堂里南来北往地灌来灌去，我跪在那里冻得直打哆嗦。

我抬头看着祖宗的神像，希望祖宗能谅解我，可怜可怜他的子孙吧，让我早一点儿回被窝儿，我冻得实在受不了。祖宗对我的乞求无动于衷，祖宗的神像破旧得快要辨不清模样，下雨时祠堂漏了，几道水痕还留在祖宗的身上。祖宗那副淡漠的样子，好像我根本就不是他的子孙。我上牙打下牙暗暗地问祖宗，你给老周家的后代留下啥了，就留下你这个不顶用的破模样呀？你若是给下一代留下点儿财产，我何苦为混口饭吃去信教呢。

我冻得受不了，大人们也冻得受不了，爹妈就给我扯回了家。我丢了辫子是件丑事，让村里人知道，整个家族的人都没脸见人。家丑不可外传，有人把黑马的尾巴割下来一段，给我做了根辫子，我妈把辫子缝在帽子上，让我出来进去时戴着，免得被别人看出破绽。

在家里待了几天，我实在待不住了，时刻担心帽子掉了会露馅。我倒不在乎什么，可家族里的人却受不了，好像我掉了帽子他们就会掉脑袋。这时候，我就很思念卜右林神父了，在神父面前，我什么也不用怕，除了不让我在教堂里胡闹，我做什么，神父都说对。

这样，我就背着那双鞋，返回了城里，到教堂找神父。神父见到我简直是喜出望外，很多信徒因为炮轰宁远州事件不再信教了，教堂就寡淡下来，粥厂也不施粥了，教堂的钟声就显得很清冷，做礼拜的人也少得可怜。神父把我抱了起来，用他“不要脸”的胡子用力地扎我的脸。

天一天比一天暖，柳芽也吐出来了，城外的田野里到处都是老牛拉破车的情景，他们在给每一片田地送粪。天暖了，我心却冷了。学堂恢复了授课，我却被挡在了学堂之外，知州大老爷的夫人受了场风寒，学堂里的学生每人都凑了份子，我连饭都吃不上了，哪有钱凑份子？学董就停了我的课。

我不能也不敢回家，马尾巴的小辫子早让我甩了。没什么事，我就陪着神父逛街，神父也乐得在街上多学一些汉话。

这天，城里来了个怪人，那人在街头立了个字摊，就自命不凡地仰在他自带的藤椅上，似睡非睡地闭合着眼睛。神父是个好奇的人，我也正是好奇的年龄，就站在一旁看这个怪人。

那人的字摊旁立着一杆大旗，旗上自称叫“圣手子婴”，“一手好字吃遍天下，非一字一金不卖”。围着这个叫圣手子婴看热闹的人不少，可谁能出得起一字一金呢，整个宁远州除了知州大老爷有闲钱，别人谁能愿意买这么贵的字？

神父正在学写汉字，虽然那字差极了，可他却向往着最好的字，神父就动员我向圣手子婴求字。圣手子婴睁开眼看了我一下，操起身旁的逍遥扇，摇了起来，我知道，那是无言的拒绝。神父只好亲自出马了，他结结巴巴地道出了求字的愿望。

我看到那个叫圣手子婴的人脸色变得难看了，难看得像霜打的茄子。我又看了眼神父，神父的神态特别真诚，真诚得像水一样透明。我的心里很疑惑，不明白圣手子婴为啥变脸了。我看到圣手子婴的眼光刀子样在神父的脸上扫来扫去，好像要剃光神父脸上的胡子，让神父露出真面目。

神父说：“我叫卜右林，请赐字。”

圣手子婴摊开了手掌，那意思是让神父交钱。神父忙不迭解下腰间的钱袋，排出了几块金币。圣手子婴满脸的鄙视，神父不解地摇着脑袋。我知道圣手子婴是什么意思，那是嫌神父的金子不够分量，他要的金子是一个字一两金子，神父理解的是一个字一个金币。

我把圣手子婴的意思悄悄地告诉了神父，神父摊开双手，露出了很无奈的样子，神父嫌字太贵了。我自告奋勇地走上前，对圣手子婴说：“你的字贵得没边了，不露一下真本事，就是神父有钱，我也不让他买。”

那人冲我冷笑几声，脱下一只鞋，用脚丫子叼住一截木棍，洒脱地舞动几下，我看到地面留下了几个字。大家都抻长了脖子望着那几个字，我很快认出那龙飞凤舞的三个大字，分明地写着“不要脸”。随后，他穿上鞋，把那几个字全擦了。

圣手子婴用脚写出的字都好得出奇，用手写字更了不得了，大家啧啧地称赞着。我却一声不吭地站着发呆，我在琢磨着，刚才他写下的“不要脸”是骂我呢，还是骂神父？

神父不在乎要不要脸，我从他的眼神里看得出，神父对圣手子婴佩服极了。神父用很多钱买粮做粥了，拿不出那么多买字的金子，离开字摊时显得很失望。

以后的几天里，神父总是拉着我的手上街，在字摊前一蹲就是一天，企图等到买主，好一饱眼福。可圣手子婴的生意清淡得很，几乎没人买他的字，神父和我便总是空等。

我说过，知州大老爷瑞祥是个爱看热闹的人，城里出了这么新鲜的事，这么怪的人，光天化日之下在街头摆架子，这在宁远城还是从没有过的事，简直是向知州大人挑衅。街头巷尾的人都在议论，圣手子婴这么牛逼，瑞祥非得收拾他不可。

那天，瑞祥骑着一头雪白的高头大马带着一群人终于出现了。除了神父以外，我们都感到要有热闹看。那时节已是阳春，阳光暖融融的，复活了的蝇蛾很快乐地在空中飞着。圣手子婴闭合着眼睛躺在藤椅上，让太阳温暖他。我们都闪开了，州城里的人没有不怕瑞祥的，谁敢在这个节骨眼儿上往前凑？可我们又不甘心看不到要发生什么，就从胡同里往外探脑袋。

字摊前空了，大白马把街头的青石板踩得嗒嗒响，街上静得风都不敢刮。我的眼光留在了药店门前那串贴着一块块膏药似的白招牌上，刚才它还在风中晃动，现在也静下来。只有不知天高地厚的燕子在空街上飞来飞去。

大白马的蹄子已经踏上了圣手子婴的字摊，大白马鼻子里的热气已经喷到了圣手子婴的脸上。可圣手子婴还是闭着眼睛，不为所动地躺在藤椅上晒太阳。知州大人扬了下马鞭子，那群随从便将圣手子婴团团围住。

瑞祥端坐在雪白的骏马上，冲着圣手子婴打了个响亮的马鞭。圣手子婴这才睁开眼睛，不慌不忙地问：“求字啊？”

瑞祥把马鞭往下一指，那口气分明就是命令：“给我写几个字瞧瞧。”

圣手子婴还是坐着不动，他的手向大旗上指了指，示意着瑞祥取来金子。瑞祥并不理会圣手子婴的暗示，又一次命令着：“本官要看看你的字，给我写几个。”

圣手子婴这才从藤椅上站起来，问：“几个字？”

我们这些胡同里探头探脑的脑袋都紧张了起来，圣手子婴站起来了，好戏也该开始了。知州大人上任这几年，还没有一个人敢站出来叫板的，现在一个小小草民当街和他牛上了，看他怎么收场。

瑞祥火了，他大声质问着：“你问我？”

圣手子婴不愠不火地说：“你求字，不问你问谁。”

瑞祥火上加火了，他说了半句“我问你”就不知道该说什么了。我们学堂里的同学在嬉闹的时候，常有人扮成知州大人，我们都知道，知州大人升堂，发起火来时，只会说一个字，那就是“打”，这回能说出三个字来就不简单了。

我们都看得出，圣手子婴装成恍然大悟的样子，他说："大人是想求'我问你'三个字，请付黄金三两吧。"

瑞祥的随从们很会看眼色，不等知州发话，一脚踢翻了圣手子婴的字摊，教训道："你他妈的是活腻了，知州大老爷还没跟你要占地的银子呢，你狗胆包天反倒向老爷讨起了金子。"

"请付黄金三两。"圣手子婴不依不饶。

知州大老爷让谁给写几个字，那是抬举人呢。瑞祥上任以来，家里和衙门里从来不挂字，头一次对字感兴趣，竟遭到这般奚落，简直是奇耻大辱。

一场向知州大人挑衅的闹剧就这样开始了。随从们蜂拥而上，企图抓走圣手子婴。圣手子婴手持一支饱蘸浓墨的大笔，灵巧地躲闪，墨汁竟然一滴不洒。

神父站在我身后，也学着大家的样子，从胡同口向大街上窥视，他对眼前发生的一切感到莫明其妙，问我："抱歪周，怎么回事？"

我正看在劲头上，盼望着圣手子婴把瑞祥从马上拉下来，替我报一把念不成书的仇，就没心理会神父了。我说："你就看吧，完事了我再给你讲。"

圣手子婴三绕两绕就绕到了瑞祥的身旁，绕得那匹大白马团团打转。我看到圣手子婴持笔的手挥舞起来，不一会儿，大白马身上就留下了“我问你”三个潇洒的大字。

我们这些看热闹的人个个惊得目瞪口呆，不怨人家自称天下第一圣手，别人四平八稳地铺纸研墨还写不好字呢，转眼之间人家能在打转的马身上留字，真是圣手不凡，一字确实值得一金。

圣手子婴把笔丢在了破烂的字摊上，颇具礼节地伸出手：“知州大人，你已经欠下我黄金三两了。”

瑞祥只顾策马围着圣手子婴团团转，为抓不住人而着急，为圣手子婴马前马后戏弄他而愤怒，他还不知道马身上留了字，更顾不上胡同里传出来的一阵阵笑声，连声喝着：“把他拿下，把他拿下。”

圣手子婴露出了不屑一顾的笑容，他把拴在腰间的印章解下来，用手指头牵着印绳，把印章甩向了马屁股。就这一瞬间，我看到了一个鲜红的印痕留在了马身上，显而易见，那是圣手子婴的印记。白马受到这猛烈一击，惊得怪叫一声，驮着瑞祥一路奔跑下去。

那群随从们恐怕大人有闪失，顾不上拿圣手子婴，拼命追赶瑞祥去了。

圣手子婴把印章收回腰间，扛起那杆大旗，唱唱咧咧地走开了。

我们这群看热闹的人都涌上了街头，你一言我一语地议论着刚发生的事情，每个人都露出了神秘的笑容。

神父是个单纯的神父，他以为我们赞赏的是圣手子婴的字呢。回到教堂，神父莫名其妙地让我敲响了钟。

钟声响彻州城，那群好久没受惊扰的麻雀惊慌失措地从教堂的房檐下飞出，在天空中久久盘旋，不知要落向何方。

不久，有消息传来，慈禧老佛爷代先皇回盛京祭祖，途经辽西走廊重镇宁远州歇榻。整个州城都动了起来，修街铺道张灯结彩，忙得不亦乐乎，满城只有教堂用不着装点，老佛爷本身就是主，她不可能拜别的主。

不管街上有多忙，都不关我的事，我还是陪神父逛街。前一段知州大人放出风去，抓住圣手子婴，非要剁去他的双手不可，戏弄朝廷命官，罪不可赦。这一阵，风声就没了，知州大人只顾忙着装点门面，就忽略了圣手子婴。

有一天，我忽然看到，圣手子婴擎着那杆旗又回来了，还是在原来的那个地方铺个字摊，还是牛哄哄地躺在藤椅上，眯合着眼睛，一字一金不倒价。

我想，又该有热闹看了，可我一连等了好几天，却枉费了心机。我没有等到知州大人来剁圣手子婴的手，等到的却是许多富户人家点头哈腰地求圣手子婴写牌匾。

神父终于可以静心地欣赏圣手子婴写字了，高兴得像个小孩子。他甚至想义务充当下手，为圣手子婴扶纸研墨。圣手子婴却冷漠地拒绝了，好像神父弄脏了他的纸。

那些富户托着黄金，像摇尾乞怜的狗一样，谦恭地立在圣手子婴面前，恳请圣手子婴写下一些诸如“清正廉明”“公正廉洁”“两袖清风”“青天老爷”“功高盖世”之类的文字。圣手子婴接过金子，一挥而就，金子装进他的衣兜，像风刮来的一样容易。

我很为知州大人不抓圣手子婴纳闷，听到了富户们的议论，我才恍然大悟。这些年来，知州大人光顾起各种名号收银子，忘记了给自己歌功颂德，衙门的门楣上光秃秃的，老佛爷一生气，没准会拔了他的顶翎，这些年的银子可就白花了。

当然，那些富户并不真心送匾，这么贵的匾就是砸他们的骨头。他们甚至不避讳圣手子婴，边骂着知州瑞祥的贪婪，边说着瑞祥的私宅某某房里藏着多少多少银子，某某房里藏着多少多少珠宝。

每逢这时，我就看到圣手子婴的手停顿下来，过了好一会儿，才挥笔写下去。当时，我就有个疑问，圣手写字还要想啊？后来发生的事情让我明白了，圣手子婴想的根本不是字应该怎样写。

瑞祥的师爷来教堂登门造访了，师爷说，有些名望的地方都给大老爷送匾了，教堂也不应该例外。神父很生气，神父若是有那么多金子的话早就给自己买字了，神父历来与衙门不怎么相扰，就把师爷逐了出去。朝廷都怕洋人，神父怎能怕一个小小的师爷？

可我怕衙门，我怕神父和瑞祥弄僵了。要是关了教堂，撵走了神父，我连栖身的地方都没有了，何况神父正向有限的几个信徒募捐，希望我能重回学堂。我就动员神父给送个匾，咱不求圣手子婴给咱写，咱自己有手，自己动手做牌匾。

神父同意了我的想法，我不愿替瑞祥吹牛拍马，想了好久才想出个词，那就是“神主阿门”，反正瑞祥书读得不多，弄不明白咋回事，糊弄糊弄他就算了。我的字虽然比圣手子婴的逊色多了，可教堂用不着怕衙门，送个牌匾就不错了。

该送的牌匾都给衙门送去了，圣手子婴的字摊不再忙碌。那些天我天天看他写字，受益匪浅，就更加舍不得离开字摊了。

师爷也来到了字摊前，师爷也是摇着扇子，可我咋看那摇法咋不顺眼，假模假样装腔作势的，不像人家圣手子婴摇得有味道。师爷颇像内行似的对圣手子婴的字频频点头，慢条斯理又酸味儿十足地说：

“这一段没少捞吧。”

圣手子婴翻了眼师爷，说：“快堆成金山了。”

师爷说：“先生替这么多人给知州大人写牌匾，为什么不亲自给大人挂上一块匾额，以表寸心呀。”

圣手子婴淡然一笑，说：“我这就拿出看家本事，给大人献上最好的匾。”

我看到师爷露出了酸酸的笑容，好像是很满意圣手子婴变乖了变得听话了。

听到圣手子婴要拿出看家本事，我就更舍不得离开他身边了，要亲眼看一看最好的字是怎么写出来的。

圣手子婴没拿笔也没拿纸，他握着一把刀子，在空匾上游龙般走动着，不久就有“高天三尺”几个遒劲的大字凸了出来，随后，他又给那几个字鎏了金。

第二天，一大群人敲锣打鼓地给衙门送这块匾额。我正是爱热闹的年龄，怎能错过这个机会。送匾接匾挂匾地忙活了大半天，等我再找圣手子婴的时候，却不知道他上哪里去了。

知州瑞祥只顾看匾了，也忘了圣手子婴。谁都能看得出，那么多匾额中，瑞祥最喜欢这个，“高天三尺”，那是多大的称誉。瑞祥把它挂在了正中。

面对着这个匾额，我们都没有深想里面的真正含义。

就在老佛爷要来的前一天，教堂里突然来了个特殊的信徒，那个信徒穿着我们从来没见过的衣服，脖子上扎着个小带子，精神得很，多年以后我才知道，那人穿的衣服叫西服。

那人一见到神父就咿里哇啦地说外国话，两个人越说越亲，说到最后就抱起来，比两口子还要亲，看得我眼睛直热。神父待我像儿子一样，从来没那么亲热地抱过我。

神父把我介绍给了那人，那人才开始跟我说汉话。他说，他是知州瑞祥的亲弟弟，叫瑞恩，刚从西洋回来搞洋务，他在西洋信了教，没想到宁远州里还有教堂，他太高兴了。

我没有感到高兴，我和州城里的许多人一样，恨透了瑞祥。我看着瑞恩粉头粉脸的样子，比他哥也好不了多少。瑞恩请求神父陪同他到衙门见他哥，他说，在西方，有神父陪同，那是莫大的荣幸。神父高兴得眼睛放着亮光，愉快地接受了邀请。神父说他好几年没和人探讨教义了，认识瑞先生使他在中国传教如虎添翼。当然，神父不可能把汉话说得这么流畅，这是我对他那么多啰嗦话的解释。

衙门内外早已收拾得利利索索，衙门四周几百步内所有民众一律退避，兵丁们枪明刀亮，严格地守护着。知州大人的弟弟瑞恩带着我和神父走向了空空荡荡的衙门大街。

有兵丁横刀立枪地拦住了我们，瑞恩柔和地笑着，推开了冰冷的刀枪。兵丁们见瑞恩洋服在身，又有神父陪着，知道来头不小，就没有深拦。

阳光在衙门外的大街上畅快地照着，已是晌午时分，我们三人丢下的影子显得越来越短。来到衙门口时，有守卫的兵丁厉声吆喝着我们，我们的步子就停下来。

瑞恩没有着急走进衙门，更没有向兵丁露出他就是知州大人亲兄弟的身份，他安稳地站在衙门口，微微地仰起头，眯缝着眼睛，向门楣上扫去。那里挂满了歌功颂德的牌匾，居中最显赫的位置上挂的就是那块“高天三尺”。

那是个初夏的晌午，还不是很热，瑞恩额上的汗却滚了下来。我也冒了汗，我额头上有汗，身上的汗更多，我是个孩子，连跑带颠地才能跟上大人的步伐，走了这么远，早就汗淋淋了，口也渴得难受。我巴不得立刻到衙门里，找口水喝，听说衙门里有口甜井，我还从没喝过。

可瑞恩的眼睛只顾留在门楣上，我多么盼他的眼光能撂下来，带我进院，我要喝水。瑞恩的眼光却像粘在上面一样，一动不动，他额头上的汗很快落尽了，眉头越皱越紧，脸色也越来越青，好像那上面挂的是杀人的刀子。

瑞恩的眼光终于收回来，对兵丁说话的口气也显得很硬，他说：“瑞祥是我哥，让他出来接我。”

几个兵丁上下打量几眼瑞恩，他们也知道知州大人的弟弟去了西洋，便相信了瑞恩的话，奔跑着进里面通报。

知州大人听说弟弟来了，忙得衣冠不整地接出来，笑得大嘴咧到了腮帮子上，活像个蛤蟆。知州大人一把拉住弟弟的手，说："操，几年不见，你也成洋鬼子了。"

瑞恩很冷地对着哥哥。我看到瑞恩对知州大人不怎么好，对他不好的印象也就淡了些。瑞恩没有搭他哥哥的腔，目中无人地往衙门院里走，好像是朝廷派来的钦差大臣。

到了内宅的门外，瑞恩对神父说了几句外国话。神父就站住了，带着我进了一旁的厢房。不一会儿，我又看到了知州大人的夫人和儿子也被他们哥儿俩撵出了内宅。我和知州的儿子认识，我俩都在学堂念书。我口渴得难受，就跟神父说出去找口水喝。神父答应了我。

初次到衙门，我到处找不到水，就求知州大人的儿子，他儿子把我领进了内宅，到厨房的水缸里舀水喝。知州大人家的水都是甜井里的水，甘甜得像掺了糖。

出来时，我听到知州大人和他弟弟瑞恩争论着什么，我就顺着墙根溜过去，听一听他们到底说些啥。我连做梦也不会想到，我会听到一个天大的秘密，他们哥儿俩说的那些话令我终生难忘，我是从那一时刻起彻底地折服了瑞恩。

"真是胡闹，你脑袋要搬家了，知道不？"这是瑞恩的声音。

"你别管我州城里的事，我把这儿的人治得蚂蚁一样老实，谁敢碰我？”

“这两年，你该攒下几十万两银子了吧？”

“你咋知道的？”

“衙门口的匾额上写着呢。”

“谁敢写？我抓了他。”

“那是你蠢，你自己挂上去的，还去抓别人？”

“瞎说，我怎能把这种事往外挂呢。”

“说你蠢你就是蠢，我问你，你知道‘高天三尺’是啥意思吗？”

“那是赞扬我比青天还高啊。”

“傻哥，你好糊涂，这四个字是要你的命呢！”

“瞎说。”

“给你送这匾的人太厉害了，他一是变着法地骂你刮地三尺，二是陷你于不忠。皇上才贵为天子，你比天还高三尺，不就是想篡位谋反嘛！”

屋里寂静了好一会儿，才听到瑞祥的声音，他说：“妈了巴的，我被圣手子婴这个老狐狸给耍了，兄弟，你等着，我这就派人摘下牌子，抓回那个老狐狸。”

“这些都没用了，现在最重要的是保命。”

我正听得心惊肉跳，知州大人的儿子喊了我一句：“喝完水你不走，总蹲那儿干啥呀？”

就这一句话，惊动了屋里的哥儿俩，我的心猛地跳了起来，吓得连步都不会迈了。我想，我听了这么大的秘密，小命肯定没了。瑞祥三两步就跑出屋，一下子把我从墙根拎起来，凶狠地瞪着我，恨不得一口把我吃了。瑞恩劝他哥放下我，一个小毛孩子，坏不成什么大事。

就这样，我被他们锁进了一间小屋里。那小屋铁窗铁门，别说是我，就是彪形大汉也休想逃出。我猜想，这肯定是知州瑞祥用来惩罚家贼的地方，因为州城里的人传言过，衙门里的人犯了戒，知州大人就会把他们关进私宅旁的小铁房里，等待他们家人用钱赎。

我盼望着神父能赎我出去，可我左等右等，一直等到太阳快落山了，还是没有等到神父的影子。我又渴又饿，哭着喊着要出去，要吃饭，要喝水。没有人搭理我，我只看到知州瑞祥像热锅里的蚂蚁，不停地在衙门和内宅间出出进进。

掌灯的时候，内宅的灯笼挂了出来，很寡淡地只挂一盏，不像人们说的那样，知州大人的内宅灯火辉煌。我看见有一辆带篷的驴车从衙门的侧门赶进来，停在了关着我的小铁房门前。我以为是神父接我来了，喊了声："神父，我在这儿。"

赶驴车的人看了眼关我的小房，很凶地说了句："闭嘴，再吱声割了你的舌头。"

知州瑞祥的家人一个接一个走出内宅，又都钻进了驴车的篷里，一声不吭地等在里面。知州瑞祥和他弟弟瑞恩是最后上的驴车，瑞祥一步一回地望着私宅，对他弟弟说：“一块银子你也不让我带走，不当官了，以后的日子得让我怎么过呢？”

瑞恩说：“搞洋务的前途大着呢，赚来的钱总比刮来的钱花得心安，你就死了这份心吧。”

内宅的灯笼熄灭了，毛驴车在黑暗中悄无声息地走远了，夜静得让人心里发毛。我感到了恐惧，他们把我锁在这里逃跑了，我会没人管没人问地锁在这里，直到被困死。

我是在惊恐不安的状态下睡着的，睡得一点儿也不踏实，总有噩梦搅进我的脑子。夜半时分，我被一阵猛过一阵的喊杀声惊醒，我以为这又是梦，掐一把大腿，疼得很。我猜想，准是州城出事了，究竟能出啥事，我却猜不出。

喊杀的声音还很远，我抓着铁窗向外张望，希望能找到声音是从哪里传来的。这时，我看到了衙门里亮起了一片火把，一群兵丁向内宅跑过来，边跑边喊：“大人，大人，不好了，义和团攻城来了。”

兵丁们还不知道他们的大人早就走了，在空无一人的内宅里高举火把，大声呼唤着大人。

远处的喊杀声越来越近，乱糟糟的马蹄声震动了关我的小铁房，州城里到处晃动着火把，照亮了所有的房子。我看到一队人马擎着一杆三角大旗，从衙门向内宅冲来，旗下的那个人正是我曾仰慕过的圣手子婴。

圣手子婴边跑边喊："瑞祥，留下你的狗头。"

那些寻找知州大人的兵丁见义和团已经杀进来了，把手中的刀枪都扔了下来，抱着脑袋呼爹叫爷地喊饶命。圣手子婴血红着眼睛，一遍又一遍地在内宅里找瑞祥。我看他们对放下刀枪的兵丁没有动手斩杀，才壮着胆子喊了声"救命"。

圣手子婴用撬棍别开了关我的房门，他上下打量我几番，没问我为啥被关在这里，只是追问："狗官瑞祥呢？"

我就把瑞祥一家人坐驴车偷偷逃走的事说了出来，圣手子婴悔得直拍大腿，他说："早攻一天宁远州就逃不了这个狗官。"

圣手子婴知道我是神父的跟屁虫，没让我回教堂，他说："州官和神父都不是好人，是他们把我们坑得国不像国。"

没办法，我又做了圣手子婴的跟屁虫。

我跟在圣手子婴的身后，看他们搜衙门。衙门大堂的文书案摆得很整齐，官服和官帽方方正正地摆在书案上，官印也规规矩矩地摆放在一旁，一切一切都那么从容，仿佛这里从来没坐过贪官。

接着，我又跟他们去了后堂，后堂的几个库房用封条贴上了。圣手子婴伸手扯去封条，撬开了大锁。我见到了我这一生都没见过的白花花的银子，还有无数的珍宝。我真想伸手抓几锭，藏在身上，等天明之后到街上买几块大饼和一只烧鸡，美美地吃上一顿。要知道，我肚子只有早上那点儿稀粥，早就饿得前腔贴后腔了。

我看了眼圣手子婴，他的眼睛和火把一样红，我的手被他的眼光烫着了一样，不敢伸了。库房的门旁放着个八仙桌，一本账册放在上面，里面详细地登录着银两的数目，账册的下面压着一张纸条，纸条上写着：恳请下任与民为善。

我没心情跟随义和团搜查衙门，我又饿又渴又困，若是在白天，我或许还能跟着他们凑凑热闹，晚上了，我熬不起夜。搜查内宅的时候，我趁着圣手子婴不注意我，一头钻进了瑞祥的厨房。我用手抓着剩下的那些好吃的，塞得满嘴都是。吃饱了，我就喝水，喝完水，我就靠在一角睡着了。

天亮得明明白白的时候，我的眼睛才被太阳刺开。想想晚上发生的事情，像是在做梦，又特别真实。我揉着眼睛，离开了瑞祥家的厨房。衙门的内宅没有一个人影，满院子里扔着一些破破烂烂的东西，完全没有瑞祥离开时那么整洁。

我突然意识到，这是个是非之地，一溜烟地跑了出去。大街上也和衙门里一样空无一人，不知道州城里的兵丁和圣手子婴带来的那些义和团的人都跑到哪儿去了。我感觉到许多店铺和住户人家的眼睛都藏在门后头，向街上偷看着，只有我一个人像过街的耗子一样一个劲儿地向前跑着。

街上太静了，比夜里还要静，偶尔有婴儿的哭声传出，就被大人用手给堵住，仿佛大街上成了杀人场，他们随时会被人拎出来。城里唯一不知忧愁的就是大公鸡，大公鸡在早晨快要结束的时候，还在高声歌唱。

我是一溜小跑地进了教堂，教堂和衙门一样，空空落落的，找不到人的影子，也有一些破破烂烂的东西被扔得七零八落。我用我的童音大声喊着："神父，卜右林神父，你在哪儿啊？"

我不知喊了多久，没有人答应我。后来，有个老太太颤巍巍地走进教堂，她是教堂里最老的教徒，我是最小的教徒。老太太说："孩子，你别喊了，你再喊，义和团的人回来，你的小命就没了，神父就是被义和团的人带走的。"

知道了神父的下落，我就不喊了。老太太牵着我的手，离开了教堂，她一直把我带到她的家。她的家离教堂很近，所以她很容易地听到了我的喊声。

老太太留我吃了顿饭，她问我，教堂里没神父了，想上哪儿去？我也不知道我该上哪儿去，这时，我就很想家了。我就求老太太给我找一绺黑马或黑驴的尾巴，梳成辫子缝在帽子上，回家好向我爹妈交代。老太太没有找来黑尾巴，就把她的头发剪下几绺，编成了辫子，给我戴在了头上。

街上照旧没有人影，我顺着路向西城门走去，羊安堡就在城西，西门是我回家的必经之路。这时，我看到西门外围着三三两两的人，从衣着和背担上看得出来，他们都是从乡下赶到城里的，还不知道城里夜里闹起了义和团。

我看到他们的头一律向城门上仰着，嘴巴也都惊讶地张着。我心里想着，我们乡下人就是这样，啥事都没见过似的，城门上立杆旗也看半天。

走到城门下，天上突然掉下一滴雨，落在了我的脸上，很凉也很黏，我往天上瞅了瞅，没有一丝云。没云哪儿来的雨呢？我摸了下自己的脸，那水黏得粘手，我疑心是鸟粪，展开手一看，殷红殷红的，分明是血。

又一滴血从我腮旁滑过，重重地砸在地上，我看到了一摊紫黑的血。我向一旁闪了下，也和别人一样，仰头望去。城门上悬着一个人头，那个人头的鼻子很高大，胡子挂了满脸。

我闭上了眼睛，我知道，我的神父永远地离开了我，义和团的人杀了对我像父亲一样的神父。我的眼泪扑簌簌地掉下来，一头撞开了站在我前面的人，气呼呼地向前走。

没走几步，我又转回了身，抬头又看了眼神父的头。神父的眼睛无神地睁着，很像被屠户摆在卖台上的老山羊的羊头。我不忍心再看下去，头也不回地走了下去。

走了很远很远，我才扭回头，已经看不见神父的人头了，城门下的人影也变得很小很小。我坐在地上，放声大哭起来，哭到最后，我冲着西门，深深地说了句："阿门，我的神父。"

快到羊安堡的时候，我忽然觉得头上辫子的沉重，我把假辫子摘下来，那假辫子上的头发完全花白了。谁能相信，我这么小就成了老头子，我把假辫子往外一扔，心里说，去你的吧，回家大不了去跪祠堂。

这样，我义无反顾地回了家。

# 阳关三叠

周和领着孙子周梦兴的手走到这座门楼时，晚秋正午温和的阳光透过影壁墙外两株老槐树光秃秃的枝条直射到他们身上。周和停住脚步，忽然觉得有一股暖意在饥饿的腹腔和疲乏的下肢涌动，他索性在门楼狮子外侧的上马石坐下。日光烘得上马石热乎乎的，温暖逐渐由他的屁股瓣渗入肛门，在腹腔内荡漾开来，一股快意的春潮袭开了他的饥饿与疲乏，他甚至感觉出一直萎缩的阴茎也欲勃。周和惬意地舒口气，该有一百年没晒日头了。他将孙子揽进怀里，一只手习惯地伸入梦兴小腹的下端，感觉一下孙子打种的玩意儿长大了多少，然后才让孙子俯卧在上马石上，满身心地享受温暖的惬意。三个多月的逃难奔波，周和未曾让孙子温暖过一刻，此时他要借上天的恩赐来弥补自己的遗憾。

周和解开了牢牢拴在脊背上的羊皮囊，那把沉睡了三个多月的二胡终于同主人一道享受了阳光的惬意。周和抚摸着他唯一的爱物，百感交集。他再也用不着提心吊胆地疲于奔命了，当他的视野再也寻觅不到山海关城楼的时候，已经意识到不会再有明军、清兵、乡丁、造反的人血淋淋的混战和对平头百姓野生生的劫掠了，但他未定的惊魂督促他还要向关东腹地走上一段路程，一直走到他现在正踏着的辽西走廊宁远州城西这片肥沃的土地，走到这座处处炫耀着高贵富有的门楼旁。

周和并不在意门楼内会有怎样奢华与富贵，显赫的门楼与影壁墙在他眼中始终没有形成实在的图像，他更不会想到自己的二胡声会招惹出高墙大院内性格怪僻女主人的无限伤感。周和手抚着比自己父辈年龄还要久远的二胡，感受着温暖的上马石打通他全身经络的舒坦，忽然有了激情，他给二胡白色的马尾弓毛涂上松香，将琴筒放至腿上，指尖切准胡弦。他微闭双目，阳光透过他的眼皮送来了静静的悠远的浅灰色的梦境。周和进入了曲子的境界，他右手轻轻地抖动一下，缓缓地拉开弓子，舒缓、柔和而又凄凉的曲子从琴筒里涓涓泉水一般慢慢地流出。影壁墙与门楼拢住了声音，曲子盘旋到高墙大院的上空，低沉忧伤笼住了整个院落。

漆黑的大门开了一道缝隙，门轴转动的声响很轻。周和忘却了门楼的存在，眼睛里忽然蒙上了泪花，他左手虎口猛地滑向高音区，切弦的指尖不停地颤动，曲子的旋律加快了，伤感、忧郁如泣如诉一股脑地宣泄出来。

周梦兴不懂得祖父是用二胡发泄内心的伤感，他才七岁，还没有到听懂这支曲子的年龄，被上马石烫得舒坦的肚子，加剧了他的饥饿，他甚至想到自己该像小鸡一样捉毛毛虫充饥了。漆黑的大门欠开一道缝的时候，他正望着大门上镂刻着狮子头的紫铜门环发呆，他老觉得那该是烤熟了的野兔的脑袋，漆黑的门开大了些，却见不到穿靴子的大脚和穿绣花鞋的小脚迈出，一只细腻丰满的手从门缝里伸出，几枚铜钱从手心一枚一枚地滑了出来，落在石阶发出一串清脆的音响。周和的双目已经被泪水蒙住，他的浑身都贯注在乐曲里，他用这支曲子赶走三个多月麻木的感情，却又在心窝里纳进了不堪的痛苦，他的脑际里重新浮现出逃难的经历，浮现出与妻子的生离死别，他忽然为自己弃妻而逃的行径感到无限的悲怆。梦兴跑到石阶下的时候，漆黑的大门已经关闭，传出了沉闷的木头撞击声，大门重新上了插棍。梦兴蹲在石阶上认真地拾起了铜钱，他觉得每一枚铜钱都散发着饽饽的香气。

周和拾起二胡的时候并没有想过要拉什么曲子，左手中指揉到内弦上自然而然地流出了这支离恨别愁的《阳关三叠》，一叠拉起时，手指微微有些生疏，二叠陡然奏起，生疏感就烟飞云散。他的思绪飞到了逃难的山野草地，似乎又看到了妻子韩氏被自己推下驴子时绝望、憎恨与无奈的神情。

漆黑的大门再一次缓缓地开了一道缝，仍不见靴子或绣花鞋迈出，那只细腻的手又从门缝伸出，手心倾斜一下，十来枚铜钱滚落下来，蹦蹦跳跳地叮咚乱响。梦兴留心地看着那只伸出手的袖子，是件鸭蛋青色布袖，袖口绣着黑色的翩翩起舞的东西，不知是蝙蝠还是蝴蝶。梦兴去拾铜钱的时候，那只手很快地缩了回去，门轴吱扭一下，给梦兴的眼前留下一片漆黑。梦兴回过头来看看影壁墙，丈二长的影壁墙上画着一只奋翅高飞巨大的黑蝙蝠，影壁墙四个角都有小蝙蝠围绕大蝙蝠，梦兴的眼前便有遮天蔽日的蝙蝠飞舞，他忽然觉得这个宅子很高深很可怕，他希望那只袖口上绣的是黑色的小蝴蝶而不是蝙蝠。

周和已经把《阳关三叠》拉到最后一叠，颤指揉出的音能把平静的潭水吹皱。周和的眼睛闭得紧紧的，痛苦地摇动着头颅，泪水从腮上滚滚而落。漆黑的大门连续张开几次，最初细腻的手还露出一些，梦兴无法探知袖口上究竟是蝴蝶还是蝙蝠，最后漆黑的大门只欠开一道缝，一把铜钱从门里飞奔而出，有些钱滚到影壁墙根还不肯停住。梦兴将铜钱一一拾起，揣在衣襟里，蹲在祖父的膝下，眼望祖父欢畅流动的泪水，一把拉住祖父的手腕，一个滑稽的声音斩断了琴筒中飞逸出来的凄凄惨惨，弓子挣脱了周和的手，垂下头颅。日头向远山歪去，日光把爷儿俩的影子拉扯到院墙，高大的院墙深刻地印下一对孤独的影。

梦兴说，爷爷莫哭，我有许多钱给你买饽饽。周和叹息一声，袖子拭干泪，爷爷想你奶、想你爹、想你娘了，爷爷没有了你奶你爹你娘了，爷爷真该死，忘记了该给你讨口饭吃了。秋风在影壁墙与大门楼之间轻轻地旋了一下，便荡尽了所有的暖意，一片枯黄的槐树叶孤零零飘落，贴在了周和潮湿的脸颊上。

周和屁股下的上马石已经不复温暖，他将二胡收进羊皮囊，脚下的路还不知何时是尽头，他还要领着孙子乞讨下去。漆黑的大门开得不再缓慢，门轴吱扭声响得很干脆，门内闪出的不再是细腻的手，而是一张生得浓眉大眼蛮俊气的姑娘的脸，只是稍大的脸盘子散去些姑娘家的秀气。姑娘的眉头拧到一块儿，说话的嗓音与她脸盘一般敞亮，还嫌不够啊，是不是想把我们当家奶奶也要去？周和这才看清梦兴的怀里兜着一堆铜钱，就将腰间掖着的小布口袋抓了出来，盛进铜钱。周和说，哪里，几枚足矣，谢当家姐姐打赏。

凉飕飕的秋风忽然强硬了，周和领着孙子缓缓离去，老槐树寥寥无几干瘪瘪的黄叶子凋零下来，戚戚然追随在他们身后。门楼里的当家奶奶刘氏，坐在七间正房门廊中央的太师椅上，一条卵石路横在门廊前，隔着卵石路面对当家奶奶的是一座月亮门，月亮门里九月菊墨绿的叶子已经摆脱晨霜的压抑，把黄灿灿的花朵捧过低矮的花墙，释放清朗朗的秋香。阳光泻在刘氏苍白而又消瘦的脸上，无言地数着她眼角斜插入鬓浅浅的而又细密的鱼尾纹。刘氏靠在太师椅上，闭合双目，静静地回味着如醉如痴的二胡曲，她的眼睛潮湿了，她从来没有听过这么哀怨的曲子，她觉得曲子是在把自己无法出唇被心脏包裹得严实的忧郁畅快地捅漏了，泻进一条无人知晓的小河。曲子最初缓慢柔和让人无限回味般奏起的时候，当家奶奶刘氏以为门口守着的是卖艺的叫花子，她对身后管事的姑娘芸儿说，抓几个铜子，打发了吧。如泣如诉的二叠潮水般从门楼外旋转而入，当家奶奶刘氏的心一怔，忽然被这潮水托了起来，颤颤地悠荡个不止，她的眼睛就在这个时刻闭合了，她反复说着，多赏几个铜子，苦命的人。直至芸儿细腻丰腴的手把空空如也的钱匣子放置在她脚下的时候，她还是浑然不觉。芸儿说，当家奶奶别再当菩萨了，还想把我们姑娘手里的钱都给那叫花子扔去吗？我已经打发他走了。刘氏睁开眼睛，见到门楼外老槐树没有挽留住孤单单的几片叶子，秋风在干褐的枝条上揪下枯黄的叶片，摇摇摆摆地送到院里的门廊前，她这才感觉到二胡声不复存在。刘氏看着那孤单的叶片，觉得自己也同拉二胡的人孤单远行了。她说，好像没拉完，给我喊回来吧。

周和被芸儿唤回这座门楼前，他不知祸福，心中不觉忐忑，他读过几年私塾，懂得些诗词礼仪计算之类，也深知门楼大的人家门槛高，不是乱往里迈的。他抬头凝视门楣，见上书斗大的篆字：耕读传家，心境便坦然些，识文断字的人家总会讲道理的。周和迈进刘家一尺半高的门槛，头便微微垂下，目光只是跟踪领他进院来的管事姑娘刘芸儿的脚，芸儿的绣花鞋虽是船形，船身却长了许多，鞋里是一双裹不住的脚。周和暗想，这准是个不好惹的姑娘，否则爹和娘绝不会让她的脚放肆到这种程度。周和很担心当家奶奶的脚是放肆的形状。院子里的墙壁屋舍窝住了一阵风，风旋转成一个游动的旋涡，许多落叶随之舞蹈，不久满院点点斑斑皆是落叶。周和觉察出这个深宅大院许多天没人认真地打扫了，他预感当家奶奶的家正在破落，否则门楼不会那么清冷，清冷得无人问津。梦兴在迈进刘家门槛的时候，终于弄清楚了那只细腻的手上袖口绣的确实是蝙蝠，蝴蝶不会长出尖尖的嘴，蝴蝶不会在夜里乱飞，他有些讨厌这扔给他铜钱的手了。梦兴的眼光留在了院中心的九月菊，九月菊花朵上有几只蝴蝶在晚秋的微风中用最后的生命舞蹈，白的粉的花的，还有一只黑的。梦兴终于看到了属于自己的希望，他很兴奋地脱口而出，黑蝴蝶。梦兴被祖父领着的手感觉出了一阵被捏紧的疼痛。

周和来到正房客厅已经日薄西山。客厅的八仙桌上摆着一对红蜡。客厅与书房被闸板隔着，隔板雕刻着两幅龙凤呈祥，中间有道门相通，门上悬下吵吵帘子。刘家清凉的井水已经濯净了周和的蓬头垢面，他是穿着粗布马褂坐在客厅的炕沿上，芸儿再粗心也绝不会让叫花子模样的人成为当家奶奶的座上宾。周和拎着二胡坐在那里，屋里的光线昏暗，看不清壁上悬着程嘉燧的枯木竹石画是真是赝，他听到了书房里有嘬茶的声音，眼光隔着吵吵帘子悄悄越过去，当家奶奶的身影被闸板隐着，旗袍的下摆显露出一点儿，看不清绣的是什么花鸟，鞋上绣的花也很模糊，但当家奶奶的三寸金莲很清晰地跳进他的眼睛里。芸儿站在当家奶奶身旁，芸儿是当家奶奶大伯哥的女儿，宝贝闺女绣儿的堂姐，芸儿少时，家境败落，遂被接至叔父家。芸儿燃亮了客厅里的红烛，斜倚在吵吵门帘旁闸板门框上，饶有兴趣地观看刘家的叫花子贵客怎样回当家奶奶的话。刘氏又嘬了口茶，说，满匣子的钱赏得还嫌少吗，怎么不把曲子奏到终？芸儿扒拉开吵吵帘子，吵吵珠子碰撞起来，稀里哗啦地响，如同许多人在一块儿吵架。芸儿说，当家奶奶问你话呢，懂点儿规矩，别胡言乱语。周和说，谢当家奶奶恩赐，逃难之人得如此厚爱实在感激不尽，我原来是走乏了路，借贵府门前消遣，不想却骗了许多钱，实在抱歉，如今原物奉还。周和将一布袋钱放至门旁，刘氏在太师椅上欠起身，看一眼钱袋，眼皮重重地垂下。芸儿的脚迅速地将钱袋蹚了回去，别不知好歹，当家奶奶把你当人看，你却装起了主子来，好一个英雄不贪财，不知是谁撅屁股满地找铜子，发什么酸？芸儿说话的时候，气很壮，吵吵帘子拂动起来，也随同吵吵。刘氏说，芸儿，算了，外乡人不识咱这儿的规矩，以后教教他嘛，咱们北方没这个消遣玩意，热热闹闹的锣呀鼓呀唢呐呀都是花架子，把他留下来给我解闷。周和曾有过钱匣子，如今不再有了，但他深知钱匣子与钱袋的分量是不同的，他甚至感觉出当家奶奶看到钱袋时的悲凉心境。刘氏说，芸儿，告诉丫头们把西头的屋收拾出来，让他们住。芸儿说，上房是给咱家的老爷、奶奶、少爷、姑娘住的，我不知咱们刘家啥时又蹦出个老爷。刘氏的脸忽然间变得煞白，只是书房没燃蜡烛，谁也看不清，芸儿竟敢在外人面前卷自己的面子，芸儿也太不像话了。刘氏说，好吧，丫头们若是愿意的话就在西厢房的炕上给挤出个被窝儿吧。西厢房是刘家的丫头住的，原有过一间长工房，后因刘家的田地全部租了出去，也就不需要长工了，丫头们便住满了西厢房。芸儿一百个不乐意走了出去。

烛光在红烛上跳跃，红润的光照在周和的脸上，却没有遮掩住他脸上菜叶子般的颜色，只是梳理得规矩的胡须掩饰了脸色的不足。刘氏隔着闸板的缝隙琢磨着周和的三缕飘飘欲仙的黑髯，刘氏的书房没掌灯，她能毫无顾忌审视她当家以来唯一不是来打麻烦的客人。刘氏问，你拉的曲名是什么？《阳关三叠》。曲子怎么那样凄凉？因为是诉说离恨别愁。你有过离散之苦吧？有。刘氏说，你拉的我很爱听，你再拉一遍。烛光忽然哆嗦起来，周和的心也哆嗦起来，他拦住了自己不断联想的思绪，不再猜测当家奶奶的容颜如何，他努力让自己的脑子呈现出一片空白。二胡声缓缓而起，他脑子的空白处便载满了对自己妻子的无限思念。

无际的荒草地从冥冥之中，悄悄地走上了周和手中二胡的弦。那是片索取了他们逃难途中一个珍贵夜晚的荒草地。周和的妻子韩氏搂着孙子周梦兴骑在驴背上，毛驴走得精细的腿沉重地在荒野中迈动，蹄子不断地蹚开杂草，踢跑不识好歹乱叫的蛐蛐和蝈蝈，毛驴腿上被露水打得湿漉漉的灰毛掺和着泥土草末苍耳还有蚊虫绿豆蝇叮出的臭血粘连成乱糟糟的卷儿，驴腿在不断的哆嗦中跋涉。周和疲惫不堪地跟在毛驴身后，不时地用路上折下来的柳树枝抽打驴屁股，驴子昂扬几步，又重新颓丧下来。周和什么也不想，只是趁着夜色拼命赶路，在白骨丛生中赶出一条通往关东沃土的出路。

天色熹微，再走下去自己的身影就会毫无保留地暴露在光天化日下，兵荒马乱的谁知再会遇到什么不测。周和寻处高深的蒿草，藏下身影，蒿草中已有几户逃难人落脚。周和找了块干爽的地方，解开系在背上的二胡，抱着梦兴扶着韩氏下了驴背，韩氏的腿早已麻木得不是自己的了，好像被哪一个狠心的木匠从腿根处给锯去，三寸金莲刚触到地面她就瘫倒了。周和说，你真是个累赘。韩氏说，生儿育女养活孙子时我不是累赘，大难来时又嫌我了，你给我扔下好了，省得饿狼的绿眼睛老盯着你，我变成白骨头你就甘心了。韩氏低声抽泣起来。

白天很快来到，白天的世界被阎王宰杀了，稀稀落落的村庄里沥沥拉拉几幢草屋闻不到鸡鸣狗吠。毛驴疲乏地跪在那里，贪婪地啃食青草。周和寻觅到了几种野草根，挤出汁液涂抹到走烂了的脚掌。太阳升高了，周和睡熟过去。周和睡下的时候，迷迷糊糊地顾不上脚高头低。仲秋的阳光还保留着一丝盛夏的毒辣，直直地刺在他脸上，他灰黄的脸与他头旁的土块一样没有丝毫反应，那把装在羊皮口袋里的二胡，在他身旁也是睡得沉重。韩氏将周和的头垫高，把他的烂脚抱到自己怀里，阳光留在他脚掌处的阴影便移开了，火辣辣地舔舐着脚掌粉色的烂肉芽，韩氏心里打个激灵，几乎干涸的眼窝里又涌出些艰涩的泪滴，扬扬洒洒地拂在粉色脚掌。她俯下头，口中的唾沫就粘连到粉色脚掌上，她的双手将唾液缓缓地研开，轻轻地揉搓周和走烂了的脚掌，泪水和唾液一点一滴揉进周和的身体里。周和的梦境已经有许多日子只有空白了，白成望不到边际的云、望不到边际的雪，此时他梦境的白云，便有了一团黑影，在云端里轻飘飘地浮荡，那正是他自己携妻带孙随祥云而远行，寻觅一方栖身的乐土，云中亦有哀婉缠绵之声忽高忽低地陪伴他们。

一曲将终，周和仍然感觉着自己的一双脚在韩氏温暖柔和的怀抱里，那一丝温情总是斩不断。他的眼睛不再在回忆中搜寻，客厅里烛光下的各式摆设在他眼睛里逐渐实在起来，他的心中又涌出无限凄凉，他的二胡声也凄凄凉凉地衰弱下来，悄然而终。再也没有声音从客厅往书房绕梁而过，无声的世界从安静走向寂寞，刘氏已经沉浸在乐曲之中不能自拔。头更梆子响了起来，刘氏开口说话，鼻音味儿很浓，显然被泪水泡过，你睡觉去吧。周和默不作声地把琴码从蒙住琴筒的蛇皮上褪下来，弓子搭上琴轸。他推开堂门，走向门廊，这是个很好的夜晚，他从空气的味道中已经嗅出，但他无暇仰首望星空，他还惦记着梦兴。周和往西屋走的时候，身后书房的烛光方亮，他听见刘氏叫了两声芸儿，没有回音，便罢了。周和进了西头的屋，摸索着炕面，摸索到了梦兴的脸，心也安然许多。他站在炕上脱衣服的时候，脸被什么软绵绵的东西罩了下，便有了麻痒痒的感觉，一个豌豆大的蜘蛛窸窸窣窣地在他脸上寻找出路。他在逃难途中常撞到蜘蛛网，并不在意这些，抹把脸躺下。棉被很滑溜，有一些说不清的滋味儿在散发，他的脑袋还没来得及分析是什么滋味儿，就昏昏然了。

早晨，院子里铺了许多枯黄的叶子。一曲《阳关三叠》使院外的老槐树和院里的刺梅树都伤透了心，昨夜落光了所有的叶子。清晨院里的人们还浅睡的时候，周和用扫帚把满院的落叶缓缓地往墙角集合，周和打扫得很仔细，墙角旮旯留不住一片落叶。清晨的风虽说是和煦，但被高墙拦阻了一下也显出些愠怒，打扫成一堆的落叶旋出了些，周和免不了重新费了些力气，他觉得应该把这些不老实的东西焚化，于是他就点燃了落叶。绣儿起来得很早,绣儿这么早从东头的闺房出来是因为要小解，绣儿蹲在火堆旁，看着周和用小棍扒拉着未燃的树叶，偶尔有不愿牺牲的叶片挣扎出来，周和手中的小棍就把叶片推回火海。绣儿问,你是给老槐树的父亲送钱花吗?周和说，是啊。绣儿说，我娘就是这样给我爹送钱。周和问，你娘是谁呀？绣儿说，我娘是谁你还不知道啊，我娘是院里的当家奶奶呗。绣儿的脸被火苗映得很红润。

芸儿也睡醒了，她站在门廊里，她还没有梳头，手里忙着系腰间的纽襻，她对绣儿喊了一声，绣儿乖乖地回了房。芸儿来到火堆旁，芸儿说，真给当家奶奶长脸，这么勤手快脚的。周和说，逃难之人……芸儿截断周和的话，觉得我夸你呢？谁让你大清早笼出这么多烟，存心是想呛死当家奶奶，不知道我们当家奶奶身子骨不舒服吗？快踩灭了。周和的眼光爬上燃烧的树叶升腾起的青烟，青烟攀缘着高墙，越过房脊，在高天上飘散开。让你踩灭你没听见吗？芸儿说。周和想这烟怎么会呛到当家奶奶呢，这么直这么高。火苗燃烧得正旺，热浪炙烤得周和口如吸火，周和想寄人篱下忍为上，就深吸一口气，无奈地向火堆迈去。火舌把周围的空气舔得迷离，房檐也在热气中行走，周和与芸儿眼光隔火相碰的刹那，都感觉到了对方的脸被热浪扭变了形。

这时候，东偏门被人敲响了，几只做巢在门檐上的麻雀一片惊叫，飞到前门楼外的老槐树上，叽叽喳喳地讨论着不速之客。芸儿舍弃与周和的计较，去打开东偏门，进来的是个儒生打扮的人。绣儿的闺房离东偏门很近，绣儿在闺房的门口给儒生施了礼，叫声“先生”。周和明白了那个儒生是个教私塾的。芸儿开门的时候，门缝仅漏一线天，儒生硬是从门缝挤进来的，儒生兀自进了客厅。芸儿紧追过去，客厅立刻充满了吵嚷声。绣儿从客厅跑出来，绣儿抓住周和的手，芸姐和先生吵起来了，你去劝。周和怎好去掺和人家的事情，接着踩没有燃尽的树叶，绣儿把他的手拉得很坚决，周和被牵到客厅门外。芸儿吵嚷道，谁欠了你的钱，你看我们刘家没了男人不是？连酸秀才也敢骑在我们的脑瓜顶上拉屎，告诉你只要我芸儿有一口气，别想讹走一个铜子。儒生说，读书人讲究仁义礼智信，讹人之事乃无赖所为。刘氏说，既然先生知书达理，何必又胡搅蛮缠呢？儒生说，当家奶奶曾许诺过给二斗粮，后来又说租子收不上，折合成钱了，如今小生分文未见。芸儿训斥道，胡说八道，我怎么把钱递给你的你忘了吗？你是看我们当家奶奶的心肠软，能讹就讹，还不快滚出去，气坏了我们当家奶奶的身子骨，我拧下你的脑袋。芸儿不容分说地把儒生推出了客厅，儒生叫道，芸儿姑娘，你卖尽了当家奶奶的脸面。芸儿把儒生撵出门槛的时候，看见了周和站在门外，芸儿的眼睛顿时爆发出刚才周和焚烧的东西。贱皮骨，你在偷听什么？周和的脸挨了一巴掌，周和捂着脸，脚没有挪窝。绣儿躲在周和的身后看着芸儿把儒生赶出了院子。周和看到刘氏闭着眼睛坐在那里，未老先衰的脸现出蜡黄，豆大的汗珠滚落着。绣儿从周和的身后跑过去，用衣袖给刘氏擦拭汗水，刘氏睁开眼，拦住绣儿的衣袖，说，没规矩，就摸出一条丝帕塞到绣儿手里。绣儿说，娘，先生是不说谎的，不该把他赶走。刘氏说，小孩子懂什么。周和还在捂着脸呆呆地站着，进退两难，看到刘氏疲惫地撩起眼皮看了他一眼，就迈进门槛，说，叩见当家奶奶。刘氏说，逃荒离难的够乏的了，歇着去吧。周和说，绣儿挺灵气，该多识些字。刘氏说，姑娘家家的学些针线活儿就行了，书读多了净冒傻气。周和说，我略通四书五经，不妨教她知书达理。刘氏侧过头来，你能在我们刘家混口饭吃就不错了，还揽什么瓷器活儿？周和说，闲暇施教，不图分文。刘氏说，我不是图省几个钱，刘家再不景气也不在乎几个钱，你若闲得慌，随便教些，绣儿不安心的话就让你儿子给伴读。周和艰涩地笑了下，说，他叫梦兴，是我的长孙。

刘氏仔细地看着周和的黑髯，忽然垂下眼睑，她感到自己正在衰老。芸儿回到客厅，周和赶忙退了出来。刘氏问，你到底给没给人家工钱？芸儿说，养养神吧当家奶奶，甭在小事上操心了，信不过我吗？刘氏还指望着芸儿拳打脚踢地支撑着门面，就不能说不信了。

深秋的日子一天天冷下去，深秋的日头一天天短下来，日头仿佛是刚从东厢房上滚起来就到西厢房滚下去。每逢落日给西厢房的上空抹上暗红血痕的时辰，周和便拎着那把二胡沿门廊向东走去，自然而然又进了客厅，沉静片刻，满屋子就会飘荡开淡淡的哀愁。周和实在不明白，不懂二胡演奏的刘氏偏偏喜爱坐在黑暗的书房中近于疯狂地嗜爱着《阳关三叠》，他感谢刘氏，感谢她每天晚上给他一次痛快淋漓表达自己对妻子无限思念的机会。周和每逢奏到三叠中老是重复的那段陡然高八度的旋律，揉弦和上滑音两种技巧被他的食指尖贯在一起的时候，他的心房和弦上的指尖一同颤动，他仿佛又触到妻子韩氏的身体，低的音阶是与妻共渡逃难难关片刻欢娱的爱抚，高的音阶是他弃妻而逃热血倒流般永恒的悲怆。昏暗的烛光下，《阳关三叠》爬过刘家客厅雕花的窗子，满院子捉弄着每一颗伤感的心。无拘无束的霜被它从高天上抓了下来，冷酷地趴在九月菊单薄的叶片上，九月菊的叶子无法承受秋霜夜复一夜的欺凌，终于垂头丧气地耷拉下墨绿得近于褐色的叶子。刘家的院子便充满了离别的情调。

刘氏坐在书房里听《阳关三叠》的时候，她不愿任何人来打扰，哪怕燃亮的烛光照到的画上的人，也会扰乱她的思绪，她的心太杂乱无章了，她只想让《阳关三叠》陪伴她想一种事。二胡缓缓奏起，仿佛是一种悠远的回忆，淡淡的凄凉慢慢地浓重起来，她闭合着眼睛仿佛看到了黄昏，清冷冷的院落融进了昏暗的冥冥之色，黄灿灿的菊花被瑟瑟的秋风撕掳去光华，满院子的生命随着秋天的消逝而凋零，她忽然感到刘家正像这季节一样一天天地衰败下去，二胡的曲调也在这个季节里挣扎着，总是挣扎不出低沉，丫头们再也不争先恐后地迈过花墙采集菊花瓣为她装提神醒目的菊花枕头，门前不再有佃户拥挤着送租子，一切繁华都随着刘家老爷的去世而逐渐消失。刘家老爷躺在冥床上，最后的一丝游光仍盯在刘氏干瘪的肚子上，刘家老爷毕生积累的家私将无子嗣继承。刘氏望着当家老爷散去光泽的瞳孔并不觉怎样的悲怆，只是有一种重释之后抛入冰窖中的凄凉。之后，难以忍耐的孤独残忍地怂恿时光，过早地把岁月的印痕刻遍她的脸。她总是觉得，二胡曲中，那段渐快渐强的旋律，似乎是在诉说着什么，好像是看不清脸面的人抓她离了刘家，抛向了云端，然后争抢着她的家产，她的院落。她能搂住的唯一财产就是她的绣儿，她在云雾中寻觅着强悍的保护神。

整个白天，云把天空包裹得忧郁，雨水淅淅沥沥没有间歇。傍晚，北风刮得紧，雨滴凝成了雪糁子，不时被风旋进门廊。周和仅是单衣覆体，他怀抱二胡瑟瑟地向客厅走，风戏弄他的衣服，雪糁子趁机恣意地在他的肉体上寻求温暖。书房里忽然亮起了四支红烛，刘氏坐在八仙桌旁的太师椅上，她头上高耸的发髻被烛光投到墙壁上，形成四尊浅淡的葫芦，地中央摆放一个火盆，炭火正红，她的三寸金莲伸到火盆的边缘，包裹着她一双小脚的是天蓝色底绸绣着黑色菊花瓣的鞋。周和进了客厅，身子仍在发抖，客厅里昏暗得已经看不清横在檩上的椽子了，那对蜡烛昨天夜里熄灭了，今天晚上却没有人点燃，光亮仅仅是隔着吵吵帘子漏过来的，还把那双绣着黑色菊花的鞋送进他的眼睛。周和无法得知刘氏一反在黑暗中听曲子的缘故，他习惯地坐在客厅里冰凉的炕沿上，努力地沉下心来，准备拉《阳关三叠》。刘氏轻轻地咳了一声，嘬口茶，说，客厅里冷，进书房来吧。周和没有动，他不知道刘氏唤他进书房是何意图，不能轻举妄动。刘氏又说，怎么，你也不听使唤了？周和这才拨开吵吵帘子。绣儿站在刘氏身后，轻轻地给刘氏捶肩，见周和进来，施了个礼。周和看到，绣儿的袖口是卷起来的，就想到梦兴见了绣儿袖口上绣着黑蝙蝠，高低不与她一同拜孔夫子牌位的情景，直至绣儿挽起了袖口遮住了蝙蝠，两人才手拉手坐在一块儿翻《三字经》。周和虽然给刘氏拉了好多日子的《阳关三叠》，还是第一次进书房，大户人家的书房是有讲究的，除了家人，外人不能随便出入，他迈进书房就有些手足无措了。刘氏指着八仙桌另一侧的太师椅说，坐下吧。周和知道那是上宾的位置，迟疑了片刻，还是坐了下来，坐下的时候从门廊携进身体的寒意忽然杀个回马枪，他禁不住哆嗦一下。刘氏看得真切，耳朵也清楚地听到了雪糁子把窗户纸扬得沙沙作响，她觉得好像一粒雪糁子也落进自己的脖颈，融化凉津津的水渗入她的皮肤。刘氏握住绣儿的手说，让你芸姐给你先生找一件好棉衣吧。绣儿出去的时候，刘氏瞅着周和，周和瞅着二胡，除了烛光的跳动，一切都归于安静。

芸儿腋下夹件棉袄进了书房，她把棉袄摊到八仙桌，周和看清了是件浅绿色对大襟粗布面的棉袄。刘氏的眼睛睁大了，盯着芸儿说，你咋把丫头穿剩下的衣服拿来了？拿回去换一件。芸儿说，凑合吧，刘家院里上房下房都是清一色的女人，哪有现成的给咱的男宾客换？刘氏说，翻翻老爷的箱子，找件合适的拿来。芸儿冷冷地一笑，我可不敢，当家老爷在天有灵会骂我不忠不孝的。刘氏眼睛直直地看着芸儿，窗外的雪糁子爬满了她心房，冻住了她的心脏，她觉得心口窝发闷，忍不住咳嗽几声。

刘氏对芸儿说，那就别找了，你带绣儿睡去吧，我要听曲子。

芸儿拉开廊门，一股凉意携着雪糁子摔打地面的声音递进书房。芸儿关严廊门，就把沉静关进了书房。隔了一会儿，刘氏好像是在自言自语，你就挺几天吧，用过世人的衣物怕有晦气，我给你做件新的。周和坐不住太师椅了，忙说，使不得。刘氏嘴角咧一下，露出难得的微笑，你也想让我这个当家奶奶说的不算吗？

周和闭上眼睛，烛光在他的眼皮上跳跃着，他的心潮已经信马由缰了，无法收拢回来，刘氏带着轻微杂音的呼吸萦绕他的耳畔，窥视他的心扉，他的心境无法清静如水，拉出的《阳关三叠》也少了许多哀婉的音韵。刘氏说，别拉了。周和便不再勉强手中的弓子磨蹭双弦，书房里猛地安静下来，窗外的风显得有些张狂，裹着雪糁子沙啦啦地打着窗户纸。

刘氏说你不觉得今晚很特别吗，你不是我的佣人不是我家的私塾先生更不是我的名伶你是我的座上宾。

周和说是很特别很特别特别。

刘氏说，我是有苦难言，这么大的家让一个寡妇管，寡妇饭来张口衣来伸手惯了，哪里懂得家中有多少进项和出项，当家理财的门道。芸儿识不了几个字，不知会把家管到哪边去，我求你料理账目做我的账房先生吧。

周和说，这不成，我们老家那里的账房先生都没有外姓人。

刘氏说，家道中落人心莫测家人反倒不如外人。

周和说，多谢当家奶奶赏识，初来乍到事理不懂人情不通办事不周全怕给当家奶奶惹乱子丢了刘家的脸面。

刘氏叹口气，刘家的脸面已经丢了，再也没什么可丢的了，我这个大门不出二门不迈的寡妇不知道芸儿姑娘在外边怎么给我管的事，明儿你到宁远城里给我踅摸些像个样子的账簿，日子不能再糊涂涂地过下去了。

这个晚上周和无心拉二胡，刘氏也无心听二胡。周和很久没有和人这么亲切地说话，心情很是畅快。刘氏吐出了自己憋了许久的话，心胸顿时宽敞得能容下元宵节时耍的龙灯。窗外的风不再疯狂，窗外的夜黑得深沉。周和站在门廊里没有动，眼睛适应扑面而来的漆黑。雪糁子没有弱下来，周和尝试着向门廊外走一步，雪糁子就劈头盖脸扑过来，雪糁子缠在他的脖颈上，融化成冰冷的水，流入他的胸脯。

周和回到西屋，摸索着炕，炕是空的，没梦兴，他心里咯噔一下。他寻思一会儿，沿门廊向闺房走去。闺房里亮着一支红烛，光亮透过窗户纸照到东偏门，周和依稀辨出门是半掩着的，冷飕飕的风推动门轴吱扭扭作响。难怪当家奶奶这么伤心，夜里的门却没人关。周和想着，就要去关门，却听见门外有说话的声音，好像是芸儿。是芸儿更好，她不在院里，就不会为找梦兴和她犯口舌了，周和想着，趴门缝向闺房里望去，梦兴果然和衣睡在绣儿的身旁。这个不知好歹的小崽子。周和心里骂一句，抱梦兴出了闺房。东偏门外的说话声大了起来，好像是低声争执。芸儿说，满仓，你快回去吧，我的棉衣该湿透了。那个叫满仓的男人说，进我的蓑衣里躲一会儿。芸儿说，你混蛋。那个人没回话。芸儿说，我该服侍婶娘睡觉了。那个人说，当家奶奶睡觉早呢，那个叫花子还没拉曲子呢，我还想听听。芸儿说，你快滚蛋，我都快冻死了，你还有闲肠子听曲子，哭哭唧唧的调儿有什么听头，不置了房子买了地别来烦我。门咣当一声关上了，把那个叫满仓的男人关到外边。芸儿从东偏门跑进院里，忽然站住，她看到了周和。周和的身体突然间不再觉出寒冷，遍体盛夏般燥热起来，他自己也不明白堂堂的男子汉怎会偷听人家的说话。芸儿的手抬了起来。周和的手护住了梦兴，准备硬挺着挨打。芸儿抬手把垂到脸上湿漉漉的刘海抚了上去，冷冷地说，是今天晚上呀还是明天早上到当家奶奶那里领赏去？当家奶奶不会亏待你的。周和刚想辩解，是无意中听到了，芸儿已经跑回了闺房。

这一夜的雪糁子在二更天的时候变成了鹅毛大雪，周和的睡意也随同雪片在空中飞舞了。他猜想芸儿那个叫满仓的意中人的容颜，猜想着芸儿会怎样报复自己。

他想起了刘氏的那双绣着黑菊花的小鞋，他忽然觉得那双小鞋自己一点一点地在洁白的雪地上蹦动着，自己跟在小鞋后面爬行。周和忽然痛苦地抱住自己的脑袋，掌心压紧太阳穴，把纷乱的思绪挤出脑袋。有什么可留恋的？大不了领孙子再去乞讨。周和忽然有了冲动，他很想拉《阳关三叠》了，但乐曲只是在他心中涌起，涌起的乐曲又把他托向自己日夜思念的曾被自己残忍地推下驴背的妻子，妻子有一双蓝底绣着荷花的鞋，他不知道那双绣花鞋现在是穿在她脚上是埋在土里还是捏在别的男人手中。

高深的蒿草迷离地摇摆软弱的梢头，逐渐爬进了周和心中的二胡弦上，那片无际的荒草地也明晰起来，几户面色饥黄的逃难户同他们一样埋在蒿草里。韩氏侧躺在草地上，手伸进怀摸出个布包袱，铺在地上徐徐展开，一小摞干瘪瘪硬邦邦的煎饼显露出来。太阳已经向西歪去，却仿佛与遥远的地平线失恋了，久久不肯落下，毒辣辣的阳光残酷无情地攫取幸存于逃难人身上不多了的精力。周和仰卧在那里，疲乏无力得仿佛能被高空中的浮云捎走，他抓过妻子递到他手中的煎饼，拼力地撕咬着。韩氏将煎饼撕成小块，放在嘴里细细地嚼，梦兴张开了嘴等待着祖母的吐哺。韩氏的牙根子已经由嚼得酸痛变得麻木了，煎饼在她的上下齿间坚强地挺立，不屈不挠地保持着完整。梦兴等不及了，吵嚷几声。周和坐直了身子把自己嘴中嚼烂了的煎饼喂进梦兴的嘴。梦兴的吵嚷声惊动了躲避在蒿草丛中另一户人家的孩子，那孩子从熟睡的母亲怀里探出细长的脖子，困难地支撑灯笼似的脑袋，老龟般缓慢爬出母亲的怀，那孩子伸出无肉的手，如同五根蒿节，暗淡的眼光忽然闪出一丝明亮，亮光从那五根蒿节射向韩氏手中的煎饼。周和看到了那一双贪婪的小眼睛，感觉到这双小眼睛将要吞噬梦兴，他把梦兴挡在自己的身后，挥起他赶驴的柳条，轻轻地往下一拍，就斩断了那束贪婪的亮光。那孩子猛地垂下灯笼似的头颅，不再有丝毫的动静。那孩子的灵魂走进灵霄殿的瞬间，周和的心颤动起来，他无言地自责起来，他阻止了一个孩子最后一个最可怜的愿望。周和将梦兴揽进怀里，颤颤的手抚着梦兴的头发，身体遮住梦兴通向那孩子的视线，嘴中默念，魂来，魂来，魂兮归来。周和侧过头看到那个醒来的母亲连抱孩子痛哭的力气都没有了。周和想了好一会儿，还是掰一小块煎饼递给那个母亲。周和站起身子望着不着边际的草地，心中不禁一声长叹，明日不知谁归期。

天气冷下去，尽管晴朗之日的阳光向寒冷不断地献媚，乞求温暖回归，寒冷依旧毫不客气地把太阳推向天际的边缘，鼓励冰雪封盖关东大地，让太阳那一丝微不足道的温暖沿辽西走廊毫无收获地奔跑。周和伫立于雪野中，尽管他的身体已经罩上了刘氏为他缝制的狍子皮棉袄，他的心仍旧寒冷得像窝巢里生不出羽绒的麻雀。快年根了，刘家的门庭需要装点，再瘦的骆驼也要配个叮咚悦耳的铃铛，门联灯笼都要换新的，烟花爆竹都不能比往年逊色，可是支撑刘家这些开销的租子至今也归不进刘家东厢房的粮仓。芸儿虽是能干人，毕竟是姑娘家，刘氏怎好让她冰天雪地地挨门逐户地催租。周和是院里唯一的男人，虽说人生地不熟，出来进去总比女人方便得多。刘氏说，你去吧。周和所有的推托之辞与野外的雪一样苍白。周和每一次催租的结果都成了他脚下踩得吱吱作响的白雪，他总有一些歉意爬上心头，他觉得对不住狍子皮棉袄上细密的针脚。

北风刮了起来，辽西的冬天总会无缘无故地刮起北风，风驱赶着雪沫在周和的眼前飞舞，雪地里稀疏的野兔、狐狼、獐子的足迹逐渐让雪沫掩埋去。周和的眼睛里迷迷离离地梦见一只银灰的狐狸，在雪野里穿梭，他耳朵里忽然闻得一种遥远的战鼓似的声响，他忽然听懂了，这是马蹄踏雪发出的沉闷之音。周和逃难时被战马蹄响快要吓丢了的灵魂又一次叩开了他的灵魂之门，他刚想躲避一下，但茫茫无际的雪野孤影难匿，好在周和看清了那是匹单骑，便丢失了许多惊恐。

一株枯树古怪地立在雪野里，枯树不容冬雪的覆盖，黑黢黢丑陋的树干露出了许多狰狞。那匹马奔跑到那株树旁突然惊得狂暴地嘶叫一声，鬃毛陡立，前蹄竖起，叫声未毕，马背上活灵活现的人影瞬间消失，鞍座上空空如也。雪地伴着马蹄印有个影子犁出一道雪沟。周和心里咯噔一下子，那骑马的人坠镫了，骑手坠镫，十命九不还。马依旧向前跑去，向周和站立的地方跑来，周和在马头刚要与他擦身一过时刻，突然一跃，搂住了马脖子，勒住了马缰绳。马蹄终于踏进雪地里不动，周和摘下骑马人插在马镫里的一只脚。那人抱着脑袋，仰面朝天地躺在雪地里，帽子不知被雪野收留在何处，额头有一圈剃光头发留下的青晕，黄色的征袍豁开了许多三角形的口子，几缕布丝旌旗般随风摇摆。大清正黄旗人，周和心里暗暗说道，心里涌出许多厌倦，当初没有诸家兵患，哪有今日离散之苦。他正要悄悄离去，正黄旗人却挣扎着坐起，说，谢老哥搭救，请问府上哪里？周和答，暂居宁远城西刘村。旗人问，府上尊姓？周和答，刘。旗人又说，劳驾你扶我上马。周和心里虽有不快，但一想旗人久卧雪野必死无疑，没有推脱。那匹马载着正黄旗人朝盛京方向奔去，马蹄掠起一溜晶莹的雪沫。旗人临行前扶了下周和拾给他的狐皮帽，道，后会有期。

周和又回到了刘家大院东偏门外。不知怎么，每一次到东偏门周和总是想起雪糁子覆盖刘家大院的夜晚芸儿同那个叫满仓男子的对话，芸儿要报复他的预感总是幽灵似的追随他的身体，周和从芸儿使唤自己做事情刘氏眼里流露出的极端不满的神情中已经预感出，同芸儿每一次冲突，自己都将是刘氏与芸儿明争暗斗的替代品。周和从刘家屋脊下生出的茅草中仿佛看到了刘家的内耗只会让这茅草生长得更加茁壮。

东偏门外，雪堆得很高，沿墙隆起一道白色丘陵。这些丘陵是周和打扫院落中的积雪后无意垒就的，丘陵上有许多蝴蝶状的小洞，那是梦兴和绣儿玩耍的痕迹。周和推东偏门的时候，院里很寂静，他迈进院里，看见门廊前的石子路上散散落落许多衣服的碎片，西厢房的墙角处芸儿脊背对着东偏门，手中高举插着公鸡翎的掸子，掸子棍欲落的位置被芸儿的身体遮住，看样子是在教训身量不高的人，周和看不清芸儿又在打谁，他很担心是梦兴招惹了芸儿。刘氏见周和回来，出了卧房，证明了周和的担心。梦兴在周和出去催租的时候，到绣儿的闺房里与绣儿玩起了嘎拉哈。绣儿的手泼嘎拉哈的时候，袖口上就飞扬起许多蝙蝠。梦兴一脚把嘎拉哈踹得满炕散落。梦兴说，你又抖落出蝙蝠吓唬我，我不玩了。绣儿说，我忘了挽袖子，咱俩把破蝙蝠铰了吧，省得你不高兴。两人就把衣袖铰得稀碎，捧起碎片，扬得满院蝙蝠纷飞。刘氏对芸儿说，刘家还没有败落到铰坏件衣服心疼个没完的程度，至于这么打一个不懂事的孩子吗？芸儿说，刘家就是让一群不懂事没规矩的人掏空的，我教他知道知道刘家的规矩。芸儿说毕，掸子棍重重地落在梦兴的身上。周和的耳朵嗡嗡作响，没有听到掸子棍在梦兴的肉体上发出沉闷的声响，他觉得掸子棍是插进他的心窝里乱搅和，他痛苦地咧开嘴。绣儿的外罩不见了，只穿件缎子面的棉袄，她躲在刘氏的身后，双手捏着刘氏的衣袖，满嘴的话都是哭腔，芸姐，别打了，衣袖是我自己铰的，梦兴说讨厌衣袖的蝙蝠，我就把它铰碎了，你要打，打我好了，不关梦兴的事。芸儿转过身看见周和直挺挺地站在那里，气壮起来，放屁，剪子刚才还拎在他手里，这会儿咱家的姑娘又出来袒护，铰坏件衣服不算啥，当家奶奶揣了菩萨心肠，养活着败家子，今儿个你败一件明儿个我败一件，万贯家私也败光了，当家奶奶心软下不了手，我心可没那么软，我要替当家奶奶扬扬家规。掸子接二连三地落在梦兴身上，梦兴咬着牙一声不吭，眼睛仇视地盯着芸儿。芸儿每扬一下掸子，周和的心尖都滴出鲜红的血来，跋山涉水逃难的目的是为了啥，不就是为了保住周家这根独苗吗。芸儿每打一下梦兴，眼睛都要扫一下周和，周和懂得芸儿的醉翁之意，只要他跨近芸儿或表示出愤怒，刘家大院的这一天将会没有太阳。周和心里暗暗说，好孙子坚强些，就一副视而不见的样子，沉沉地走进自己西头的屋里。刘氏扭着小脚走下门廊，对芸儿说，你想气死我吗？打两下出口气就算了，干吗没完没了的。绣儿怕怕吓吓地拽着芸儿的胳膊，姐，别打了，不怨梦兴。芸儿推开绣儿的手，对刘氏说，芸儿没有那么大胆子，芸儿知道当家姐姐爱生闲气，以后少管闲事也就罢了。芸儿狠狠地拎起梦兴的耳朵，说，别忘了，你是我们刘家吃闲饭的。

梦兴的泪水是在周和的怀里才冲开仇视的压抑欢畅地流淌下来。周和的泪水也汇进梦兴脸上清澈的泪珠里，梦兴说，爷爷你为什么不帮助我？周和抚摸着梦兴红肿渗出血丝子的脊背，好孩子，男儿有泪不轻弹。周和觉得自己从驴背上推下的妻子钻进了眼角的泪珠里，每滚落一颗就是一声责备。周和褪下梦兴的裤子，看到孩子的大腿处卵子旁有几道蛇一样爬行的痕迹，周和心中的怒火潮水般搅动他的天灵盖，他觉得自己的铁拳拱出天灵盖，愤怒地把芸儿的脸砸开了花。当周和的手伸到梦兴的裆下，感觉到一对小睾丸安详地小兔子似的躺在里边的时候，内心的狂涛被他的理智压得平缓了下来。

后晌的时候，刘家大院里忽然扬起了许多蛋青色的布条，飘飘洒洒地点缀在院落。梦兴手持剪子，把芸儿晾在门廊绳子上的衣服拽下来，痛快淋漓地铰碎衣袖上绣着的黑蝙蝠，他挥起小手，把铰碎的布条抛向空中，空中便洋溢着破碎的仇恨。芸儿冲出屋子，周和也冲出了屋子。周和没有料到梦兴心中仇恨的种子膨胀得超过了这般大孩子的胆量，他看到芸儿受伤的母狮般冲出屋子，就感到梦兴的身体承受不了这场狂暴风雨的袭击。周和把梦兴庇护在自己身后。芸儿的那场暴雨毫不留情地倾泻到周和身上。

刘氏的三寸金莲承纳不住她焦急的步子，她在廊门前摔倒，眼睁睁看见周和的嘴角渗出血迹。每一个清脆的耳光声传来，都像是拍在她脸上，她的耳朵似乎又听到《阳关三叠》中那撕心裂肺的顿弓。周和只是护住梦兴，没有一丝还手的意图，芸儿没头没脑地打了一阵子，像是打没血没肉的布口袋，她忽然感到自己的手打得好尴尬，拎起梦兴铰剩的衣服，甩在周和的脸上，气冲冲地走了。绣儿这时候才敢迈出门槛，轻声轻气问，先生，疼吗？

黄昏后，周和又来到书房，那把二胡没有陪他来。烛光仍旧在八仙桌上摇曳，模糊不清的影子在墙壁上在书架上摇动。刘氏靠在太师椅上，一条腿横担在一只小板凳上，绣儿的手蘸着温酒给刘氏揉肿起了的踝骨。绣儿真是好孩子，周和挑开门帘进来的时候看到了这个情景心里就是这么想，刘氏的身体从太师椅上欠了欠，肿了踝骨的脚往回抽动一下。女人的小脚是不容家里以外的男人看的，刘氏苍白的脸忽然涌出红晕。刘氏说，我没把你当外人，你坐吧。周和坐在太师椅上，那只小脚明晃晃地亮在自己眼前，他忽然有些局促不安了。地中央的一双火盆炭火红得鲜艳，涌出的热浪推挡着从门缝窗子缝入侵进来的寒冷。烛光在时间上燃烧，把夜烧向深处。周和的眼光同刘氏的眼光隔着八仙桌上燃烧的蜡烛蒙蒙眬眬地相聚了。直到欲说心事，周和才觉得自己对这个院落恋得这样深，仿佛这是自己的家。

我明天就要走了，我不再麻烦你们了。

大雪封天的哪里去，我又没把你当外人。

多谢当家奶奶收留，逃难的人四海为家。

我待你好歹你心里最清楚，何必再漂泊四方。

佛争一炷香，人争一口气呀。

人生自古离别苦，再给我拉一遍《阳关三叠》吧。

刘氏叹口气，垂下头，眼眶极力挽留泪水的流淌，她把脚从板凳上抽回，缠上裹脚布，穿上绣花鞋，丝帕吸去眶中欲流的泪水，端端正正地坐在那里。周和拎着二胡进书房的时候，绣儿已经离去。

《阳关三叠》缓缓地涌起，轻柔得像无声的雪片，悠远得似广寒宫里的叹息。叹息的声音逐渐地被周和的手指揉出了哭泣，哭泣骑在北风的脊背上从远方奔驰而来，《阳关三叠》的旋律猛地如潮水般奔腾起来，刘氏的泪水也被这猛然而起的旋律劫掠而出，她觉得自己被这细细的弦割成了两半，她已经不属于她自己了，她在拼命地寻找自己，拼命地让自己破碎的心归于完整，然而愈加忧郁，深沉而又无限伤感的曲调把她的另一半藏匿于琴筒中，她寻找不到完整的自己，她的半爿身体在空旷的雪野上漂游，遥远无归期。周和的额头沁出了汗水，他的手随着他伤感的心任意驰骋，驰骋得淋漓尽致，一时裸露的三寸金莲在他眼前不停地旋转，坠向无底的深渊，他不知道这是妻子的脚还是刘氏的脚。

二胡声在一个悠远的上滑音中缓缓地降落在书房里闪耀的烛光上，满世界空旷成橘黄色。刘氏拭去满脸的泪光，说，我们刘家也像这曲子一样凄凄凉凉了，我无能复兴繁华，花开花谢随他去，给绣儿养大嫁个好人家就一了百了啦。周和的思绪已经跳出了刘氏的束缚在明日的雪野里跋涉。刘氏说，明天我不能再听《阳关三叠》了，让我好好看看这把二胡。周和递过二胡。刘氏接过来，说，刘家的金银珠宝还够我享用，你随便挑几件拿去吧，做安身之用，这把二胡留给我做个念想。周和说，这怎么行，梦兴和二胡是我的命根子，我怎能把命根子丢下？刘氏的泪又涌出来，你若把二胡带走，把我也带走，你知道我已经离不开你的二胡声了。

这一夜烛光没有熄灭，与太阳光接连在一起了。这一夜芸儿的目光也没有熄，熬得与初升的太阳一样红。

朝阳摇摇摆摆地踏进周和的梦，在缠缠绵绵的二胡曲中滚进黄昏。冥冥的天色灌醉了黄昏后的荒草地，飒飒秋风搅动起一片荒凉，草地显得更加辽远。周和手中的柳条抽起了一直趴着的毛驴，毛驴的细腿摇晃几下，才停稳，他将妻子和孙子扶上驴背，逃难的路程把夜色走向深邃。下弦月升高的时候，成了半张垂死人的脸，野草丛中原先看不见的东西有了模模糊糊的轮廓。周和走得轻飘飘的脚忽然磕到一件圆滚滚的东西，那圆滚滚的东西伴随他踉跄的步子撞击出掏空人五脏六腑阴森森的空洞音响，声音拉人肌骨般紧锁住周和的灵魂，白森森的圆壳上四个幽深的洞总是撞开他不愿睁开的眼帘，他一路上不时地和这种东西磕磕碰碰，但恐惧感总是紧紧地揪住他的生命旅程。他又一次闭上眼睛跨过这具骷髅，他又一次觉得身上的肉正在腐烂，自己的灵魂瘦骨嶙峋地漂移，他的步子软绵绵地移了很远，却老觉得自己背着那具无肉的东西在行走，便不由自主地回头望一眼月光下闪耀着点点斑斑白森森的骷髅，恐惧的眼光似乎把骷髅拉得直立起来。周和用力鞭打已经不肯多跑几步的驴子的屁股，自己也挪着碎步子跑动，凉冰冰的汗渗透出了他的皮肤，恐惧感顺着他手中的柳条排遣到驴子的身上。韩氏紧紧地蒙住梦兴的眼睛，她不愿孙子稚嫩的小胸脯装进一颗硕大的恐怖。

眼前，一个同路逃难的人在无数次摇晃之后，忽然瘫倒了，鸡爪子般的手探过荒草无力地向周和招摆，眼睛空洞得如同刚才周和脚下碰到的东西。周和想，明天的太阳将不会为他灿烂了，乌鸦陪伴饿狼会在他见不到的太阳下赐给他一副雪白的骨头。他眼窝深处的泪腺被那个皮肉所剩无几的人的灵魂牵了一下，他恐怕那只摇晃的鸡爪子捏住自己心中善良的地方。周和绕过鸡爪子，他的灵魂与肉体经过一番死亡的磨难之后，疲乏再一次从肩头滑向脚掌，他靠在驴子的身上走，百般柔情地抚摸梦兴瘦削的脸。驴子歪歪趔趔地捯动四条细脚。荒草逐渐地稀少，驴子的蹄不时地踢跑不安分的石子。驴子腿的跛迹逐渐显露，旧的铁掌磨光了，磨秃了的蹄子禁不住石子无休止的硌，终于触动了驴子的经络。

月光若隐若现地描绘出山的模样，快要踏进燕山了，脚步与关东沃土的距离将缩到快能用眼睛衡量了，周和的心忽然似天空中寡淡的星光一般灿烂，他的心已经把三颗最高的星摘下来，栽进全家人身上。他朦朦胧胧地感觉到星光在无限膨胀，膨胀到山峦的顶端，燃起了无际的烽火。天空中不知是谁拉响了《阳关三叠》那般急促、高亢而又凄厉的旋律，周和惶惶然地寻觅着高天上的知音。二胡声舒缓下来，寒蝉凄切般地回归天籁。

冬日里刘家大院的日子就同北方总也化不透的河一样，冰冷冷疙里疙瘩地过不去。初春的阳光点点斑斑地揭开覆盖了辽西走廊的积雪，原野里花里胡哨地裸露出一些黄亮亮的土地，那个坏消息同这个季节里飘忽不定的风一样传递过来，皇帝下诏允许旗人跑马圈地。刘氏便像是在扎了口的麻袋里过日子，惶惶不可终日，脾气坏得像糠了心的萝卜，动不动发起狠歹歹硬邦邦的火，她与芸儿之间的争吵无法避免地爆发了。争吵的起因简单得鸡毛蒜皮，刘氏让芸儿拿出她经管的绿玉佩，刘氏想把它当了，换几斗大豆，用以度过那将来临的青黄不接。芸儿说，我把它送人了。这一段芸儿经管的东西时常无缘无故地丢失些，好在都是随身带的玩物，丢多丢少也不至于败家，刘氏虽然心疼，但也无可奈何，谁让当初让芸儿做管事的了呢。刘氏说，那件玉佩是我娘陪嫁过来的，你想给人也要先跟我说一声，我又不是舍不得，关上门咱是一家人，你想要什么我能不给吗？我把你当亲闺女待，那件玉佩我还想送给你做陪嫁呢。芸儿说，当家奶奶说得比唱得还好听，拿件玉佩想把姑娘打发掉，你家的闺女好不值钱哟。刘氏说，芸儿你怎么这么说话。芸儿说，我知道当家奶奶挺大方，芸儿姑娘要什么给什么，可当家奶奶您可别忘了，这个家是我叔赚下的，我叔无嗣，这个家也有我一份，今儿个你说得清楚点儿，该给你芸儿闺女劈多少，你闺女在这听着呢。刘氏脸色蜡黄，你这个吃里爬外不知好歹的东西。芸儿说，我是东西，你给我扔出去好了，省得有人惦着你。刘氏说，你当我不敢吗？芸儿说，当家奶奶心肠好，哪能给扔出去，管他好孬的得找个主儿，这样也体面些，比扔好听多了，当家奶奶何必藏着掖着的，心里头肝里头装的是啥当芸儿不知道吗，芸儿还没有傻透腔。周和说，算了算了，消消气，都是自家人。芸儿说，不用你装好人，也没掂量掂量自个儿有多沉，装什么当家大老爷。刘氏与周和觉得很尴尬很无聊，便不再言语，各回自己的屋里，刘家大院寂静得空落落的。

圈地的消息终于被事实证明，好多好多的人都见到了旗人是怎样圈地的，旗人信马由缰地就那么跑一圈，马蹄印子上就有了许多小旗，一群手拿马枪的兵欢呼一阵，那块地就是旗人的了，当家老爷若是舍不得，就要拿出许多银子去赎。刘氏的心仿佛被人架在了火盆上，任人残忍地烘烤，她恐怕自己的良田有那么多小旗随风摇晃，她还指望着这些良田供养着她们母女二人过上一些舒服的日子，她在飞扬起黄尘的春风中忍受着马蹄声的煎熬。那个春日里不多见的风和日丽的午时，旗人的铁骑终于踏进了刘氏煎熬得颤抖的心，旗人的马立在刘氏那片肥沃的田地前，旗人在马上慢悠悠地张望，刘氏的脸变得煞白，血色被旗人那双看不清的眼睛吸得干净，白晶晶的冷汗在她鬓角下追逐。旗人挥动一下手臂，那匹马飞驰而下，刘氏的脸绝望地仰向和煦的日光，泪水从闭合的眼窝中奔涌而出。

周和将刘氏搀扶进院内，自己默不作声地迎着旗人的马走去，那群士卒在马蹄扬起的黄尘中奔跑着，插上一溜小旗，小旗在久久不肯扩散的尘土中垂着头颅。那匹马奔至周和近前，旗人猛地勒住缰绳，马绕着周和打了个旋儿站下，旗人扬起了手中的马鞭，当旗人愠怒的眼光射向周和的脸时，扬鞭的手僵直了，周和在旗人惊诧的片刻也认出了这是自己在雪地里曾经救过的人。旗人翻身下马，抓紧周和的胳膊，说，老哥！刘氏田里的小旗便在旗人一阵意外的欢欣之后悄然无声地消失了。

周和陪着旗人向刘家大院的前门楼走去，尽管周和仍旧心存芥蒂，但一想旗人仅挥手之间刘家的肥沃良田便完整如初，觉得怠慢人家情理不通。刘家大院的前门楼已经很久没有启动，春风旋起的柴火叶子窝在石狮子和上马石的周围，灰尘已经掩盖住了大门漆黑的光泽。周和很不好意思地用脚蹚去门前那一窝潮湿的柴火叶子，让旗人有一方立足之地。旗人在征战中大概见惯了衰败，并不在意刘家门楼的这种不景气，周和叩响大门的时候，看见旗人脚下条石间的缝隙有两片车前子的嫩叶伸展出来，贪婪地吸吮阳光。

整整一个冬季没人叩响大门了，冷丁响起了叩门声，院里的人都有了一种新鲜感，刘氏的新鲜感伴随着一种心惊肉跳，她恐怕旗人向她索银赎地。芸儿的感觉仅仅是新鲜而已，她越来越觉得在这个家待得好没意思，她懒懒散散地去开门，当她拉开门栓，看到叩门的人是周和时，一股厌恶涌上心头。芸儿说，装什么当家大老爷。随手将门掩上，周和正在尴尬，旗人已经用力地推开门，与正在掩门的芸儿撞了个满怀，芸儿恼羞成怒，扬起了巴掌，旗人在芸儿的巴掌即将挨到脸上的瞬间，轻轻地捏住了芸儿的手，旗人说，好厉害哟。芸儿怔了下，知道打错了人，脸色绯红起来，扭动着被旗人捏疼的手，眼睛里忽然有一汪春水般的泪在旋转，芸儿说，蛮子。旗人从芸儿的脚一直看到急切得汪住了春水的眼睛才微笑着松开手，芸儿在风风火火地跑回闺房的途中，一双大脚暴露无遗。

刘氏释去了心里的重负之后，轻松得似乎欲飞，春日里明媚的阳光还给了她脸上的血色，刘氏以破天荒的礼节招待着旗人，她明白圈地之后她将成为宁远城周围唯一拥有大片良田的汉人，她的土地将会成为原野里不多见的花丛，佃农们会像蜜蜂般涌向她的门口，她不会再担心租子的收缴了。酒至半酣，旗人忽然记起了女人的脚，刘氏便有些难堪，旗人并没有在意刘氏的窘态，旗人说想要娶汉家姑娘为妻，只可惜汉家姑娘脚小得像猫儿，走南闯北的总是个累赘，周和就想起了韩氏，若不是把脚缠得该死地小，何必散落于半路途中，至今生死未卜。旗人说，你们家姑娘的脚生得好壮实呀。刘氏说，缺少家教，生得个野闺女，让您见笑了，恐怕她这辈子找不到好主儿。旗人笑了起来，说，给皇帝爷扛黄旗的主儿还赖吗？周和就忆起了旗人捏住芸儿的手是那样地放肆，他感觉出芸儿眼睛里含着的东西是一种被征服之后的委屈。他的心在这一刻忽然晴朗得蓝莹莹的了，大地仿佛是后羿射罢日头一般清爽，他左右转动几下眼睛，嘴角的笑纹把心中的意图传递过去。如同第一次听到《阳关三叠》刘氏很快就感应出一种妙不可言的和谐，她在周和逐渐扩散的笑纹中感觉出芸儿的身影正在缥缈远逝，她柔和的劝酒声把旗人的杯中酒窖得更加香浓。说说笑笑地，芸儿的婚事就定了下来。芸儿在窗外居然偷听了只言片语，很快也就明白了其中的含义，她的心脏忽然狂跳起来，像揣着一只小兔子，刚才让旗人撞了下不该撞的地方，撞得好蛮生好结实，她的胸脯还在酸溜溜地胀，手仿佛依旧热辣辣地被人捏着，这是一种很舒服又很别扭的感觉。芸儿在体验这种感受的时候，并没有忘记满仓，如果满仓有这么蛮生的话，芸儿恐怕就不是个闺女了。

初春风和的时候落日很是辉煌，半边天的浮云烧得红彤彤的，涌动起迷人的灿烂。刘氏就在这个时候支使周和去把芸儿找进她的卧室，芸儿的影子却同太阳的影子一样消失得无有踪迹。这时候的芸儿正在村子里走动，满仓很快就抓住了芸儿的影子，直到天擦黑了才敢在村外边的树林里靠上去。芸儿如饥似渴地等待着满仓馋猫似的捆住自己，哪怕是欲火烧光她的衣服，这样她会毫不犹豫地与满仓私奔，然而清凉的夜风把一切都吹得冷落，满仓蜷缩在树下，树桩般毫无生机。芸儿问，房子地置办得咋样了？满仓说，今儿个圈地明儿个圈地的谁敢再置办。芸儿又问，房子呢？满仓说，还没影呢。芸儿说，我给你那么多东西你都干什么用了？满仓说，都让我爹用去了。芸儿发起了火，你爹也不嫌那些东西烧得慌。满仓说，我有啥招，我爹已经拿它讨小了。芸儿满腔悲愤，眼中有许多泪珠蠢蠢欲出，芸儿无可奈何地说，你爹比你强多了。芸儿径直地往刘家大院走回来，不再理会满仓的哀求。芸儿来到刘氏卧房的时候，夜色已浓，芸儿心里烦乱得很。刘氏说，芸儿，婶娘给你寻个主儿，不知你乐意不。芸儿郁郁地说，我乐意不乐意算什么，有当家奶奶呢。刘氏耐心地说，是在旗的，还是正黄旗呢。芸儿忽然忍不住哭了，我算知道你们是啥心肠了，芸儿不是贱货，芸儿能给你们换东西，芸儿走了就不碍你们眼了，你们可以随便地快乐，芸儿是享福去了，芸儿说出不乐意那还叫人话？芸儿不待刘氏说话就跑回了闺房。

喜日子是由阴阳先生给掐算出来的，旗人派了好多人来黄沙铺路净水泼街，聘礼中有许多皇宫里的玩物。鼓乐声远远地喧嚣起来，喧嚣得芸儿六神无主，刘氏在大门楼向花轿子敞开之前，悄悄地叮嘱起芸儿房事里的规矩，芸儿的泪水只顾泼辣辣地流，那些叮嘱的规矩也被泪水冲得干净。刘氏不禁鼻子一酸，忆起了许多芸儿帮自己当家理财的事情。刘氏说，婶娘一直是很疼芸儿护着芸儿的，如今找了旗人又不是去做小，算咱是高攀了，若不是好的人家，婶娘怎会舍得呢。芸儿忽然抱住刘氏哭得更加厉害，她不是舍不得婶娘，她心里还是舍不下满仓。

芸儿最终还是自己走进轿子里，她临上轿前看了眼漆得油亮的大门，又看着频频向自己点头的周和，周和满脸微笑真诚地祝福着，那些歉意不由自主地蠕动在她心头。透过薄薄的轿帘，芸儿看到了庞大而又热闹的队伍，就闭上眼睛，什么也不去想。高天上有几只风筝在明媚的春光中飞得很自由。

周和送走了最后一拨客人，关好了大门，看见梦兴与绣儿玩得很热闹，黄沙与净水和成了泥巴，脏兮兮地铺在石子路上，娶亲的游戏就差玩进了洞房。周和疲乏得不愿去管孩子们。这时节东偏门开了，跌跌撞撞地闯进一个人来，嘴里哭哭唧唧地说着，芸儿，你等等我，我把玉佩给你赎回来了。周和知道这就是满仓了。刘氏坐在门廊前的太师椅上，闭着双目享受着和煦的春光。满仓急忙忙跪下，当家奶奶，芸儿拿了你的东西都藏在我那儿，我倾家荡产也要还给你，只求你别把芸儿嫁出去。刘氏说，这是我们的家务事，你犯不上操心，那些都是我赏给芸儿的小玩意儿，芸儿愿意给谁就给谁，你收起来吧，今日是我家的吉日子，不要败了我家的兴致。刘氏说这话的时候，缓缓地站立起来，走进了自己的房间。傍晚，周和去关东偏门的时候，满仓还蹲在东偏门的外边，脸已经歪成了苦瓜。周和说，回去吧。满仓说，我知道自己个儿在犯傻，我只想听你拉的那个曲子，非常想听。满仓说着，抹眼睛的手甩动一下，周和感觉到有凉津津的水珠飘到脸上。周和插好门，回到自己的西屋，感觉着满仓内心的悲伤，缓缓地拉出了《阳关三叠》。刘氏轻轻地走进周和的房里，把周和欲将揉进弓弦的伤感截住了。刘氏说，你同满仓的话我听到了，刘家是有身份的，这支曲子你怎能给下三流拉？你现在是刘家的管家，该像大老爷一样。刘氏说这话的时候眼睛里那么潮润。

星空无限地繁浩，风也是甘甜得爽心悦目，周和陪着刘氏在院里走动着，刘氏说，我的腰酸唧唧地疼，手脚也怕着凉，陪我到卧房歇着吧。周和说，你看门前的老槐树的枝条摇晃了。刘氏笑了，我还没老眼昏花，用不着借老槐树推脱，我只是想让你陪我说会儿话。周和就进了刘氏的卧房，见地上有只瓦盆，盆里的水散发着几缕残余蒸汽，水的颜色红润得浪漫。刘氏脸色潮红起来，如同安静燃烧着的罩着红纱的灯笼。刘氏说，我刚洗过骑马布，我差不多一年了没洗过这东西。刘氏忽然明亮起来的眼光直截了当地迎向周和的眼睛，刘氏说，我们都没有老。

槐花香得浓郁，刘家大院门前老槐树枝条上雪白而又繁茂的槐花就这样平平安安地香过了七回，槐花在暮春的风中反复地回旋着湿润而又甘甜的清新气息。日光愈渐阳气十足，影壁墙的影子愈加灰暗，那些蝙蝠在暗影中冬蛰。刘氏无论如何也没有放跑这温暖的春日，她坐在太师椅上，微闭双目享受着阳光，她的脸色仍旧苍白，六七年的光景并没有在她脸上刻下多深的痕迹，微微浮肿的脸反而抻淡了许多皱纹，只是咳嗽声有些沉重，两个小丫头诚惶诚恐地给她捶背，每逢换季时节，刘氏总有敏感的不适，浓重的鼻塞音似乎是二胡伤感的滑音。院落里男人们匆忙的步子已经稀落，东门外这几年搭设起来的比贫寒人家屋子还要敞亮的牛马棚已是空空落落，牛马们或驾辕或拉套都去卖力气，羊群也不再依恋栅栏，去沟沟岔岔啃青。大门楼两侧新盖的豆腐坊、粉坊、油坊吱吱扭扭地响着劳作的声音，正房及厢房的屋脊灰蓝色的瓦散发着青幽幽崭新的光。刘家肥沃的田里，点点斑斑的牛耕马作人忙碌，唇上已经生出了毛茸茸东西的小伙子周梦兴穿梭在刘氏的田地里，安排着长短工们的劳作。

槐花洁白的瓣在温暖回旋的风中雪片般纷纷扬扬转悠下来，柔和地铺进院落，院中刺梅丛中刺梅花骨朵被嫩绿的叶片捧出娇柔白媚的脸庞，刘家的院子就出落了一幅丹青，那是一幅一片白一簇绿一点红辉煌至极的图画。刺梅树旁丫鬟们窃窃私语地簇拥着绣儿，绣儿已经出落成胸脯鼓胀双目流盼的大闺女，丫头们挑拣着红润的刺梅花瓣，放在钵子里捣成汁液，嘻嘻笑笑地淋在绣儿修长的指甲上。

阳光透过刘氏微微松弛的眼皮，送给眼窝暖融融的舒坦，她的耳朵听着绣儿无忧无虑的欢笑，满身心沉浸在红色的辉煌中，直至浓重的中草药气息冲淡了槐花香气，她才意识到周和在宁远城寻来的郎中到了她身旁。郎中松松垮垮的上眼皮压垂了他的眼角，他的眼睛在欠起的一道缝隙间幽深地环顾刘家的院落。刘氏没有在意郎中忧郁而又野性的眼光，她不知道郎中已经与周和发生了不愉快，只是将胳膊搭在太师椅的扶手上，让经脉流得畅快。周和让丫头们寻个凳子给郎中坐下，方才马车停在东门外的时候，郎中下了车就向大门楼走去，周和却站立车旁不动，直至郎中疑惑回过头来，周和才恭敬地将手摊向东偏门，郎中忽然明白了这户人家是在怀疑自己回春之手的修炼程度，他的医道似乎还没有叩正门的资格。郎中的眼睛更加低垂，眼角把心中那一丝不满流泻出来。刘家大院里的人谁也没有预料到郎中眼中流泻的那一丝微不足道的不舒服，会勒索掉刘家似锦的繁华。

郎中并不急于号脉，他平平稳稳地坐在凳子上，费力地挑起眼皮，安安静静地端详刘氏的脸，许久才深吸一口气，缓缓地抬起右手，慢慢地将三个指头切在刘氏的腕上，然后将眼帘重重地垂下。风依旧和煦，槐花的瓣在炫目的阳光下飘洒进刘家的院落，成群的野蜜蜂穿梭于雪白的云朵般的槐树花间，嗡嗡地喧唱着无休止的歌。周和无言地伫立于刘氏的身旁，周和的脸庞没有经得住时光的揉搓，皱纹显得很是深刻，被时光牵长了的胡须不复有昔日黑色的光泽，灰暗得霜染过似的凝重。刺梅丛中，绣儿的笑声隐隐地传递过来，绣儿的笑声总是那样地娇羞，永远达不到芸儿的爽朗。郎中的手从刘氏的腕上收回，眼帘挑起的时候，眼光定定地射向不远处采摘刺梅花的绣儿，待到刘氏抑制不住地咳嗽，才垂下眼光，细细地论起了病源。郎中说，当家奶奶的肺经气太虚，肝象血亏气滞，时常胁下胀痛，咳嗽不止，四肢乏力，精神不爽，经期不调，间或不思饮食，夜生盗汗，我看这脉息，当家奶奶早年是劳心过度，如今积郁成疾，这病若不耽搁，当初几味百合、熟地、桔梗、当归之类的药应就去了根的，如今虽难治愈，却也无妨，只需当家奶奶清心寡欲，不得放纵，多食些母鸡、猪羊脊背、羊肾羊肺之类，药以治病，食以养人，慢慢调养，总归会好，但需克欲以养精、免恼以养神、节怒以养肝、减思以养心，否则病将难愈。郎中说罢，眼皮挑起，撩了一眼刘氏和周和，便操起丫鬟侍候好了的纸张笔墨，低头写下人参、黄芪、白术等补土益气之品，又配以熟地、白芍、贝母等清热化痰。周和听到放纵、养精之类，心内不禁赧然，便侧过头去，只听蜜蜂嗡嗡地鸣唱。刺梅丛中绣儿与丫鬟们的欢笑声忽然止住，在一片关切的问候声中，绣儿急急地跑出，跑向厢房的旮旯。郎中的脸忽然有一些阴沉，郎中对刘氏说，你家姑娘脸色偏黄，言语中并无虚弱之迹，恐怕患上了让你献丑之症。刘氏的眼睛忽然睁亮，眼光射向郎中，郎中闭目捋须，一副飘然欲仙的样子。刘氏抑制内心的愠怒，说，不知先生能否为自己号脉，看看是不是患了心神不定，神经紊乱，胡说八道。郎中挑起眼皮，说，人命关天，行医看病岂能儿戏，当家奶奶若不信必成养痈之患。刘氏说，罢了，把姑老爷赏的瓷壶拿来。周和取来瓷壶置放在刘氏身旁，刘氏从一个丫鬟手中要来一朵刺梅花骨朵把壶嘴塞得严实，刘氏对郎中说，这玩意虽不值几个钱，却是从贝勒爷府中传来的，好歹能沾点儿皇亲国戚的光，你收着吧，小心捧着，别摔了。郎中说，既然当家奶奶对医道不感兴趣，一切都罢了。郎中说完，拾起药箱告辞，刘氏也没有起身相送，周和与刘氏望着郎中的背影同时感到一种心躁不安。阳光依旧炫目，槐花瓣空中胡乱飞扬，给刘家院落留下斑驳的暗影。

日薄西山的时候，西厢房灰暗的影子笼罩着刘家院落，槐花的瓣在一阵飘忽不定的风中纷纷扬扬雪片般飞舞而下。刘氏已经几次传话让绣儿到她卧房，绣儿皆因咽喉难控腹中之物而未敢去见。刘氏只得扭着三寸金莲去绣儿的闺房，绣儿的房里弥散着怪异的气味儿，一堆旧棉絮遮盖着绣儿刚刚吐过的东西。绣儿见娘进来，脸色愈加蜡黄，冷汗已经沁出额头，她慢慢地往暖床的尽头躲避。刘氏从绣儿惊恐万分的眼睛中明白了郎中的话并不是胡说八道。刘氏强作笑颜，极力做出极其温柔的样子，去安抚快要吓坏了的绣儿，刘氏几经争取终于把身体已经抖成一团的绣儿搂进怀中，绣儿依在娘的怀里，好久满腹的惊恐才涌向眼窝，随同泪水小溪般欢畅地流出。刘氏说，孩子，不要怕，到底是咋回事，有多长时间了，告诉娘，娘不怪你，娘会帮助你的。绣儿把脸深深地埋进刘氏的怀，绣儿已经无法掩饰自己的过失，絮絮叨叨地说起了一个月前的事情。刘氏在绣儿缠缠绵绵的叙述中，心却在所有的细节中搜索，她忆起了一个月前去给芸儿下奶的事情，她想绣儿准是在那时候坏的事。那是个妖冶的桃花开遍辽西走廊的好天气，旗人府上差来的人叩响了刘家的门，报喜的人说芸儿的二胎生的是公子哥。孩子落生第三天的一大早，刘氏就让周和备马套车陪她去道喜。旗人在府里护着芸儿和婴孩，一派浓郁的和谐气氛，芸儿的脸上再也寻觅不到出嫁时的忧郁，对刘氏笑得也很温和。一个老太婆蹲在炕上，炕头的瓦盆里放着温水，盆底沉着几枚铜钱，老太婆边叨咕着边把芸儿的婴孩放进水中洗净，然后拿起一块新布擦起了婴孩的牙床，芸儿及旗人都心疼地哄着哭叫的婴孩，众人欢笑起来，老太婆说，大吉大利。刘氏忆起这些的时候是紧紧地搂着绣儿的，头扎手巾怀抱婴孩的芸儿却总是纠缠她的回忆，浮现在她眼前，芸儿出嫁前焦躁而又绝望的眼神以及满仓的苦苦哀求与芸儿现如今和谐的天伦之乐在她脑中不间断地闪动，她真有些羡慕芸儿，芸儿活得好快活好轻松好无拘无束。

绣儿说那天的天气好极了，绣儿对梦兴说没有老太婆老爷子是最好的天，绣儿说好自由啊，绣儿同梦兴商量着把所有的长短工男仆女佣丫头妈子们统统撵到刘家院外闲逛去。绣儿留着梦兴在自己闺房里说话。那一天绣儿同梦兴的话多得流成河，能把太阳淹得无有踪迹，阳春时节的桃花在他们心间绚丽地开着。绣儿与梦兴无限陶醉地忆起了诸如捉蝴蝶掏雪洞铰衣服玩娶亲的故事，忆起了夏日的夜晚梦兴淘气地脱下绣儿的小鞋扔到空中，喊叫着蝙蝠蝙蝠穿花鞋。梦兴说衣服上绣的蝙蝠是什么意思。绣儿说我只知道你不喜欢蝙蝠我就不穿绣蝙蝠的衣服。梦兴说你骗我，你肯定还穿着绣蝙蝠的衣服。绣儿说你仔细看呀。梦兴说你是绣在兜肚上。绣儿说你翻呀。梦兴就真的动手解绣儿的衣裳，绣儿开始的时候还拦着梦兴的手，后来就羞红了脸，蒙着眼睛任梦兴摆布。傍晚的时候，梦兴在绣儿的身旁睡醒了，绣儿在梦兴的抚摸下也醒了，他俩都知道刘氏与周和回不了这么早，又依在了一起。绣儿的神情很倦怠，伏在梦兴怀里一言不发，天色逐渐地暗淡，一只猫在房脊上婴孩般哭叫，声音凄惨得如同丢了娘，梦兴笑了笑搂着绣儿说，猫叫春了。

刘氏勉为其难地安抚罢绣儿，身体忽然槐花瓣一样轻，轻得能让风吹走。她飘飘悠悠地走出闺房，嗓子咸得厉害，喘息声也加重了。刘氏无法容忍妖冶的桃花在绣儿胸中绚烂地开放，她觉得郎中瞥向绣儿的眼睛就像是把荒郊野外不检点的桃花拾起，趁月黑风高之际挂在刘家门楼庄严的门环上，让风放荡地摇晃。院落里的仆人借着落日的余晖清扫院落凋零的槐花瓣，刘氏倚在门廊的柱子，让丫鬟招来周和。刘氏抑制着喘息，唤周和进了书房，把绣儿的喃喃细语简简单单地说与周和。周和出了书房的时候，发烧的脸如同黄昏后即将消失的那一抹余晖一般阴沉，他无论如何也无法接受他调教出来的孙儿会把没栅栏的事做到绣儿姑娘的身上。再也看不见天空中飞舞的槐花瓣，他只觉得槐花瓣飞扑到他脸上是一种突如其来的寒。

周和出了刘家的院门，夜色顿时把他的眼睛染得漆黑，他深一脚浅一脚匆匆地走在村中灰暗的路上。周和忽然觉得这路与他七年前逃难的路是何其相似，只是少了那些恐惧疲惫和饥饿，却有同一种焦虑不安。那座三间屋舍的轮廓终于逐渐地显露出来，那盏萤火虫般的光亮透过窗户纸，有气无力地散发着暗红色的微光。鹅卵石垒就的院墙模模糊糊地进了周和的瞳孔，亲切温暖与失望惆怅的感觉同时撕打在他心中，这个屋舍就是他和孙子俩的家呀，这是他做刘氏管家七年为自己赚下的家业，他小心翼翼地主持刘家的大事小情，也勤勤恳恳地经营自己的小窝，这些院墙石头都是他与孙子梦兴从河沟里一块一块地抬进来的。

周和进屋的时候，梦兴见爷爷回来了很惊喜，刘氏家里家外的事都是周和应酬，回家小住的次数如同月亮圆起来一样稀少。梦兴看见了爷爷的脸色，自己脸上刚刚显露的喜色逐渐被疑问吃掉了，爷爷的脸色是一种从未有过的铁青。灯在盏子里闪动，烧熔了的羊油有气无力地滋润着灯芯子，豆粒大的光斑，心神不安地跳动，仿佛在灯盏里游离。梦兴停住了手中已经刮得光滑的锄杆，他觉出将要发生着什么事情。周和将梦兴手中的锄杆抓了过来，抚摸光洁锄杆的时候，手指头颤颤不止。周和说，今日城里的郎中说绣儿病了。梦兴关切地问，什么病？周和愤怒起来，是你给种下的病，语音未落，锄杆已经贯穿着周和爆发起来的怒气，砸向梦兴的屁股。梦兴不及躲闪，就不去躲闪了，忍着爷爷的责打，甩动起袖子，羊油灯上燃烧的光斑就被他拂起的风掀离了根，魂一般飘然而逝，满屋里猛然袭入一种冥冥之色。黑暗中，梦兴抓住了爷爷砸下来的锄杆，一动不动地和爷爷僵持。许久，梦兴忽然低泣，缓缓地松开手，跪了下来，摸索着爬到周和膝下，抱着周和的腿说，爷爷，绣儿是个好姑娘，绣儿和气，绣儿知书达理，绣儿懂得体贴人心疼人，绣儿和我两心相印，你就不知道想个办法，留住这么好的人，让她成为你的孙媳妇？夜黑得幽深，深得什么也看不见，深得泪水都流不出，只能在脑里没完地淌。周和心里说，孙子，我何尝不是这么想呢，可人家是金枝玉叶呀。

刘家院落的香气不那么浓郁了，槐花瓣依旧飞扬进院来，只是没有先前那么蓬蓬勃勃，花瓣躺在刺梅丛中，躺在石子路上，都显出了有气无力的样子。花瓣的颜色已经沾染上苍老的黄褐，摸起来不再光洁滑润，是一种近于衰老的干燥。那个让刘家不愉快的消息就在这个时候愉快地在宁远城里传播开来，刘家姑娘像老罕王的额娘一样吃了仙果，肚里有了灵气。刘氏依旧喜欢坐在太师椅上，享受暮春温暖的阳光，只是脸的颜色同槐花瓣一样有种说不清的冷。她已经听到了那个美丽而又残酷的传说，她知道这一定是那个郎中鼓弄出阴毒的演义。周和遣散了丫鬟，搬过一个凳子坐在刘氏的身旁。周和没有说话，去看那淡黄色的被春风抽去灵魂的槐花瓣在空中漫无边际地飘。刘氏也在看飘舞的槐花瓣，她总觉得花瓣中隐藏着郎中低垂着的阴险的眼睛。周和说，事已至此，就给他俩办了吧，也好辟谣。刘氏依旧对花瓣看得出神。周和说，办晚了，绣儿会露馅的，恐怕名声不好。刘氏叹了口气，才说，现在名声好吗？大街小巷谁不知道我们家姑娘好福气，遇到了仙人。刘氏说这话的时候，眼睛看着周和，周和的眼睛回避开，去看槐花瓣飘零。刘氏说，绣儿这孩子净做傻事，不知道有什么法子让屯里屯外城里城外的人都知道这是无稽之谈。

周和见刘氏对绣儿与梦兴之事没有什么热情，就不再言语，他知道刘氏最关切的是刘家门面上的事，他懂得要让绣儿下嫁给梦兴，不比他当初让刘家繁荣起来容易，他虽然能读懂刘氏每一个眼神的含义，与她亲近到高山流水知音相随的程度，但也无法吃准刘氏闭合眼睛时心里拿定的究竟是什么主意。绣儿房里的丫鬟匆匆过来，小声地说，姑娘吐了两天，什么也吃不进，身子骨虚得厉害，是不是该找个大夫瞧一瞧。刘氏吃力地站起来，看着周和，她的眼光有些凌乱，不知如何是好。请了郎中来，号出了这种见不得人的脉息，不是不打自招吗？姑娘家家的，没有婆家先有喜，当娘的脊梁骨会让人戳断的，小门小户的还成天捧着脸面过日子，大户人家更不能丢人现眼了，可这样拖下去，会不会耽搁了这孩子的身子骨呢？刘氏对周和说，到绣儿房里瞅瞅去吧。

周和陪同刘氏起身去绣儿闺房的时候，梦兴从绣儿的房中闪出来。刘氏看见了梦兴脸上就显露出了不愉快，周和的心里也有些不畅快，他不希望自己看到梦兴在绣儿的房里出入得这么随便。梦兴并不在意这些，梦兴是蹚着露珠料理完刘氏每一片田地的农活儿才回到院里，他实在忍心不下绣儿的呕吐，仅几日时间，绣儿已经露出了憔悴的面容。现在绣儿眼前的花不似先前那么妩媚地开着，她忍受着养胎之血下聚、冲脉之气上逆的折腾，只想让娘早一点儿做出决定，与梦兴结上百年之好。周和的脚即将迈进绣儿闺房的门槛时，梦兴急急地走上去，周和见梦兴的步子有些神秘，就止住了步子。梦兴说，给绣儿接郎中去吧。周和怔了下，说，绣儿病得这么厉害？梦兴没有回答爷爷的询问，却说，那日来的郎中好有本领，看一眼就能知道病源，接来他绣儿会药到病除的。周和并没有觉出梦兴言语中会有诡计，他与刘氏商量几句，就心事重重地套车，去宁远城接那日的郎中。

刘家的门没再使那日的郎中失望，郎中看到车停在刘家院外的位置，就明白了刘家没有小瞧他，他在踌躇满志中懂得了刘家终于无可奈何地承认了他的医道。郎中从从容容地走近大门楼，跨过了刘家高高的门槛，居然他同当初周和跨进大门一样，门开的幅度不够宽绰，但这都阻挡不住郎中高超医术对这个院落病魔的征服。绣儿暖床的幔帐严严实实地垂着，周和让绣儿房里的丫鬟给郎中看个座位，刘氏也拧着三寸金莲关切地过来，郎中不禁想到初进这家大门当家奶奶的傲慢，就垂下眼皮，做出一副超然欲仙的样子，没有同刘氏表露出丝毫的寒暄。沉静片刻，郎中便询问起姑娘近日的症候，刘氏认认真真地答复，刘氏虽然憎恨郎中的是非之口，但还指望郎中能配出良方，清除她的辱门之隐祸。郎中毫无疑问地明白，这些都是明显的妊娠反应，还是说诊诊脉息吧，以示其高雅。绣儿的丫鬟好不容易把幔帐里的手臂劝说出来，随即铺上一方丝帕，盖得严实，姑娘的肌肤岂能让乡野村夫随意摸触。郎中很随便地在丝帕上寻准了脉位，诊了片刻，觉得脉音较强，不似有恙，便撒开手，说，无妨，无妨，此乃喜脉，无医自愈。随后挥笔题些健胃和中、降逆止呕的方子。刘氏并不瞅郎中递过的药方，面沉如水。刘氏说，该摘了你的牌子，砸了你的店，我们是黄花闺女怎会害这种病？郎中本是聪明人，自然解得其中意，郎中说，姑娘所需强健身体的配方，有几味沾上虎狼之剂，姑娘承受不住怕会误及性命。刘氏不好再勉强，郎中起身便欲告辞。

绣儿的幔帐就是这时候撩起来的，梦兴泰然自若地挂好幔帐，怀里抱着靴子很规整地撂在暖床下，慢慢地穿了上去。屋里人的脸都呈现出惊诧，郎中无地自容，他无法相信自己竟把男子之身诊出有喜。梦兴不慌不忙地说，绣儿玩去了，让我来替她诊脉，这位先生果然是好本事，连人家想着娶妻生子的心事也能摸得出。梦兴趁着郎中惊魂未定，踢翻药箱，撇下屋子里尴尬的人们，飞身上马去了宁远城。郎中回到城里的时候，药铺已被梦兴糟蹋得不成样子，一块块菱形的招牌支离破碎地躺在街头，菱块中间白色的圆圈与半圆被许多淘气的脚踩成污浊。当日郎中擂响了州府衙门的鼓，次日，刘氏差人去求芸儿让旗人写个条子，方息了此事，只是宁远地界上再也见不到这个郎中了。

不知不觉中，刘家门前的老槐树葱绿起来，嫩叶从细小的枝条上茁壮地展出，迟开的槐花夹在招人喜欢的嫩叶间，如同无嗣之家又添个小闺女，几串昔日没有被春风摇撼掉的槐花显得格外地人老珠黄。周和原以为打赢这场官司，刘氏阴沉的脸总会有一些欢娱的晴朗，自己好趁机撮合梦兴与绣儿的事，但是每逢周和与刘氏闲谈把话题扯到这儿，刘氏总是疲惫地闭上眼睛，说，我该歇一会儿了，随后那把刘氏坐了多年的太师椅的靠背就会有了那种轻轻的吱嘎声。周和好尴尬。

傍晌午的时候，刘家的门楼外停下一乘蓝顶大轿子，前呼后拥着些骑马的人，轿里的人笨拙拙地被人扶下了车。周和恭候在大门外，把这位胖得笨笨拙拙的人引进客厅。刘家的客人周和几乎没有不熟识的，可这位客人对于周和来说确实是不速之客了。一般的客人周和忙前忙后地迎来送去，刘氏不用抛头露面，稍重要的宾客也要待周和寒暄完毕，刘氏才会姗姗来迟，无论是谈论家长里短还是涉及乡绅是非之类，刘氏总是让周和作陪。可这位贵客周和连召唤丫鬟备茶的话还没出口，就被刘氏支使出来杀猪宰羊款待嘉宾。周和忽然有了一种失落感，如同干枯的槐花瓣空空荡荡地飘向遥远。他轻车熟路地安排罢厨房，倚在门廊的柱子，痴迷地望着春日里午间炫目的阳光。一片橘黄的槐花瓣斜斜地荡进太阳的光辉中，周和的眼睛里便只剩下一片白晃晃的东西。周和还是第一次这样无所事事、无所适从地待到黄昏。这半日里有个闲着的老妈子似乎看出了周和的不爽，絮絮叨叨地论起了来宾。老妈子说这位贵宾是过世的当家大老爷的故交，府居宁远城中，系朝中祖氏近亲，近年家道日渐殷实，银子、租子进项颇为丰厚，已是门庭若市，旧时曾与大老爷有过半真半假的指腹婚约，只可惜他们家的公子哥笨得出奇，先后累跑了六个教书先生，第一个先生费了半年劲儿才教会他写出了名字，最后一个先生打折了七根戒尺才把《百家姓》挤出一半，那家夫人急了，说天上有飞的鸭子，地上有跑的鸭子，干吗非得赶鸭子上架？公子哥就这样没了教书先生。周和这才知道平素听街头人论起的笨公子的故事是源于那位贵宾的尊府。

酒宴散尽，刘家的堂舍屋居全都是红烛通明，贵宾老爷面红耳赤一口一个称起了刘氏“亲家奶奶”。暮春里调皮的风飘忽不定地荡来荡去，时隐时现地把“亲家奶奶”送进周和的耳朵，周和的嘴里嚼碎了青李子般，满脑袋膨胀着苦涩。周和无法忍受这种声音的折磨，轻轻地躲到绣儿的闺房前。绣儿这时候没有作呕，出神地望着跳动的烛光。绣儿总是这般恬静，这般温和，绣儿的心里从来不会滋生不祥的预感，绣儿你什么都不知道，你曾想过会嫁给一个笨公子吗？你的娘是喝迷魂汤了？她要用你的幸福换取自己的虚荣。周和在绣儿的闺房窗外足足站了一刻钟，他正想要迈进去。把这些讲给绣儿听，院里有人唤起了周管家。周和慢慢腾腾地向客厅走去，他的耳朵无可奈何地又去承受着那种称呼的折磨，亲家奶奶亲家奶奶亲家奶奶……这本该是自己对刘氏的称谓，如却被那位笨公子的父亲充分地享受着。不知梦兴现在做什么，他害怕梦兴知道这个消息生出乱子，他不愿自己的根苗风里雨里地去闯荡。

周和进了客厅，满屋子的烛光都随大厅门的启动轻轻地摇晃。周和见刘氏陪着胖贵客坐在上首，自己就寻个凳子坐在门旁，红彤彤的烛光虚伪地渲染着屋子里的气氛，遮盖住了刘氏脸上真实的颜色。刘氏说，拉段曲子助助兴，亲家老爷想听听。周和说，好多年不拉了，二胡恐怕也该坏了，我调理一下试试看。周和说罢转身出了客厅。这时候已经是月朗星稀了，暮春的风在很静的夜里唰唰啦啦地梳理老槐树的嫩叶，迟开的槐花星星点点地散发着时断时续的香气。周和出了东偏门，径直走回自己的家。月光简简单单地描出家的轮廓，周和忽然鼻子一酸，有泪将溢。

周和推开了自己的家门，梦兴已是躲在被窝儿里，期盼的眼睛在周和身上寻找答案。周和默不作声地从墙上摘下羊皮囊，抽出那把二胡擦净一些尘土，涂过松香，拧紧了琴弦。二胡的声音仍旧是那样地醇厚，只是周和的指掌有了许多生疏感。他已经好久没拉二胡了，他自己都无法原谅自己对二胡的淡漠。二胡声时断时续地扬起，《阳关三叠》时畅时涩地流动，韩氏的影子逐渐地充进他空白的胸间。七年过去了，早就有了平静的小窝，孙子已成了小伙子，可他曾想过寻觅自己不知飘零于何处的结发之妻吗？与刘氏的欢娱已经填平了自己荒凉的离散之苦。二胡声猛然高亢地扬起，仿佛是一队铁骑劈开了燕山山脉中的沟汊。他眼前浮现出逃难的人群纷纷乱乱四溢的情景，他忆起了不堪重负的毛驴用生命的力量摇摆着前行，毛驴释重之后趺趺撞撞的蹄子伴随着屋里微弱的羊油灯光扑朔迷离地在他眼前摇撼，他又听到韩氏跌下驴背时凄惨的叫声，他想象得出韩氏睁圆的眼睛有多么恐怖。二胡声缓缓地走向悠远，悠远得似乎消失进燕山深谷，周和的泪水如同深谷中的泉水一般扑簌簌地流淌。周和收起弓子，用衣袖拭着脸颊的泪。梦兴已经穿好了衣服，不知所措地望着爷爷流淌下来的泪水。周和放下二胡，抓过梦兴的手，周和说，你是周家千顷地里的独棵苗，爷爷逃荒离难的不就是为了保住你这条小命？没有你，爷爷就是死在刀枪之下也不会离弃家园，听爷爷的话，凡事让三分，祸端少来临。梦兴忽然觉出爷爷的话里是在把他心中的绣儿推向遥远的天际，梦兴急切地问，怎么，当家奶奶不愿意？

周和说，贫寒人家不要奢求了，有个模样周正品行端庄手脚勤快的良家姑娘足矣。梦兴跺着脚说，爷爷你不能让着她，别忘了她的家有一半是咱们帮她赚下的，我要绣儿有什么不该？周和说，你折腾个啥，想让周家的香火断在你手里吗？梦兴抱着脑袋，低声抽泣。周和抚摸着梦兴的脊背无声地流泪。

周和回到刘家大院的时候，刘家屋里的烛光暗淡了许多，显然那位贵宾耐不住等待，已经打道回府。刘氏仍旧坐在客厅里，疲惫地闭着眼睛，几支红烛孤独地陪伴她，显然她在等着周和的回归。周和进了客厅，还在门旁的凳上坐下，他身体携来的风并没有随他而停止，摇摇晃晃地拂动起烛光，烛光就哀哀怨怨地抖动了几个回合。周和把二胡放在脚上。

周和说你不是想听二胡吗我拉给你听。

刘氏说我现在不想听少让我心烦。

周和说我知道你爱听《阳关三叠》你能把泪水听出来。

刘氏说我没那个闲心我等你回来商量绣儿出嫁的事。

周和说我还没有让梦兴准备好怎么能这么快娶绣儿还是听曲子吧。

刘氏说你也不能怨我这是当家老爷在世时定下的事再说梦兴也不配娶绣儿。

周和说你也不是不知道那家的公子笨得出奇这不是作践了咱们的绣儿了吗?

刘氏说你想让我的院姓你的周吗?

周和说当家奶奶我怎么敢呢。

刘氏说我没想到你也和别人一样惦记着我的家财。

周和惊愣住了，半天也说不出话来，身体像炙铁烹起的水雾轻飘飘地离了根。许久，从门缝钻过来的清风灌进他的脚脖子，他通体倏地一下子，便有了一种透心的凉，周和这才明白刘氏冷淡自己已经是从梦兴把没栅栏的事做到绣儿身上之后就开始了。周和缓缓地站立起来，拎着二胡的手垂得那样地松。周和说，累了一天，当家奶奶歇息吧，我该回自己的家了。周和已经有许多年没有称刘氏当家奶奶了，刘氏听了这个称谓感到很是疏远，就对周和说，太晚了，就睡在我这里吧。周和没有推辞。

清晨清凉凉的风清爽爽地拂动老槐树朦朦胧胧的叶片。周和轻轻地推开客厅的门，屋里的光线还很灰暗，与书房相通的隔板上龙凤呈祥的图案刚刚被光线染出一些眉目。周和同第一次来到这里一样，默不作声地坐在炕沿上，只是他没有初来乍到的诚惶诚恐。周和慢慢地将二胡放在自己的腿上，眼睛无神地望着昏昏暗暗的世界。忽然他的眼眶一热，泪水就在眶中旋动起来，他的右手腕抖动一下，缓缓地运起了弓子，那种舒缓、凄凉、哀怨的音调如苦涩的泉水一般淙淙地流淌下去。他的眼睛闭上了，一双含不住的泪滴汇进了曲子中的苦泉，如泣如诉的《阳关三叠》便淋淋漓漓地在刘家大院在这个清静的早晨回旋起来。周和的心很快浸泡于曲子之中不能自拔了，他的手他的身他的心都随曲子而流淌，扑入他记忆中的图案随着曲调的变化不断地更迭。久蕴的哭泣、久蕴的无奈、久蕴的相思、久蕴的压抑随着陡然而起的高八度一同喷泻出来，喷泻得高亢、喷泻得淋漓，然后又共同走向苍白无力的苦恋。苍苍茫茫的天笼盖着苍茫无际的草地，苍苍凉凉的燕山挤压着苍凉的沟壑，凄凄哀哀的荒野白森森的颅骨凄哀地乞求逃难人群的掩祖，凄凄惨惨的毛驴回首观望凄惨叫喊的韩氏。周和心中诅咒着为什么骨肉分离之痛还会有淡忘的时候。泪已流尽，余痛难消，曲子携着他的苦涩，渐渐地遥远了。白白亮亮的天色已经揭去罩在《阳关三叠》上灰暗的记忆，清清晰晰地把龙凤呈祥送进周和的眼睛，他现在觉得这幅图案有些刺眼了。

周和把眼角的余泪抹净，松了胡弦，重新把二胡放入羊皮囊中。他走出客厅，阳光已经能够炫目了，门外老槐树的嫩叶在轻微的和风中哆哆嗦嗦着，仿佛还没有从《阳关三叠》的悲哀中走出来。再也看不到槐花的瓣儿了，就是迟开的槐花也躲开了他的视野，他闻不到一丝槐花的清香。几声沉闷的咳嗽声把周和射向遥远的目光扯了回来，周和看到了刘氏从另一道门中走出，面沉如水地站在门廊里，她的咳嗽声掺进了鼻音，抹不净的泪痕胡乱地涂在脸上，她的头发显得更加散乱，看样子她沉浸于《阳关三叠》中也是很久了的。

周和说你家的叫驴能借我骑些日子吗。

刘氏说你的曲子拉得我好难受。

周和说所有的账簿事理都归拢好了。

刘氏说你的曲子拉得我好难受。

周和说别对绣儿来硬的她的心没那么宽绰。

刘氏说你的曲子拉得我好难受。

周和说早上邪风多你要晚一点儿起来受了风寒会犯病的。

刘氏说我还想天天听你拉曲子你不走不行吗。

周和抬头望着天，天很蓝，没有云彩，日光很温暖，也很温柔。周和就到东门外的牲口棚里牵出一头骟了的叫驴，这是头很听话很壮实的驴。周和牵着驴低着头慢慢地向家走去，周围的一切周和都懒得用眼睛瞅。周和身后不远处跟来一个丫鬟，紧走着碎步，手中紫檀色的托盘上放个小包裹，一种悦耳的撞击声从包裹中飘荡而出，周和不用回头就知道这是刘氏派来给他送银子的。周和停住了步子，仍旧垂着头，一动不动地说，你回去吧，告诉当家奶奶，刘家的银子我不敢享用。

周和回到家的时候，梦兴正在修理犁杖。周和从一口箱子里寻出梦兴小时候的褥子，铺在了叫驴的脊背上，找出几根皮绳把褥子捆得结实。周和拉过了梦兴说，不要再给刘家忙活了，你已经长大了，该学会自己管自己了，遇事要三思而后行，爷爷要到很远的地方去一趟，咱家的几亩薄地你勤耪勤蹚几遍，免得杂草淹了苗，挂锄的时候多打些青棵子，咱家没牲口，就靠点儿绿肥壮地，人家都有通天的势力，千万不要出去惹是非，爷爷该寻你奶奶去了。梦兴说，刘大寡妇真的那么不通情理吗？周和说，我已经尽力了，不能屈的人成不了大丈夫，要记住爷爷的话。梦兴说，我憋在家里难受，让我寻奶奶去吧。周和说，关里地界还没有安生下来，爷爷怕你让人抓去当兵。周和是在梦兴万般的承诺声中离开了村落。

暮春时节，辽西走廊肥沃的田野里一片葱绿，遥远的丘陵也被这春风染上了鹅黄的绿。周和与他骑的驴被孤独地烘托在绿野中，一条黄色的时断时续的土路在驴子的蹄下蜿蜒地游动。他的背后紧紧地贴着他的那把二胡，驴背的褡裢里装满食物和盘缠。望不到边际的绿色使他的眼睛迷离起来，《阳关三叠》的韵律接连不断地涌进他的脑际，燕山的诸多山头便在他眼前模模糊糊地晃动起来，颤颤悠悠的曲子被他的心灵寄给了遥远的燕山。

那是一片连绵的山，那山里埋藏着周和终生最深厚的痛苦。山把黄昏拉得越来越长的影子渗入了周和心中的二胡曲，那是个暮色即将来临的时刻，周和牵着毛驴下到这座山谷。仲秋的风无所顾忌地在谷里穿荡，山谷显得寒意愈浓，而避在沟谷间逃难的人已经三五成群了。他把驴松进一片嫩草地，艰难地爬向谷顶，去接韩氏与孙子周梦兴，待到蹒蹒跚跚挪回谷底，他已经累得一摊泥似的动弹不得。沟里有人笼起了几堆火，火苗用力地蹿着，企图撑开山影的压抑。韩氏也引来一堆篝火，她捧起周和走得流脓淌血的脚，在火上烤着，嘴里嚼着沿途采下的败酱草，缓缓揉进周和的脚。梦兴吃过了好不容易寻到的几粒小果，躺在周和的怀里睡去了。已经很久很久没有实实在在地睡上一觉，周和蒙蒙眬眬地望着支岔众多的沟壑，心中滋生出许多安全感，觉得身下躺着燕山的脊背很牢靠，便喃喃地说，天无绝人之路，也睡过去了。

韩氏没有入睡，一家人不能都睡过去，她仍旧捧着周和的脚揉着，一家人全靠这双脚引路，它是全家人的命根子呀。不知什么时候，逃难的人群骚动起来，纷纷扑打身旁的篝火，有女人尖细的嗓子喊，来兵了！韩氏摇醒了周和，周和已经听到了遥远的地方传来纷乱的马蹄声。他捶起了趴伏在地的驴子，这驴已是疲乏得要命，否则不同人一样卧下来歇息。周和扶着韩氏上了驴，韩氏搂紧梦兴，周和拼命牵着驴的缰绳，随同逃难的人群向更深的山谷走去。

战马纷乱的蹄音开始在山谷间愈加明显地回荡，喊杀的声音隐隐而至。驴子的脚步却越来越缓，尽管周和弃下缰绳，摸索起石块猛砸驴的屁股，驴子摇摇晃晃的步幅仍旧那么小，它的腰部明显地凹陷下来。前面燕山漆黑的影子扑面压过来，后边追兵的火把已由先前的一条红线化成点点斑斑的一片，成群逃难的人从他们的身旁擦过，涌向前方。周和急得眼前迸出了无数的火星，火星中他虚幻地感觉到战马宽大的蹄子深深地陷进梦兴稚嫩的胸脯，他的心肝仿佛被人掏出来一般痛苦。他浑身的热血就在那一刻猛地涌向头颅，鲜红的颜色便泼进了黑色的天幕，他忽然不由自主地对摇摆得近于停住步子的毛驴发出了令人毛骨悚然的怪叫，他的几经酝酿的痛苦抉择，终于发泄出来。韩氏惊得松开了紧搂着梦兴的手，周和抓过韩氏张扬开来向他求援的手臂，那么顺势轻轻地一拉，就觉得韩氏像柴火叶一般，轻轻飘飘地荡走了，他已经顾不了许多，猛地把一块尖石头嵌在驴子屁股上本来不多的肉中，驴子惊得哆嗦一下，释重之后的腰弓了起来，猛地向前蹿动几下。就在周和扶住梦兴顺着驴子捯动开来的步子跑下去的时候，他听到了韩氏绝望悲怆、凄厉的叫声，宛若《阳关三叠》那段悲天恸地揉得肝肠寸断的高音，那句你丧了良心呀便永远载进了他的心弦。周和不知道自己那个罪恶的念头是怎样在一瞬间爆发的，他在紧搂梦兴的时候，没有忘记该为这个罪恶行径抱憾终生。

周和就这样腾云驾雾般跑下去，不知跑过了多少条沟壑，他的脚、他的头都随着驴蹄子木然地奔跑，他只知道自己的手仍紧紧地抓着驴背上的梦兴，只知道自己跑去的方向是关东的乐土。身后点点斑斑的一片红色渐渐地变成了一条线，马蹄音喊杀声逐渐远去，终于消失进遥远的沟壑中，而驴蹄子却摇摇摆摆地走得无法休止，纵使周和勒紧缰绳也无济于事，更何况周和也是麻木得不懂得该止住步子。那头驴忽然间停住了片刻，左右摇晃几下，便一头栽倒下来。周和在这瞬间才猛然醒悟，急忙拽过了梦兴。周和的身体早已无法承受梦兴的重量，在把梦兴揽进怀里的同时，重重地跌倒了，自己的耳朵也生出了撕裂般的疼痛，他不知道梦兴是在什么时候捉住他耳朵的，他这才知道一直在耳朵中鸣叫的声音是梦兴没有间断的嘶哑了的“我要奶奶我要奶奶”的喊叫。

天亮起来的时候，周和方从昏迷中醒来，他的右手依旧死死地攥着梦兴的衣襟，费了好大的力气才把自己僵硬的指头掰开。那头毛驴伸展着细如秫秸的四条腿躺在不远处。周和一瘸一拐地走近毛驴，毛驴的眼睛迷惘地映着天空，天空中有一朵极小的云在它的眼中行走，毛驴的生命在不知不觉中完结了，它是用生命驮着梦兴走过死亡线。周和寻来一片杨树叶盖住了毛驴失神的眼睛，从驴背上解下裹扎着的褥子，把梦乡中的孙子包裹起来，梦兴冻得惨白的脸缓缓地红润过来。周和靠在驴子的尸体上，数着三三两两逃难过来的人，不时地打听有谁见到没有他三寸金莲的韩氏。逃难的人群渐渐地稀寥下来，周和叹了口气，喃喃自语，走出家门都费力的脚，哪里能赶出这么远的路程。一位孤独的逃难者，蹲在周和的身旁，说，你在等贼兵来抓呀。周和万般无奈地继续着逃难的路程。

很快地见到了万里长城，很快地进了山海关。出关的时候，他领着梦兴在关口处足足地喝了一顿施舍的粥。

周和就这样一路地走下去，携着他那缕拉在心弦上的《阳关三叠》，走在日渐茁壮了的绿色田野里。他的脚已经把躺在这个时节里的日光踩得日趋炎热，他来到山海关的时候，给他遮阴凉的那株槐树的叶片已经青春般婆娑起来，一只知了像擦久了的火石般猛然迸发出“热——啊——热——啊——”的叫喊。周和进了关里苦闷燥热的夏天。周和本来用不了这么久才赶到山海关，他总觉得韩氏应在关外栖身，逢屯过庙他都是细细地打探，间或疑虑哪家会有韩氏三寸金莲涉足，就小住些天日。过孟姜女庙的时候，他捐了许多香钱，做了许多祷告，出了庙门觉得内心怅然若失，仿佛韩氏是被那香火缭绕的青烟托在一个肉眼凡胎看不见的地方。远远地见到了望夫石，望夫石便在他注满泪的眼眶中摇摆起来，仿佛生出了三寸金莲，他想，韩氏也该是这样望自己吧。过关的时候，周和看见一个骨瘦如柴的老人背着一个骨瘦如柴的孩子沿街乞讨，其情景似乎也是逃难过来的，周和买来几个大饼施舍过去。燕山层峦叠嶂的山峰横陈在周和面前，他努力地回忆着自己是从哪条沟谷逃离而出的。

分离的那个日子来临的时候，刘氏没有给周和饯行，早晨那段未曾有过这般凄凉的《阳关三叠》已经抓过了她的心肝抛在酸水中浸泡透了，她无法保证自己在离别的最后一刻会不会抓住周和的衣襟，不让他千里寻妻，绣儿的事已经够麻烦的了，她害怕别人的嘴中再生出刘家的故事来。刘家的院落在那一日显出了难耐的寂寞，暮春的阳光烦躁地洒落进院，刘氏无法再端坐在太师椅上，三寸金莲茫然失措地走着，最终还是无法忍受自身的折磨，喊过了车夫，说是瞧一瞧自家地里的庄稼，就坐上马车急忙忙地进了茁壮生长着的辽西走廊的田野。远远地她就望见了周和骑驴的背影，背影被大地腾起的蜃气扭得歪歪趔趔，颤颤的如同《阳关三叠》一般被阳光托得迷离。车夫说，当家奶奶出了咱家的地界。刘氏的眼光依旧拴在远方愈渐逝去的黑点，她无法狠心地扯断。她就这样望了好久，慢慢地垂下头，双手蒙住脸，说：

回。归来的途中，她的心弦被绷断了一般，五脏六腑都随着四肢抛向八方，她觉得自己散了架子。

出嫁的日子就掐在了一个无法再近的黄道吉日，刘家院里的人再没有心瞒着绣儿了。尽管先前绣儿的丫鬟已经表露些蛛丝马迹，绣儿却未曾相信，没有顺藤摸瓜去问娘，她想这些话只是闹着玩儿的，娘怎么那么狠心把她推给个素不相识的笨公子，娘是疼她的，自己同梦兴做出了那么大的乱子，娘却没怎么责怪她。当这些风言风语疯疯狂狂地向她扑来的时候，绣儿瘫在了暖床上。那天夜里，刘氏把绣儿找过自己的卧房来睡，那是个没有月没有风安静得漆黑的夜晚。刘氏搂着绣儿一边咳嗽一边说起母女俩的许多往事，说绣儿小时候有多么听话有多么招人喜欢。绣儿说，孩子长大了，娘就嫌累赘了还给寻个笨女婿，为啥就不让你闺女称心如意，活得快活呢？绣儿是冒着和娘闹翻的危险才说出这句话。刘氏本想快一点儿接过话，觉得胸前挤压着许多东西，用力喘息一会，刘氏才说，这是没法子的事，人家托到了你芸姐夫做媒，旗人的话咱是拗不得的，娘求打卦的给你和梦兴算了生辰八字，你俩命同水火，不能相容，克得家败人亡，梦兴是周家独根，你是我家独苗，娘怎么忍心你俩相克，那家公子虽然笨一点儿，心眼实在，待你真心真意，娘放心呀！再说人家也是名门望族，难得地门当户对，况且又有旧时婚约，娘是推辞不掉的。绣儿不知道这是刘氏心中早就编排好了的话，只觉得自己被装进了一只木桶，摇摇晃晃地滚进了院外的井中，不停地往暗无天日处沉去，娘变成了巨大的黑石压得她沉入深渊。绣儿紧搂住刘氏，无限悲怆地说，娘我谁也不嫁，我想死，我真想去死。刘氏掰开绣儿抓疼了她的手，燃亮了蜡烛，母女俩早已是泪水涟涟，刘氏说，绣儿你不要吓我，你真若想不开，娘现在就不活了，好落得个有人发送。绣儿忽然扑进刘氏怀里，失声痛哭，娘啊，你为啥这样死心眼儿，你为啥不成全我俩呢？刘氏抓过丝帕去揩绣儿揩不净的泪珠，好久，刘氏自言自语地说，其实娘已死过了一次，就不去想要死要活的事了，娘不想再瞒你，娘想周和，想你的先生，娘想他想得也是要死要活，娘不如你想谁你敢说，娘想谁娘敢同谁说呀？他们爷儿俩再好，也是咱家的下人，世上哪有主嫁奴的道理？娘就是憋死了也不敢做出这样的事呀。刘氏吐出了心中压抑许久的话，便释放出许多难抑的咳嗽，直咳得面色潮红，绣儿睁着无神的眼睛斜歪在刘氏身旁，娘儿俩不再说话。蜡烛就这样无声无息地燃下去，烛泪一串串地滴落，蜡台上逐渐聚满重新凝结的烛泪，最终烛芯在即将燃尽的刹那，猛然爆发出一个耀眼的光斑，便颓然倾倒，屋子里重新陷入了黑暗。

早晨清清爽爽的风在刘家的院落中回荡，三三两两的男仆女佣抬着披红挂绿的樟木箱子、梳妆盒子出入于客厅间，忙忙碌碌地置备着嫁妆。后天的这个时候，就是绣儿的良辰吉日了，刘氏总想把这个日子弄得红火些，只可惜身子骨不与自己做主，加之少了周和替她实心实意地操办，也就灰了许多心。刘氏欲将几垧好地给陪过去，以显示家底的殷实，无奈亲家说地多得经管不过来给推辞了，刘氏愈加闷闷不乐，几许伤心事又驻心间。丫鬟们将绣儿摆至梳妆的镜子前，反复试穿哪件袍子会使新娘子更俊俏，绣儿戏台上的木偶似的任人摆布，许久，绣儿的眼珠被眶中萌生的泪液滋养得能够转动起来，便有几行清泪淌下。绣儿抹去泪痕，有气无力地对丫鬟们说，走吧走吧走吧。丫鬟们便知趣地离去，绣儿从箱子里寻过针线笸箩，随意地抓过浅红色的旗袍，置入花撑子，绣儿心里说，这件就是我嫁人的衣裳啦，我要当新娘啦。绣儿想到这儿，泪珠就滚到了被花撑子绷得平如静水的红绸子上，湿痕沿着红绸子的纹理漫延开去。绣儿捏着石笔，慢慢地在这方浅紫的颜色中勾勒出乱舞的蝙蝠。蝙蝠逐渐地在她眼中迷离起来，以至于她的手无法将黑线穿入绣针，她叹息了一声，向窗子望去，窗子也被她的眼睛染成了浅红色。绣儿不知道自己怎样把线穿入绣针的，绣儿的泪珠陪同绣针一同滋润着这件新嫁衣。绣儿就是这样一刻也不去停歇地绣下去，没有人能劝下她手中的针线，直绣到天昏地暗烛灯高照，绣儿依旧没有歇息的迹象。丫鬟们轮换着为绣儿秉烛至天明，熄烛的时候，整件衣裳满是乱舞的蝙蝠，绣儿熬肿的眼睛同蝙蝠的一样红。

丫鬟们早已把绣儿不吃不喝不睡一心一意绣蝙蝠的事告诉了刘氏，刘氏想绣儿能安安静静地嫁出去，她就心满意足了。虽然她也觉蝙蝠不算什么吉祥物，但也不是什么恶物，姑娘媳妇的衣边袖口哪个不绣几个黑蝙蝠，随她性子去吧。这一夜刘氏是断断续续地睡到天明，循环往复地只做同一个梦，一群蝙蝠把她驮到高天上，她不知道天还有多高地还有多远，隐隐约约地有《阳关三叠》的曲调传播过来，这是个没有开头也没有结果的梦，但她觉出这是个孤零的梦。醒来的时候，那种空空落落的感觉愈加真切，她搂过枕头，仿佛搂住了即将出嫁的绣儿，不肯松手。这时她才知道自己胸闷得厉害，咳嗽已经无法抑制地爆发出来，一阵阵干呕声夹在咳嗽的缝隙，她忽然觉出有一口发咸又有些腥甜的东西涌出口中，丝帕上便留下了一摊她最不愿意看到的新鲜红艳的东西。她拭去额头虚汗，藏好丝帕，她害怕下人看见了说起当家奶奶的身子骨不给她当家了。她硬挺着坐起来，待丫鬟侍候好了梳洗，就让贴身的丫鬟去请周梦兴。她很害怕梦兴，她总也忘记不了梦兴铰碎芸儿衣服的那种势不可当的虎劲儿，她担心梦兴会在哪个当口搅上一马勺，让好事办成一锅粥。梦兴来到的时候，刘氏歪在太师椅上，强打精神抑制着咳嗽，刘氏说，我这里有个帖子你送给旗人，顺便去那里催回几家粮钱。梦兴明白了刘氏的良苦用心，她不愿意梦兴看见绣儿的花轿，几日之间梦兴已经消瘦了一圈，他知道爷爷尚无回天之力，自己的努力也将是徒劳无益，只是在心中对刘氏恨之入骨。梦兴说，我已经不在贵府做事了。刘氏说，使用惯了，忘记了这码子事。梦兴没有言语，他只是想进院看一眼绣儿，无奈绣儿的门前窗下守护着众多的人。刘氏说，你爷爷是我们家的恩人，我不会薄待你们，我要把你家房前屋后的那片好地记到你的名下。梦兴冷漠地说，那是你同我爷爷的事。刘氏用咳嗽掩盖无法进行下去的谈话，沉寂片刻，刘氏让一个丫鬟托过紫檀色的木盘，上面黄色的包袱中系着些银两，刘氏说，这是我多赏给你的工钱。梦兴没有看包袱中的货色，拎了过来，转身出了刘家的院落。一阵清风从洞开的窗子中灌进房间，刘氏觉得心中凉爽了许多。

绣儿的花轿走在一个极好的天日，初夏潮润的露珠散发着清晨的凉爽，稀落的星辰逐次隐居于紫蓝色的天幕中，路旁朦胧的庄稼地释放着蓬勃清香。轿夫有滋有味儿地颠着花轿，花轿随同轿夫错落有致的步伐轻快地走，吹鼓手的步子被轿夫催乱了方寸，不时因气短丢了节拍。这支迎亲的队伍在热闹中显露出了匆忙。刘氏的那位胖得笨笨的亲家唯恐误了吉时，子夜刚过就派出了迎亲的人马，抢在日出之前接绣儿进了自己的府门。绣儿几乎不知道自己是怎样被人弄进轿子里的，她只记得出闺房的时候高悬的灯笼并没有驱散夜的漆黑，自己恐惧地伏在娘的怀里哭净了剩下的泪水，她还没有忘记自己穿的是件浸满泪水缀满黑色蝙蝠的嫁衣。拜天地的时候，人们都觉得绣儿身上的蝙蝠有些扎眼，只因喜气正浓，冲淡了不惑。笨公子小心翼翼地揭去了绣儿的红盖头，人们欢喜了一番，亲家又去陪最显赫的新亲——旗人，把酒喝至酣畅。绣儿在失去盖头的时候，顿觉自己空空荡荡的，仿佛心肝都裹进了盖头里，被笨公子一下子扬上了高天，盖头缠紧她的心肝飘飘摇摇地升上了九天。绣儿没有用正眼瞅一下笨公子，懵懵懂懂中她不知道自己怀里何时有了两樽锡壶，她就不去看人们的脸，不再听嘈乱的音，用心地抱着两个物件，那两个物件中，一件盛满了米，一件盛满了钱。绣儿心里说，我不缺米我不缺钱我缺的是人哪。拜过了天地，抱过了聚宝瓶，接下来绣儿该去坐福了，坐福的地方就是她和笨公子的洞房，绣儿被人摆布着上了炕，盘腿坐在炕中央，面对吉方背对炕沿。好在这是面东炕。绣儿面对的吉方恰是墙壁，道喜的人无论从窗缝与门缝都无从观赏绣儿的面容了。绣儿就这样一直地坐下去，头顶上第一次打起的髻子也陪同她静止在这屋子里，髻子的左右各插着一朵顶大的花，花朵略微低垂的头颅与衣袍上的黑蝙蝠默默对视。新郎进门的时候，门扇起的风鼓动起满衣裳的蝙蝠飞舞起来。

黄昏之后，正是绣儿洞房花烛夜之时，梦兴无法再孤寂地在自家的小院里烦躁，他扯过黄表纸，拎起秃笔，饱蘸墨汁，挥毫写下几个字，不待墨迹风干，叠将起来，揣进衣兜，怀着满腔愤懑，进了茫茫夜色之中。随着夜的降临，刘氏的心陷入了一生中最深重的痛苦，先失周和已是苦不堪言，如今绣儿舍家出嫁，她则苦上加苦，苦没有那日妖冶的桃花盛开进绣儿的身体，岂能有今日骨肉分离，怎么也得招赘个秀才举人之类支撑门面。这时她听到了东门外羊群的咩咩叫声，声音怪得令人纳闷，她本想过问一下，身子骨又倦得厉害，懒得张嘴，不久有一片红色的东西跃上窗户纸，闪烁个不止，一种焦煳的香气逐渐地渗透过来。刘氏无法再躺下去，待起来之后，有人进来回话，说是羊栏起火了，并把一张纸条递与刘氏，说是压在东门口的砖块下。刘氏展开纸条，见上书“纵火者周梦兴”几个字。回话的人说，报官吧。刘氏有气无力地说，罢了。

燕山连绵不断的峰峦与沟壑很快使周和寻觅的路途迷乱了。他无法忆起哪条山径似曾相识，他只好左一山右一岭地转悠下去，努力印证自己记忆中的峰峦。山中的炊烟在夏日的熏烤下很稀落地缭绕，山径时常被恣意生长的野草及灌木拦断，平缓的坡地上残垣断壁匿于荒草之中，茂盛生长的野草遮盖不住土地耕种过的痕迹，规则的波浪状证实了它们扎根的地方不是垄台便是垄沟。僻静之处周和不时地蹚出了风化了的人骨及锈痕斑斑的残刀断枪。周和知道了这是汉人、满人、造反的人征杀过的地方，以至于今日人烟仍旧稀落。这里的庙宇与村落稀少得可怜，少得他想起烧香还愿的时候只能面对苍天了。

周和不知道送走了多少回山中的日月，虔诚地寻觅于山中野径有人烟的地方。褡裢中的钱粮已经不多了，身上的银两也有许多铺于路途，驴子的步伐不似先前那么矫健，间或昂扬叫起几声，便有几分想家欲归的味道。山中相似的沟壑实在太多，况且那日又是黑夜，周和忆起究竟从哪里推下韩氏显出力不从心。早晨的时候，山风努力阻挡暑气的入侵，正是赶路的好光景。周和骑驴穿行于山间野径，已经有几日没遇到庙宇，周和腹中积攒的为韩氏为梦兴祷告的话已经憋不住了，他现在唯一的支柱就是求菩萨指点迷津了。周和这样想的时候，隐隐地听见了敲击磬的声音，空旷的山野间磬的声音很悠远，周和举目张望却不见庙宇的踪迹，就缘声音而行，终于在隐蔽的山崴中见到了庙宇的顶尖。周和如同干渴之人遇到了水源，牵驴向崴子深处的寺庙攀去。走到近前，周和读过门上的字体，便不再匆忙，这是座菩萨庵，行为举止须更为得体。

周和在一个小尼的引导下进了佛殿，将燃着的香插于菩萨像前，拜了下去，起来捐香钱时，小尼频频还礼，并将周和引至禅堂歇息，献上茶水，尽管是佛家清净之地，尚存男女之别，小尼不再相陪。周和在菩萨前倾诉罢衷肠，已觉身体疲倦，风餐露宿这么多天日，身子已经吃不消了，心中梦兴的焦躁脾气于腹中膨胀，牵肠挂肚地扯着他欲回归的魂灵，周和对继续寻找下去不再抱有过多的奢望了。想到自己即将不再寻觅，周和不免无限伤感与失落。静静地歇了些时辰，就把随身携来的二胡拿出，擦得干净，缓缓地拉起了《阳关三叠》，很空旷的禅堂，满盈盈地回荡起二胡颤颤的声音，声音绕梁而过，缠缠绵绵地逝于寺外山径，埋没在知了狂热的吵闹声中。周和微闭双目，他的头随着曲调的抑扬或缓或急地摇晃，当他拉出三叠中那段高亢、激昂而凄厉的旋律时，仿佛自己右手执的弓子变成了一把迟钝的刀子，割在自己的心弦，直至曲子急转直下，变得无限地舒缓与悠远的时候，他的心弦的血还在滴落。周和叹息一声，收回弓子，看见小尼陪着个老尼坐在一旁，老尼双手合十捧于额前，手背有露珠状的水滴在滚落。周和缓缓站起身，说，谢过老师父、小师父，便欲辞别。老尼也缓缓起身，说，施主且慢。周和觉得声音很熟，便定睛细望了起来，良久，才奔将过去。这就是他失散了多年的结发之妻呀！周和声泪俱下，韩氏虽然泪水扑扑簌簌而落，身子却寸步未行，手紧紧地掐着佛珠。待抹去相思之泪，韩氏并不谈当日抛弃之事，频频问及梦兴状况，周和一一作答。当晚韩氏就让寺中跟随她的两个小尼腾出间禅房，留与周和居住。

几日之后，该问候的话都问候完了，没话说的时候又重复起了问候，可该说的话谁也没去涉足。时值处暑，虽已近秋，当晌的日光仍足得炙人。周和与韩氏在禅房对面而望，却无话可说，寺外树上的知了乘虚而入，响亮的喊叫回荡于禅房间。许久，周和说，我千里迢迢寻你来赔罪的。韩氏说，时过境迁，一切如烟，没有什么罪过可言。周和说，当日挤坠于你也是万不得已，只为保全梦兴的性命，如今能活着见面，我用余生来赎罪。韩氏念了声佛，说，我们都无罪，没有战乱之为，怎有离散之苦，菩萨保佑了我们。周和如释重负地说，这些年我始终活在你怨恨的影子里。韩氏又念了声佛，说，不怨不恨不思不想确是活得清静。接下来周和又询问起了当日韩氏如何脱险，韩氏简略地叙述当日如何躲藏，庵中老师父如何相救，老师父圆寂之后自己如何主持庵寺。最后韩氏说，有几亩香火地，有几户善人施舍些香火费用，不去愁人世间的烦事，却也是过得轻松自在，无须别人牵念了，就这样替佛烧香、赖佛吃佛下去吧。周和说，梦兴很惦记你，不时忆起逃难途中你搂抱他的情景，好不容易寻觅到你，还是回家团聚一番。韩氏推辞道，我已遁入空门，无法享受天伦之乐，如今得知你们祖孙安在我也知足了。周和说，你还是记恨我当日的无情呀。韩氏说，寺小人寡，两个小尼又是新送进来的，尚须我传经授道，再说我也是近半百的人了，残年里能侍奉好佛祖足矣。

寺外葱绿的灌木丛中，忽然有几瓣黄叶飘落于地上，知了的鸣叫只是在晌午的时候，才热闹一会儿，秋天的光景已经显露出来，关东辽西走廊的知了或许已经不再鸣唱。这些日子，周和劝说韩氏还俗回家的话不比知了鸣叫的声少，开始的时候韩氏还在万般解释，后来只用阿弥陀佛来打发周和的恳求了。终于有一日，周和在万般无奈中打起了包裹，准备回返关外，他从来没有这么久地离开梦兴，他生怕梦兴与刘氏纠葛起来，他对梦兴的惦记超过了以往的任何时刻。临行的时候，韩氏备下了庵里最好的斋饭。用罢斋，韩氏从自己的禅房中拿出一顶珍珠包头，红绸子面的边沿上缀着一圈晶莹的珍珠，韩氏说，庵里没什么宝物，这是老师父赠给我的遗物，多少沾一点儿佛祖的灵光，拿回家给梦兴留作纪念吧。分手的时候，周和拉起了如泣如诉的《阳关三叠》，当曲子流到三叠中那段高亢哀怨、宛若哭泣着离散别愁的旋律，周和猛然止住了弓子，他不想让韩氏已经清静下的心境重新置入无限痛苦之中，他不该让这种哀愁的声音进驻韩氏的心间。他们无言地挥泪相别。

出庵门的那一刻，天空中淋下第一场秋雨，雨很小，却如雾一般黏稠，韩氏扭着三寸金莲，几乎连滚带爬地送来一把新的油纸伞。

周和回到宁远城西的时候，已经是半个月之后的光景了。梦兴见爷爷归还不似先前那么欢呼雀跃，眉眼间表露出来的是超乎其年龄的沧桑了的成熟。梦兴不紧不慢地迎出柴门之外，牵过驴子的缰绳，卸去驴背上的物件。周和从很远的地方看见自己家柴门微启、堂门洞开，有个人影不慌不忙地出入，一路上悬着的心终于落得安稳。梦兴不用去询问，从爷爷满足而又略有忧伤的脸色中，就知道爷爷这一趟是只见开花不见结果的辛苦之行，奶奶不肯一路同来是没有谅解爷爷的遗弃之过。梦兴拿出红包头，一粒一粒地数珍珠。周和也不用询问，梦兴漫不经心的样子，一定是绣儿已经出阁了。周和拎着那把装入皮囊中的二胡，小心翼翼地悬挂在墙上。祖孙俩的生活恢复了往常庄户人家的平平淡淡。

次日周和还驴的时候，见刘家东偏门外的羊栏横东竖西摆放着烧焦过的木头，几根立着的木桩烧得如同用旧了的秃笔，为数不多的绵羊见老主人回归，咩咩叫个不休，管牲口的人告诉了周和这是梦兴播过的仇恨之火，周和便知道了刘氏宽容了梦兴，否则梦兴不会无恙，自己火烧火燎的心肠也通畅了许多。隔着敞开的东偏门，周和不由自主地向院内张望，刘氏没有坐在太师椅上晒太阳，花墙里的花草正在没有规矩地生长，墙根与僻静之处，几簇根深蒂固的荒草在蔓延，匍匐于地的草茎挺拔出一串串含浆待熟的籽穗，许多老槐树上早逝的叶片被秋风揪起，稀稀落落地相互追逐，游戏于刘家院落。显然院里有些时日没人认真地打扫了，刘家重新现出了衰落的迹象。管牲口的人说当家奶奶染疾卧床了，周和本想去探望刘氏身子的状况，又想自己与刘家不再有什么瓜葛，虽在门外犹豫一番，想到刘氏对自己无端的猜忌，也就罢了。

回至家中，周和悬着的心怎么也放不下，他从院落里寂静的样子，想象得出刘氏身旁没人真心地侍奉，或许连像个样的郎中也没人去寻，弄个江湖骗子合谋算计着她的银两。想至此也悔恨方才只在门外徘徊，没有去院中探个究竟，虽然自己同刘氏没有夫妻的名分，却有过夫妻般的情缘，藕断尚有丝连，人心断了会淋尽周身的血呀。周和暂且忘却了与刘氏曾有过的不快。

周和同第一次来到这里一样，来到了刘家的大门外。刘家的大门紧紧地关闭着，门板上有两道细细的裂线顺着木纹直直地扎下去，扎到门槛子的时候，裂痕便有了一些张扬，光线也能渗透进去。周和静静地坐在沾满光的上马石上，耳朵里便听到了秋风中槐树叶爽爽挲挲的摩擦。上马石被中秋正午的阳光晒得暖意融融，一种春潮般的热流从他的屁股瓣渗入，在他周身荡漾开来。周和望见了影壁墙，墙上的蝙蝠依旧从逝去的光阴中飞舞过来。老槐树上的叶片开始被干燥的秋风搜索去水分，颜色不似他离去时候那么鲜绿，几片近于枯黄的叶子随风飘落，贴在刘家的大门上，停留片刻，便颓然而降。周和情不自禁地把那把二胡放在膝上，满眼探向不尽的秋色，舒缓地拉起了《阳关三叠》。周和把曲子拉得很慢，他不愿把过多的悲哀揉进弦中，他努力地让曲子显出悠远与回味无穷，他不想用自己的弦紧紧地缠住刘氏的心，勒出点点滴滴的血来，周和的曲子走在一程又一程的相送之中，每每即将拉至那个撕心裂肺的快速、高亢、诉说分离的旋律时，曲子如同遇到了陡崖一般，重新回转身来，又是缓缓的一程又一程的相送。周和的曲子无法继续相送了，分别的强烈伤感刚刚爬过一个音符，他便猛地收住了弓子。周和叹息一声，心里说，还是给她留住泪水将养自己的身子吧。

这时候刘家的两扇大门吱吱呀呀地敞开了，拥出些男男女女，周和听见了有人还给他叫管家，听见了有人说当家奶奶让丫鬟洗净眼泪腌透了的手帕，听见了有人传当家奶奶的话请他入卧房议事，周和拎着那把二胡进了刘氏的卧房，刘氏原有的浮肿已经消退了许多，脸上清瘦得有些走了模样，见周和进来眼窝又留不住泪水了，滚落于腮下，努力用手支撑身体，企图坐立起来。周和忙走几步，按住了刘氏，无言地坐在了刘氏身旁。刘氏费力地咳嗽起来，两眼泪涟涟地望着周和，望了好久，脸上才滋生出微笑。

刘氏说我好想你。

周和说我回来了。

刘氏说永远陪我。

周和没有说话。

刘氏说我这是痨病没有多少日子熬了。

周和说我给你寻最好的郎中。

刘氏说罢了送我安心地走吧。

周和说你会好的我陪你把病医好。

刘氏无言苦笑。

午后时光，刘氏已经没有力气多说话，面容显出了许多安详，认真地听起周和说起的千里寻妻的事情，当听至韩氏落发为尼不愿还俗时，嘴角咧开的笑纹很舒畅。绣儿陪着芸儿坐着慢悠悠的牛车也在午后来至刘家院落，绣儿的腰围明显地粗壮起来，脸上没有做姑娘时的姿容，见到周和陪着刘氏，不知道泪水为谁而流了。芸儿拿出参茸之类补品要抚慰刘氏，就到院子里召集了丫鬟妈子骂了一通她们没安好心肠，一群管吃不管用的东西，拖累了婶娘的病体。绣儿芸儿辞别的时候刘氏已经入睡，她们没有相扰，悄然而去。刘氏醒来时，抱过了周和的胳膊，又流了些泪水。刘氏说，你给我拉《阳关三叠》吧，我天天都想听。周和拉起了《阳关三叠》，曲子拉起来的时候，周和看见刘氏的嘴有节奏地一张一合，却听不见说出的是什么。周和停住了弓子，问，你在说什么？刘氏微笑了一下，说，你离去的时候，我给《阳关三叠》配了词，我在跟你唱呢。刘氏说罢，从枕头底下摸索出一张纸，说，你拉吧，我想跟你唱。周和说，你还是歇息吧。刘氏轻轻摇下头，眼中有失望流露。周和便安稳地坐下来，又拉起了《阳关三叠》，刘氏有气无力地张着嘴，周和不知道刘氏唱的是什么，但他感觉出刘氏嘴的张开与闭合与自己手指揉出的音是那么和谐，周和不禁泪流满面。

**一叠**

秋风起兮
秋雨涟
望断君孤影
归期远
西出阳关
关塞险呀
多珍重　多珍重
阳关无故人
休思念　休思念

休要思念奴
莫伤身

### 二叠

朔风起兮
怎御寒
漂泊无家园
泪痕空把丝帕染
奴只怨那阳关远
胁下无翼何处寻
意难全
多珍重　多珍重
阳关无故人
休思念　休思念
休要思念奴
莫伤身

### 三叠

春风起兮
心意悬
恐沙遮君眼

月圆月亏苦思恋
夜夜梦中与君眠
鬓发斑斑风雨损
熬残年
多珍重　多珍重
阳关无故人
何日相逢　何日相逢
休呀　思思念念
相逢不再远
愿奴先去黄家门
等君迟归还
休思念　休思念
莫伤身

周和就这样一直陪在刘氏的身旁，陪着她拉《阳关三叠》，陪着她唱她填出来的词，直陪得屋外秋花凋零、秋草枯黄、秋叶落尽。刘氏的生命如同即将燃尽的蜡烛，经不起一丝风吹草动了，尽管周和派人到附近的州城府县请来各路名医，旗人也是尽其所能寻来良方，也都无法挽救刘氏岌岌可危的性命，郎中说她病已由肺累及脾肾，传至五脏，肺之阴气伤尽，脾胃阳气俱损，即使华佗再世也无回天之力，只待耗尽心血了吧。

《阳关三叠》在刘家院落绵绵长长地跟随日落星出，

延续着刘氏顽强的生命。冬月里的那场大雪整夜地飘落，把整个辽西走廊封盖得严严实实，早晨云朵散失得不见一丝，大地一片白茫茫，太阳很灿烂。刘氏卧房里频繁地更换着火盆，唯恐火盆里生出烟来呛得当家奶奶吐不出最后一口气来，屋里比往常温暖了许多。刘氏微张着嘴，她已经咳嗽不出声来了，呼吸微弱得几乎听不见，刘氏转过浑浊的眼珠，看着周和，周和心领神会地拉起了《阳关三叠》，刘氏的嘴微微颤动起来，阳光透过窗户纸射到刘氏的脸上，《阳关三叠》骑着迷离的阳光走上了冥冥之中，最终曲子消失在万般无奈的眼睛时，刘氏的眼睛黯然无神地望着房梁，脸上没有痛苦，却有许多困惑，似乎还有许多话还没来得及与周和倾诉。刘氏已经踩着周和手中的冥冥之弦，在哀怨的声音中走进了另一个世界。周和咬住了自己的嘴唇，慢慢地抚上了刘氏似懂非懂的眼睛，端上了没有闭合的嘴，双手抚摸着她的脸，揉净了许多困惑。现在刘氏的脸上只剩下安详了。周和操起了二胡，猛烈地拉起了三叠中那段高亢、凄厉、哀怨的曲子，无休无止地循环往复。

安葬罢刘氏，刘家院外再也见不到周家祖孙的踪迹。绣儿与笨公子在守灵的时候已经过来居住了，刘氏三七之后，绣儿开始主持刘家的院落，大家给绣儿叫当家奶奶。腊月里的一个日子，绣儿添了个公子哥，只是下奶的时候，绣儿六神无主似的掉了许多泪，绣儿已经很久没有见到孩子的亲爹了。开春的时候，绣儿早已过了满月，孩子交给了奶妈照管，自己指挥着家奴院仆把院子收拾得干净素雅了许多。不久，又推了影壁墙，修起一座飞舞许多黑蝴蝶的新影壁。

# 净　水

## 上　篇

最后一次见到周不全二爷，是五年前的一个中午。

正是盛夏，天空中到处散布着难耐的热情，我回到辽西走廊——那个生我养我的村子。街巷里没有一个人影，被人们踩得溜光的路，折射着炽白的光芒，这么热的天，别说是人，就是蚂蚁也回洞穴避暑了。整个村子，只有知了在狂欢。

我热得难受，想到了老井，老井旁有参天的大树，井口能喷出宜人的凉气。从前，村里人都喜欢在井口纳凉，谈天说地。井口成了我们的乡村文化交流中心，我的作家情愫，就是从那里诞生的。

看到了老井，也看到了我的远房二爷周不全，却看不见参天的大树了。后来，奶奶告诉我，那株树被村里木匠锯走了，做成仿红木家具，去骗城里人。二爷是个有残缺的人，独眼、单臂、踮脚，看上去面容可憎，二爷的这些毛病不是天生的，二爷的毛病很光荣，是从朝鲜带回来的。

老井很荒凉了，井台上杂草丛生，井里生满了苔藓。二爷蹲在井口，强烈的阳光直射他的头顶，他光着膀子，古铜色的脊背汗珠滚滚而下。他的双腿夹着辘轳，一只胳膊挥舞着斧子，把斫好了的榆木一块接一块地往辘轳里嵌。辘轳年久失修，木头已经朽了，朽得承担不起任何重量，一旦哪一天哪个人从这口老井里绞水，辘轳注定分崩离析。

我说，二爷，家家户户都有井了，你费力修它干吗。

二爷抬起头，那只独眼上下打量着我。我看到，二爷的脸上沟壑纵横，老得不成样子，那只瞎眼把半张脸牵扯得瘪塌下去。二爷丑陋得不堪入目了。过了好一会儿，二爷才说，我老了，不中用了，趁着还有一口气，总得给后人留点儿啥，老井的泉旺啊，不定哪年天大旱，吃水还得靠老井，没有辘轳哪行啊。

二爷的做法虽然可笑，可我还是理解二爷，他在体现活着的价值。我伸出手，想帮二爷，二爷不肯，争执间，一只老猫从二爷的胯下蹿至我面前。那是只漂亮的老猫，身上长着虎一样的斑纹。它误以我要伤害二爷，伏着爪，立着毛，嗷嗷叫着，圆睁虎目，怒视着我，不断地向我恫吓。

我不知道这只老猫是二爷家第一代母猫的第几代猫子猫孙，可我知道，二爷无妻无子，终生以猫为伴，爱猫如子。猫的寿命一般只有十几年，他喂养的猫，一旦老到只舔水不吃食的那几天，他准会和别人丧子一样痛苦。他深知猫的习性，猫是相当干净的动物，谁也看不到猫的屎尿，看不到猫的脏毛，更甚的是，猫在临死之前，只喝水不吃食，把肠胃弄得个干干净净的，然后跑进山里，寻找它的祖先——山狸子，心甘情愿地让山狸子吃净自己。为此，二爷一生中好几次安葬爱猫的计划全都落空了。

二爷说，你看，连猫都烦你了，快回家去吧，念书人的皮肉嫩得豆腐似的，经不住晒。

别了二爷，我恋恋不舍地回头望。尽管村里人对二爷褒贬不一，我始终认为，二爷是我们村难遇的好人，除了有些怪异，没有别的毛病。我看到，二爷将修好的辘轳装上井架，从老井里绞上了一筲水。那只老猫扑上，欢快地戏弄洒落在井台上的水。

一进家门，话题自然转到二爷身上，我把老井旁遇到二爷、二爷不肯让我帮忙的事说给了奶奶。奶奶的牙全掉光了，满嘴漏风地说，你二爷就是这德行，一辈子不给别人添麻烦。

这句话是我二爷的格言，二爷从十来岁开始说这话，一直说了六十多年。我之所以称我二爷的这句话为格言，那是因为我二爷为实现这句话所付出的努力，超过任何名人。离开家乡好多年，好久没听到二爷的这句格言，奶奶这一提醒，我对二爷的这句话涌现出了无限的亲切。

我想起我很小的时候，二爷每说出这句话，我奶奶便会讥讽二爷，我奶奶半老徐娘了，还像个小辣椒，村前村后的事，没有她不到场的。她骂二爷，纯属放屁，这世上没有不给别人添麻烦的人。二爷犟得给个犄角能顶破天，他直着脖子说，我就是一辈子不给别人添麻烦。我奶奶说，放屁放屁，你妈生你时没疼死了，还说一辈子不给别人添麻烦呢。这是二爷一生中最大的缺憾，二爷的声音低下来，但二爷还是犟自己的理，他说，我妈生我那是没办法的事，我长大以后你啥时见我给别人添麻烦了？我奶奶想了一会儿，真的没想出二爷给别人添麻烦的具体事例，便气嘟嘟地说，你死了也不用别人埋？二爷不说话了，二爷眨巴那一只独眼，很显然，他很在乎我奶奶说的这句话。后来，一旦二爷说起一辈子不给别人添麻烦，别人同样拿奶奶的话堵他，你死了也不用别人埋？

我奶奶对二爷的攻击，绝不是人身攻击，那是事实。我听老辈人讲，二爷出生那天，窗外的风刮得邪性，那风旋来旋去，说不准是东南西北，后来下了几滴雨，那雨土腥味儿里夹杂着血腥味儿。二爷是非正常生的，给他妈折腾个半死，好容易露出来了，却是屁股，接生婆说，这孩子老邪性了，哪有说先露出屁股的。房檐上突然响起母猫凄厉的叫春声，那声音令人毛骨悚然，抓破心肺。二爷的母亲，我的叔伯祖太奶猛然一惊，愣是把二爷挤出来了。

二爷长大后，格外偏爱母猫，大概与当初母猫叫春救了他们母子二人有关。

那天晚上，全家几十口人聚在一起，七嘴八舌地谈论二爷，以及二爷的猫，还有他那句格言，一生不给别人添麻烦。大家挖掘着记忆深处最细微的地方，找出二爷给别人添麻烦的事情，然而，除了二爷的出生，谁也没有挖掘出二爷曾给谁添过麻烦，倒是挖掘出许多颇有意思的事情。

二爷怕给别人添麻烦，怕到傻透腔的程度，从朝鲜回来，怕给组织添麻烦，自愿放弃了工作，回乡务农。二爷终生未娶，并非因为面容变丑了，他是荣转军人，组织上曾给他安排个女人，那是个很好的女人，曾是一个地主花了好几百块大洋买来的小老婆。二爷他没有要，他怕给别人添麻烦，怕到了极端，他的逻辑是女人服侍他，还得给他生孩子，那是件多么麻烦的事情，娶了女人，就没法实现他的人生格言了。

接下来，我奶奶这位“口头文学家”，用那张漏风的嘴，绘声绘色地讲起了有关周不全我二爷的往事。奶奶讲述的第一个故事发生在 1950 年冬天，工作组进我们村动员适龄青年参加志愿军，入朝作战。刚刚过上好日子，谁愿意出国作战？还是同飞机大炮加原子弹的美国鬼子，谁也不肯自愿。工作组有高招，把适龄青年全都请到村部的大炕上，然后不断地烧火，谁坐不住了，就视为自愿当志愿军了。

这些不知天高地厚的小青年，哪里知道和风细语的工作组有如此高的道行，进了屋就抢占炕头。平素里，二爷事事让着别人，理所当然地被挤在炕梢。开会后不久，坐在炕头的青年才发觉上当，被烤得如坐针毡，想不动也不行了。工作组长连忙夸奖坐不住的青年，说还是这位青年觉悟高，懂得抗美援朝，保家卫国。谁心里都明白，不承认觉悟高，硬着送进部队，成为帮带对象更为麻烦，只得低头认命。本来，哪怕是炕席烧着了，也轮不到二爷坐不住。二爷听到了工作组的人同村干部咬耳朵，说咱们村的青年觉悟低，不出一个自愿的，要把全村的青年全烧到前线。

二爷坐不住了，他说，别再烧炕了，我自愿去。二爷就这样戴着大红花，带上那只撵也撵不走的母猫，去了朝鲜战场。三年后回村，就成了丢胳膊缺眼短脚的周不全了。

第二个故事，也与朝鲜战场有关。这个故事奶奶讲得不幽默，却很动情，充满着对我二爷的赞佩。奶奶对这个故事太熟了，熟得烂于心中，只要想说，随时能从心底捞上来。这个故事，在我奶奶心目中的印记，没准会超过我二爷。我二爷拙嘴笨腮，不愿意讲自己的事迹，我奶奶就把这件事代劳了。我奶奶四乡八邻做报告的时候，我二爷一如既往地在生产队里劳作，好像根本没有这回事。报告做久了，奶奶自我感觉好极了，把二爷的事迹升华到了让人叹为观止的程度，好像英雄事迹是她做出的，直到有一回说走了嘴，忘了自己是个代讲的角色，把二爷事迹说成了自己的事迹，说得场下一片哗然。

我奶奶得意忘形的直接后果是，再也不能和领导一起混吃喝了。

其实，这个故事很简单，却很重要。我二爷的部队被敌人封锁在上甘岭，他们一个排的战士固守在一个山洞里，山下的小河日夜被敌人的火力控制着，为了喝到水，牺牲了十几个战士了，大家渴到了喝尿的程度，再撑下去，就是全被渴死。是二爷带来的那只母猫，救了全排战士的性命。二爷从母猫灵巧地跳到山下小河里喝水得到启发，他给母猫穿了小棉袄，唆使母猫跳进小河把水带回山洞。母猫极通人性，不断地奔跑在山洞与小河间。美国鬼子做梦也想不到，为志愿军战士取水的是只猫。

当然，奶奶在讲述这段故事的时候，不可能这么简单，直到今天晚上，奶奶重提这段往事，仍然用她漏风的嘴，不断地添枝加叶，就连二爷给母猫做思想政治工作这种不可能发生的事情，也讲得有声有色。

那天晚上，关于二爷的往事都集中到了朝鲜，也难怪，这么多年来，二爷始终奉行不给别人添麻烦的原则，几十年如一日简简单单地活过来了，哪有那么多让人嚼舌头的故事。

最后的故事是比我大不了几岁的小叔讲的，小叔身上，有着极浓的我奶奶的遗传基因。我奶奶毕竟被缠过足，那双解放了的半截小脚，禁锢得我奶奶的头脑也不可能天马行空。我小叔则不然了，二爷说他一辈子不给别人添麻烦的时候，小叔凌厉地跟上一句话，这话让我直害怕。小叔说，你在战场杀死了美国兵，给人家的爹妈添了多大的麻烦。二爷露出了很难受的样子，他咬着嘴唇说，我负责抢救伤员，没拿枪杀过人。小叔小脖一扬，这么说，你的军功是骗来的？二爷不和小叔理论，躲开了。尽管奶奶心肝宝贝地疼小叔，如果奶奶在场，她会毫不犹豫地站在二爷的立场，痛斥小叔，放你妈了个屁，那百八十条命是你救回来的？

小叔的形象思维远远地超过了我，如果不是不务正业的话，肯定能成为比我还要优秀的作家。小叔讲的故事多半具有创造性，所以他说的话，我只能半信半疑。那个故事虽然没有违背二爷一辈子不给别人添麻烦的原则，却是二爷一生中留给别人唯一的笑话。小叔讲得有根有据，不仅绘声绘色，还辅助惟妙惟肖的动作。

小叔的故事是这样的，二爷在朝鲜战场拼命地往回抢救伤员，有一次冲锋时，他看到一个战士炸烂的裤管流血不止，上前按住战士，顺着裤管往上摸血迹。那名战士一枪托把二爷砸了下去，爬起来，继续英勇地冲锋。二爷向连长报告，说那名战士裆里的物件全都炸飞了，两寸长的口子，还冲锋呢。连长哈哈大笑，说，那是个女兵，人家来月经了。

全家人都哈哈大笑起来，就在这时，我看到二爷站在我家屋门外，脸色都铁青了。我说，二爷，进来，进来。

二爷被我连拉带扯地请进屋里，我们全家人的脸色都很不自然，不管这事是真是假，我们都不应该拿二爷开心。奶奶厉声对小叔说，给你二叔跪下。二爷勉强地一笑，说，给大家带来快乐，也是我的福分。

小叔吐了下舌头，跑了。

二爷将一个油布包递给我，他说，这是他们连长临牺牲前送给他的，是连长的战地笔记，连长说回国想当个作家，这个作家他当不成了，没想到，如今我们老周家出了作家。二爷说他贫穷一生，没啥可给的，这些资料对当作家的还能有用，权当替牺牲的连长圆了作家梦吧。

我的眼圈立刻红了，二爷这辈子，哪怕是细微的事情，也要替别人想着。

告别家乡那天，我特意去了趟二爷家，我知道，无论我给二爷什么，二爷都不会要的，二爷不愿意给任何人添麻烦。我坦然问二爷，真的有了那一天，怎么办？二爷的那只独眼久久留在老猫的身上，似乎是回答，又似乎是不答。我说，二爷，你给我的那些战地笔记，价值连城啊，真的有那一天，后事由我来办，这不是添麻烦，是我做晚辈应尽的义务。

二爷摇了摇头，自言自语地说，真的有那一天，谁也不会知道的。

我迷惑地看着二爷，发现二爷那一只眼睛特别深邃。

## 下　篇

五年的光景一眨眼就过去了，又是一个夏天。我坐在电脑前，挥汗如雨敲打二爷留给我的素材，电话铃声打断了我的思路。这是来自家乡的电话，遵照奶奶的指示，小叔转告我一个不好的消息，二爷失踪了。二爷曾为老周家出个作家自豪过，奶奶询问我，二爷是否到过城里。我对小叔说，二爷从不给别人添麻烦，怎会大老远地来找我？

放下电话，关上电脑，收拾好行装，我去汽车站，买了张回老家的长途票。二爷是我一生中最尊敬的人之一，甚至超过了我奶奶，二爷的失踪，让我感到心焦。

回到家，我看到，许多人从我们家出出进进，八十岁的奶奶重新焕发了青春活力，到处张罗着，承担起了寻找二爷的总指挥。奶奶喜欢抛头露面，喜欢发号施令，到老了也不肯改，一有这样的机会，准是充满激情。

见我进来，奶奶高声说，我孙子是个学问人，让他析理析理，老二究竟跑哪儿去了。“析理”是我们这一带乡村流行的地方话，就是分析的意思。我奶奶隆重地推出我，实际上也是在村人面前卖弄自己。

晚上，我去了二爷的家，二爷的家虽然没啥摆设，却收拾得停停当当。我又去了老井，摆弄了几下辘轳，辘轳很轻快，没有木头摩擦的吱嘎声，显然轴心抹了黄甘油。坐在井台前，满脑袋都是我二爷，耳畔一次又一次地响起二爷留给我的最后一句话，真的有那一天，谁也不会知道的。

我的脑袋越想越大，越想越害怕，我感到了事情的不妙。我想，怪僻的二爷没准会用一种谁也不知道的方式，结束自己的生命。回到家，我向村里人询问起了二爷的那只猫，我知道，猫与二爷形影不离，找到了猫，自然也就能找到我二爷了。二爷的邻居告诉我，二爷家的猫好多天不吃食了，二爷为此不安了好多天。

老猫不吃食预兆着什么，那是不言而喻的，老猫要净水了。

第二天一早，趁着天还凉爽，我们向村西的山里进发了。村里爱养猫的人充当起了向导，他们熟悉老猫净水爱走的途径。我们顺着一条河沟逆流而上，老猫将自己的肉体奉献给山狸子的途中，将不断地喝水，在神圣的天葬路途中，它要把自己肠胃弄得更干净。

从河沟里时断时续的水坑旁，我们终于发现了猫爪的印痕。顺着印痕一路寻找下去，一直追寻到中午，追寻到了辽西走廊的边缘，再也看不到猫爪的印痕了。在一片宽阔的草甸子上，我们发现了一摊不易发现的血迹，血迹下风口的树枝上，挂着丝丝缕缕金黄色的毛。

显而易见，二爷家的老猫就是在这里完成了净水的壮举。显而易见，我们也犯了常识性的错误，我们寻找的是二爷，二爷的脚印肯定是一深一浅的，出了村子以后，我们始终寻找猫的爪印，却忽略了我们从来没有发现二爷的脚印。这说明，二爷根本没去追赶前往神圣之旅的老猫。

二爷究竟去了哪里？我又困惑了。

乡里的民政助理也来到了我们村，二爷是民政部门关照的对象，尽管二爷始终拒绝关照，却改变不了这个事实。民政助理除了协助村里寻找二爷，还有另一项任务，就是寻找二爷的那五枚军功章，为县里收集革命文物。

二爷的下落没有找到，却找到了五枚军功章的下落。

失踪前一天，二爷将五枚军功章卖给了县城里来的文物贩子。知情者说出这个线索的同时，也说出了二爷和文物贩子的对话。二爷说，每个烈士的抚恤金是二百元，每枚军功章都值一条命，就给一千块钱吧。文物贩子乐得差一点儿没蹦起来。

二爷揣上钱，屋都没进，直接去了村北，坐上了通往集市的汽车。知情者说，那天二爷的脚步很拖沓，好像还咳嗽了好一阵。

这是二爷失踪前的最后线索，二爷向来淡泊钱财，喜欢自给自足，怎么会这样急切地卖了军功章？二爷向来奉行勤扫院子少赶集，为什么拿了钱急着赶集呢？这些都有悖于二爷的正常行为，解开这个谜团，是解开二爷失踪之谜的关键。

我决定拿着二爷的照片，前往集市，二爷的容貌过于与众不同了，我相信，任何人都会过目不忘的。

集市上人山人海，我拿着二爷的照片，走过了好多家店铺，他们都向我摇头。我开始怀疑我的判断了，难道说二爷没有到集市上来？二爷老得只剩下半张脸了，还单臂跛脚，有这么多不同别人的显著特征，如果来集上了，怎么也能给人留下印象。

拥来挤去的人流把集市弄得酷热难挨，我感觉到汗衫的后背上都泛起了盐碱，满裤裆里都是馊哄哄的汗味儿了。见集市的一旁有一片树荫凉，我大步走过去，到那里避一避暑。树荫里没有摊床，却有一群手拿刀锛斧锯的木匠，瓦刀泥板刨锛的瓦匠，尾随在他们身后的是拎着撬棍钢镐的力工。我没有想到农村的集市上竟然也把劳动力摆在了市场上。

我一副文弱书生的样子，怎么看都与劳动无关，明摆着是个雇工的主儿，没等我走进树荫里，他们都围上了我，问我有啥活儿。我说，我不是来雇工的，我是来找人的。这群人失望地散开了，可却不断地用眼睛觑我，以为我这个小知识分子舍不得花钱，等到别人砍好了价再乘虚而入。

集市上的店铺，我刚才差不多都走遍了，没人准确地告诉我照片上我二爷的下落，只是一个孩子说了句，这个老头儿我见过，孩子的母亲马上训斥孩子，不许瞎说话。小孩是不说假话的，遗憾的是，孩子的母亲生拉硬扯地带走了孩子，不允许我纠缠。孩子的话给我带来了希望，只等太阳不再烤得我皮肉发疼的时候，我再继续寻找。

集市上的劳动力市场远不及城市里的活计多，几乎没有几个来叫工的，农村人劳动还是自己的本色，我看到他们等得很难受。不多久，他们又向我凑来，怂恿着我，找点儿活儿给他们干。我摊出了照片，说，我真的是来找人的，不雇工。

我身后突然伸出一只粗壮的大手，把照片抽了出去。

那人嘿嘿一笑，说，我见过这人。我忙转过身，问，在哪里见过？那人不笑了，将那只粗糙的手心摊在我面前，说，一天没开市，喝口水的钱都没有。我担心他骗我，没有立刻答应给他钱。那人读懂了我的眼神，学着我二爷的样子走了几步跛脚的路。我相信了他，允诺给他钱。那人便一五一十地讲起了上个集日，我二爷如何出手大方地雇他们，活计仅仅是在山坡上挖个坑。

我拿出了一张百元票子，让他带我到挖坑的地方。

我们坐上了一辆小客车，客车向回行驶着，到了离我们村子不很远的地方，那名壮汉申请停车。我随着他一块儿下来，小客车开走了，我们撇开公路，进入了树木茂密的小路，那条路直通西山。这条山路我越走越熟，翻过山梁，就看到我们家祖坟了。

盛夏的山野，除了蝉鸣蛙鼓，一切都是那么寂静，春秋之季满山乱跑的牛羊，此时都蹲在水草肥美的山脚下。没有人影，只有坟丘，给人一种身在冥冥之中的感觉。在与我家祖坟相隔着的一道沟的山梁上，那名壮汉停住了脚步。他的眼睛四处寻找着，最后停留在一片新土上。他说，我们明明挖好的坑，咋又填上了？

我让那位壮汉别急，慢慢说给我听。其实，即使壮汉不说，我也明白了八成。壮汉边说边比画着，老头儿让我们抬来一块大石板，立在坑边，还用绳子将石板揽在上面的巨石上，他让我们顺着石板往下挖坑，土返在石板后面，我们问老头儿挖坑干吗，老头儿说种树，种下一棵大树。

沿着新土的四周，我到处寻觅着，我找到了一根浸满豆油的绳子，绳子的两端烧得焦煳。我明白了一切，不再往下问了，一股酸溜溜地泪水从我心底涌向了我的眼眶，我给了壮汉一百元钱，打发他走了。这时，已经是夕阳西下了，山野里泛起了一股凉风，我听不见知了的鸣叫，耳朵里灌满了二爷留给我最后的那句话，真的有那一天，谁也不会知道的。

守候在那片新土旁，二爷渐渐地从那片新土中虚幻而出。我仿佛看到自知不久于人世的二爷从怀里掏出了一只油壶，顺着绳子浇下去，将揽住石板的绳子彻底浸透。二爷掏出火柴，用颤抖的手点燃了绳子。二爷下到了坑里，静静地躺下，等待着那一时刻的到来。绳子燃断了，石板訇然而倒，严严实实地将二爷扣在了里面，新土哗啦地滑下来，二爷的世界里便再也没有了白天。

我的倔强的二爷，我的一生洁身自好的二爷，我的从不给别人添麻烦的二爷，就是用这种让人们意想不到的方式，实现了自己一生的诺言。我捧起一把新土，不断地往二爷无丘的新坟上添土。

掌灯时分，我才从山上回来，家里人透过我红肿的眼睛，仿佛看到了答案。我一五一十地讲述了今天的经历，大家不断地唏嘘着。那位会看风水、被村里人称为“仙”的人凑了过来，详细地询问了二爷雇人挖坑的位置。听完我的述说，那人一拍大腿，说，这个二老爷子，真的把事做绝了，好多年以前，我只是顺口说了句，你无儿无女，入不了祖坟，只能隔着沟，给你们家祖宗顶脚。

第二天一大早，村里许多人随着我们周氏家族的人上山了。昨天晚上，村干部去了乡里，砸开了供销社的门，强硬着赊来了一匹白布。现在，他们轮换着扛着白布，与我们整个家族的人一块儿上山。

来到了那片新土旁，人们默默无语地展开了那匹白布，用双手在新土的上方搭了个硕大的天棚。撮净那块石板上的浮土，几根撬棍同时插进石板下。透过掀开的缝隙，清楚地证明了我的推测。我二爷安静地躺在那里，蜡黄的脸上没有显出一丝挣扎的痛苦。

大家的双手都是那样尽心尽力，不让太阳的光芒从白布的缝隙间泄露进来，让二爷的灵魂得到安宁。尽管村干部都在场，却没有一个人提出，请出二爷的遗体，送去火化。

二爷生前不愿意给别人添麻烦，我们顺应了二爷的遗愿，不再给他操办后事，轻轻地盖上石板。男人们挥锹填土，女人们扯开那匹白布，缝制孝衣孝帽。没多久，新土就被填光了，二爷的新坟也隆起来了，可是男人们还不肯罢休，从别的地方挖来土，不断地增加坟的高度。

我奶奶也来到山上，她几乎是被大家抬上来的。我奶奶扑在坟上号啕大哭着，奶奶数落着二爷，自个儿埋自个儿，这不是成心寒碜咱们老周家，你无儿无女，别人就看着你不管了？可怜我一片苦心，找了你这么多天，你就这样躺在里面对待我们呀。我知道，我奶奶哭的不仅仅是我二爷，她也在哭自己，哭过之后，奶奶寻找二爷总指挥的职位也就卸任了。

二爷的坟隆起来了，隆成了山里最高的一座坟。

# 蓝海胆

天阴得很沉，沉得满世界都在忧郁。海鸥缩进岩缝，倦怠觅食；知了趴入树皮，不爱鸣唱；海岸上见风就摆的柳枝，低头沉思；就连勤快的海浪也变懒了，不愿推动大海。

这样阴郁的天气，范天仓却快活起来。他裸着上身，搭个汗渍渍的短衫，走出潮湿的小屋，屈着狗一样的鼻子，嗅向天空。乌云懒洋洋地堆在低空，不走也不动，一股别样的腥味儿滑下天空，浓得直呛鼻子。这个背靠辽西走廊、紧临辽东湾的小渔村，成天贯在海风中，把村子都腌成了咸鱼，闻到腥味儿，不足为奇。奇怪的是这股腥味儿，不是海水特有的鲜灵灵的鱼腥味儿，而是天上掉下来的土腥味儿。

哦，要下雨了，下大雨了。范天仓心里想着，欢天喜地往屋里跑，对着自己的儿子小满和儿子的六七个男同学喊，孩儿们，机会来了，跟我到海里过个瘾，打海蜇去。

能在禁渔期随渔船下海，是意想不到的收获，孩子们当然高兴。这群来自县城高中的孩子们，没有几个坐过船的，有的甚至连海都没见过，趁着暑假，都想跟着小满见见世面。听说能出潮，小满喜出望外，终于没在同学面前栽面子，他得意地做着驾船的动作，骄傲得像个老船长了。

天依然阴得很沉，没有风，也没有雨点。范天仓没有带着孩子们去拴着渔船的小坞码头，那里有荷枪实弹的边防武警看着，又有港监的人日夜盘查，码头里一百多艘渔船，像战俘一样，被牢牢地看在里边，想出潮，那是不可能的事情。除了海蜇，辽东湾的渔业资源几近枯竭，禁捕期越拉越长，政府是越看越紧。去年，禁捕令解除的前一天，潮水涨得特别满，海面上浮动着一片片快活的小伞盖，一个渔民再也受不了这白色的诱惑了，要知道，早出潮几个小时，多捞一潮海蜇，就能多赚个十几万，谁承受得了这样的煎熬。那个渔民不再顾忌禁令，也不怕边防武警的鸣枪警告，驾着船就往海里跑，结果被边防武警一枪干中了脑门，船没人开了，泊在海里，随风飘摇。

当然，范天仓不会铤而走险的，孩子们才十七八岁，一个个都是大学的苗子，真的有了差错，他会后悔一辈子的，他有他的计谋。出海弄潮二十几年了，老天的臭脾气，他摸个差不多了，何况还有天气预报帮助他，他会利用天气，神不知鬼不觉地让孩子们过个瘾，让自己大有所获。

和每次出潮一样，范天仓先去了天后宫，拜一拜海神娘娘，祈求风平浪静，祈求舱丰船满。和每次出潮不一样，这一次，身后尾随着一群孩子，他更需要平安了。

天很暗，天后宫更加幽深了。好在海神娘娘的神像前，有两盏电灯装饰成红蜡烛，才使海神娘娘依旧神采焕发。范天仓规规矩地站立着，凝视着海神娘娘。海神娘娘有一千多岁了，还是那样细眉善目，年轻而又美丽，杏花般的脸散发着瓷一样的光。

每一次祭拜海神娘娘，范天仓心中总会泛起一种莫名的激动，可每一次他都把这种激动暗藏于心，决不表白。他焚上三炷香，高高地举过头顶，虔诚地跪下去，嘴里默默地祈祷着。

身后的一个孩子，露出了满脸的惊奇，大声说着，小满，小满，我发现了个秘密，你妈和海神娘娘长得太像了。

范天仓心里一悸，十八年前，他二十岁时，心里就这么想的，可至今他却没敢透露一句。海神娘娘是神仙，自己的妻子呢？不过是个凡人，拿凡人比神仙，那是罪过。他回过头，批评一句，天后宫里，不许瞎说。

那个孩子吐了吐舌头。

范天仓双手合十，冲着海神娘娘频频叩首，心里默念道，孩子不懂规矩，娘娘不要怪罪。

快有一年了，范天仓没和妻子春芳住在一起，他不仅心里头想，生理更想。可是没有办法，妻子说死不肯回渔村，她说她那副好脸蛋被海风吹黑了，吹老了，吹得不像自己了，她不想当臭渔婆子，她要芳香四溢，她要永远年轻。

早知妻子不肯回来，范天仓说啥也不会在城里买房子，宁肯让小满当住宿生。这个错误是他一年前犯下的，那时，妻子不断地鼓动他，小满快上高中了，在学校旁买一个房子，哪怕五六十平方米，也不嫌小，我去服侍他，让孩子安心学习，一定把小满供出去，说啥也不能让孩子回来跟你跑船，当渔黑子。这几年，海上的收成越来越差，差得连柴油钱都捞不回来，大海穷得差不多只剩下海水了，若不是每年一次的海蜇捕捞，渔民们跳海里淹死的心都有，谁还有闲钱在城里买房子。妻子说，你呀，死脑瓜骨，孩子有了出息，咱们后半辈子就有指望了，风里浪里奔波个啥？他一想，也是这么回事，再苦也不能苦了孩子，便举了债，买了房。可春芳这一走，就不再回来，过起了城里人的生活，人也养出了细皮嫩肉，怎么瞅也不像快四十岁的人，十年前的风韵又回来了。

冬天，渔船上了坞，厚冰封住了海面。海风老实了，太阳也蔫了，两个“老家伙”连把豆腐吹黑晒皱的本事都没有了，更没能耐捉弄春芳的脸了。鞭炮响了，年味儿出来了，范天仓高高兴兴进城，接媳妇和儿子回家过年。春芳却说，渔村的年有啥过头，对虾鲈子还不是往城里送？蛎黄蚶子都舍不得吃，顶多是看看电视，打打麻将，哪如城里热闹，又是焰火又是秧歌。

就这样，春芳一直赖在城里，还在一家服装厂当了缝纫工，工资虽然不多，撑吃撑喝还不成问题，更重要的是没有风吹日晒，养脸。于是，渔村传出许多谣言，说春芳服侍儿子是假，伴个小白脸子是真，她家老爷们儿的脊梁骨早就背上了长寿的壳子了。这话锥得范天仓心里疼，真有也好，假有也罢，没有真凭实据，没有亲眼所见，他都不愿意相信，更不会找妻子对质，他但愿妻子能够守身如玉，他希望妻子活得快乐。

夜里，身体煎熬得难受的时候，范天仓总是用回忆填充他焦虑的心，他们相恋时的一个个小细节，一个个小动作，他都玩味好半天。他清楚地记得，二十年前初冬的季节，他到辽西丘陵的山沟里寻找山榆树。造一艘好渔船，必须有好龙骨，山榆木又沉又重，还特别结实，不怕水浸，不招虫蛀，是做龙骨的最好材料。那时候，辽东湾丰沃极了，蟹满虾肥，鱼群相追，满海流金，解下身上的布衫子都能兜上几条活蹦乱跳的鱼。渔业社刚刚解体，谁不想趁机多捞一把？渔民们纷纷造船，快把辽西丘陵的山榆树砍光了。那一天，他已经寻找得很疲惫也很失望了，正打算放弃造船，返回渔村。无意间，他发现山坳的深处有一户人家，那户人家的门前生长着一株粗壮的山榆树，他喜出望外地奔过去。进了那家的院子，他看到了一个让他更加喜出望外的人。

那便是长得和海神娘娘一模一样的春芳。

春芳细眉细眼，小巧的鼻子，樱桃小嘴，脸杏花一样嫩白，笑起来一排白晶晶的小芝麻牙，她调皮地瞥了范天仓一眼，边往屋里跑，边用山泉般甜润的嗓子喊，爸，来客人了。

谁能想到，远离人烟的山坳里，藏着这么个动人的小姑娘，范天仓的眼睛直了，步也不会迈了，他没有想到，他心中一直敬慕的海神娘娘就这样活灵活现地浮在自己的眼前。直到春芳的父亲走出屋，他还是那样傻站着。

那一次，范天仓出了天价，买走了那棵树，一棵树的价格，足可以买下山坳里的四间房子。那一次，他也有了意外的惊喜，他的大方与诚实，打动了春芳的全家。从那天起，他就有了未婚妻。

两个月之后，就是春节了。春节时的海风，除了有些发潮，和山里的风没有什么区别，渔村里的人也都开朗大方，过着一掷千金的幸福生活，春芳没觉得渔村有什么不好。在山坳里孤独惯了，面对热情慷慨的亲友和乡邻们，她感动了好一阵子。趁此机会，范天仓在她的肚子里播下了小满。

春芳是在挺着大肚子的时候，后悔嫁到渔村了。那时已经是盛夏，春芳去码头等候贪恋捕捞的丈夫，回到家里照镜子一看，她吓了一大跳，白白嫩嫩的脸一下子被海风吹黑了，黑得像被人泼了墨，怎么洗也洗不净。

春芳大哭了一场，从此也像天后宫里的海神娘娘一样，躲在屋里不肯出来。这一躲，就是十八个春秋，可是无论怎么躲，海风还是无孔不入地钻进来，她杏花般的脸上总是沾上一层快要凋零时的锈色。她讨厌海风，讨厌海边的日头，它们差一点儿让她失去花容月貌，可她却无法讨厌待她千般好的丈夫范天仓和乖儿子范小满，顶多埋怨一顿丈夫把她骗进了渔村。

可是，自打媳妇去了城里，养回了从前的肤色，她那颗心也变得让范天仓无法捉摸。

傍晚，天便像夜一样黑了，凉飕飕的风，从西北的陆地刮向大海，退潮的海浪软绵绵地扯着渔村的海滩，不肯离去。往日的星光，被乌云隔在天外，小坞码头上，几盏昏暗的灯像喝醉人的眼睛，站岗的武警战士露出了疲惫，渔政的值班员在小屋里昏昏欲睡。不是他们有意放松警惕，今年，政府恼了，不想再闹出人命，强制实施了船网分离。没有网具，即使渔民驾船出了海，也只能眼睁睁地看着白花花的海蜇，望洋兴叹。何况这个时辰的潮，已经涝出了干滩，渔港里的水浅得很，无法把船开出码头。

这些却难不住范天仓，风里浪里二十几年了，码头下面每块暗礁，每道海沟，他早就烂熟在心。别说在有参照物的岸边，就是在茫茫无际的大海中，用不着罗盘、定位仪，还有卫星导航，他就能根据风向、海流和航速，准确地说出船在海中的位置。去年的这个时候，他就为今年的这一天做好了准备，那个时候，他就预感到，今年肯定是个海蜇的旺年，不管有多难，他一定要大捞一把，让妻子甩掉脸黑的苦恼，生活得富裕快乐，让儿子有充足的钱，念个好大学，找到好工作。只要全家人幸福，什么劳累呀，风险呀，他都不在乎，凭着他鲇鱼般的灵敏，绝不可能让武警的枪口瞄向他。

在码头的对岸，范天仓带着孩子们，划着橡皮艇，悄悄地靠上了他那艘八十马的渔船。扯着船帮，悄无声息地爬上去，几条黑影倏地蛰伏进了船舱里。

一夏没人上船，呼的一声，睡舱里腾起了一团蚊子，一股浓浓的霉味儿伴着桐油味儿鱼腥味儿还有柴油味儿，呛入孩子们的鼻子，娇嫩的孩子差一点儿吐了出来。范天仓点燃了蚊香，熏跑了蚊子，熏淡了各种怪异的气味儿。

他们就在船上慢慢地等，等着夜深下来，等着风刮起来，等着潮涨上来，等着大雨倾泻下来，他们好从容地离开渔港。

不出范天仓的预料，风来了，雨到了，海潮滚动起来了，平静的大海顿时一片喧闹。范天仓披着雨衣，爬出船舱，走到船头，摘下拴着船头的绳索。他又带着儿子小满走到船尾，父子俩一块儿绞起了锚绳，让渔船随着锚绳无声无息地离开码头。禁海前的最后一次捕捞，范天仓有意将锚绳远远地抛出四五百米，为的就是今天他能没声没响地把船拉出码头。

机器发动了起来，有风雨声和海浪声遮掩，发动机的声响显得很低沉了，加上离开码头有了一段距离，传出去的声音就很微弱，若不认真听，码头上的人不会发现有船偷着出潮了。范天仓不敢加大油门，船速还不到一节，他尽量减少噪音，直到开出了四五海里，才敢加速航行。一路顺风而行，船没显得怎么颠。

风停了，雨住了，天晴了，渔船泊下了。灿灿的星光，弯弯的银月，展现在天幕上，茫茫无际的大海不再混沌，海浪减弱成了宽阔而又舒缓的波，白绸子般轻舞。没过多久，天边滚出了一团暗红的火，那火越滚越大，越滚越红，最终滚成了鲜红的早霞，烧红了半边天，染透了半个海。像是久久的期盼，又像是瞬间的勃发，那轮鲜红的大日，一节一节地拔出天海之间，最终颤颤地牵连几下大海，便一跃而上，浮进天空。孩子们欢快极了，他们终于看到了期待已久的海上日出。

范天仓见惯了海上日出，他不会像孩子们那样，欢欣鼓舞。现在，渔船的位置就在环城礁旁。这是一片奇怪的礁石，礁石在海里围出方方正正的一座城，有城门有垛口，也有炮台。“城门”很窄，只能摇进一只舢板，环城礁里，怪石林立，礁石上长满了海蛎子，蛎子皮刀一样锋利，撒下去的网甭想捞上来，准被剐得稀烂。整个辽东湾被网刮穷了，只剩下环城礁里还有丰盛的蟹蚬蛤贝、螺蚶蛏鲽，有许多渔民贪图下面肥硕的海货，不知深浅地扎下去，结果成了鱼蟹们的美餐。于是，渔村里的妇人们便骂龙王，骂海怪，骂狠心的丈夫或儿子太贪财，哭声震得渔村直打战。

谁都不想让面人充当自己的亲人下葬，活不见人，死也要见尸。大家不约而同地想到了范天仓，范天仓在水里灵活得像条鱼，根本不怕海里的妖魔鬼怪，她们就来到他家，跪在地上，求他把尸体捞上来。每逢这时，春芳便极不愿意，嘟囔着，人都死了，还捞个啥？我们家天仓的命也不是咸盐换来的。他却说，人家摊上了难事，你就别火上浇油了。他就这样，跟着人家去了，戴着潜水镜，拿着长长的海钩，潜入环城礁，把尸体给捞上来了。也许是他没有惊动礁底的虾兵蟹将，也许虾兵蟹将们把他也当成了海中的一条鱼，从来没有危险降临到他的身上。渔村里的人私下里说，他媳妇是海神娘娘转世，海里的生灵都归人家管，沾着仙气了。

就像敬畏海神娘娘一样，渔民们也敬畏这片神奇的环城礁。这是辽东湾最后一片没有过滤过网具的海域，满海的鱼子鱼孙们就靠在这里繁衍了，这里被打绝了，渔民的眼泪恐怕比海水还要咸了。

范天仓把船泊在环城礁外，不是贪图里面的鱼蟹，禁海前，他有意将十几片海蜇网捆在一起，抛在了下面，他害怕船网分离，不能提前捕捞，早早地把网藏在了海里。茫茫的大海，捞出海蜇网，不比沙滩上埋几粒芝麻再去找出来容易多少。他之所以敢把网藏在海里，那是因为他确实有在沙滩上找出芝麻的本事。他把网抛在这里，除了有标志、好记外，更重要的是，渔政的巡逻艇从来不敢涉足环城礁，能躲开偷捕被抓的危险。禁海时敢偷捕，抓住了，不是从前那样，没收渔船、毁掉网具、罚点儿款那么简单了，没有硬人给撑着，是要被判刑的。他必须滑得像海鳝一样，避开所有的风险。

把长长的海钩搭下去，探了几个来回，便钩住了海蜇网，范天仓喊了声，孩儿们，帮我把网搭上来。于是，孩子们的兴奋点从海上的日出，转移到了海上的捕捞，齐心协力地将网扯上船。

理顺好网，范天仓领着孩子们，七手八脚地拴网浮子。这时，白赤赤的太阳已经升起老高了，天是湛蓝的，海是蔚蓝的，海面上轻轻拂着的风，似乎也变成了蓝色。渔船再一次启动了，海蜇网顺着卷扬机滑入大海，大海的颜色不再孤单，渔船犁出了一道雪白雪白的浪，拴在网纲上的一溜鲜红的小旗，浮荡在涌动着的海浪中。

撒完网，丰收的喜悦已经飞上了范天仓的眉头，海蜇们翕动着白色的伞盖，向着小红旗漂来。今年的雨水特别勤，很适宜海蜇的繁殖，加上贪吃海蜇的鱼快被打光了，海蜇就特别多。海蜇是没有头脑、随流而漂的生物，憋在网里，不会逃生，只能束手就擒。

范天仓高兴得脑瓜门都闪动着太阳，这一潮，少说能弄上十几万斤海蜇，每斤起码能值四五块钱，四五十万的收入手捂着，一年啥也不干，干这一潮，就值了。以前，他从没有违规，让妻子跟着自己过紧日子，这一次，他要狠捞一把，然后把船卖掉，把渔村的房子也卖掉，和怕晒黑的妻子一块儿住在城里，过个幸福的后半生。

望着网前越聚越多的海蜇，回头又瞅了眼对大海新鲜个没够的孩子们，范天仓心里感叹道，起网的时候，你们该知道，渔民有多么累了。本来，他是想带着船工出潮的，遗憾的是船工都被港监和渔政的人撵回了老家，今年的新规定，船工跟船主违法出海，同样下监蹲狱，船工举报船主，非法收入的三分之二归船工所有。好嘛，规定一出台，把船主和船工全治了。他名为同意小满带着同学，坐船出海打鱼玩，实际上，他在利用孩子们不懂得这些规矩，充当一次他的船工。尽管孩子们体力有限，终究比他孤身出潮强得多。

等待收获的时候，是最惬意也是船上最清闲的时候，范天仓却不能闲下来，他要去做一件大事，做一件妻子一辈子也忘不了的大事。他穿上了潜水服，戴上潜水镜，腰间别着软木塞，跳入海中，向环城礁里游去。

没有风浪，清澈的大海蓝得幽深，孩子们只顾欣赏范天仓出色的泳姿，哪里晓得环城礁里的厉害，倒是小满从大人的嘴里得知一二，冲着父亲喊，爸，你不要过去。

范天仓自信地冲儿子摆摆手，他就是海里的一条鱼，鱼敢去的地方，他都敢钻。见唤不回父亲，小满害怕了，扑通一声，也跳进了海里，向父亲游去。父亲这才折回身，游向小满，把小满推回到船上。

没有人能动摇范天仓潜入环城礁的决心，小满只好折中了，他要在父亲的身上拴上一条绳子，父亲潜入海里，超过五分钟，他要硬着把父亲拉上来，否则，他就和父亲一块儿游向环城礁。

范天仓妥协了，一条细长的尾巴拴在了渔船上。

大海里，一个人影鱼一样窜进了环城礁。范天仓泼着命地潜入环城礁，根本不是贪图里面的螺肥蟹美，他是去捉一种罕见的蓝海胆。这季节，正是蓝海胆繁殖的季节，像袋鼠一样，蓝海胆的肚子里装着成千上万细沙一般的小海胆，蓝海胆没日没夜地养护着它们，决不让小海胆从肚子里逃出去，直至小海胆的壳长得和沙粒一样坚硬，才肯将孩子们释放出去。

渔村里的人，啥海物没吃过，却从没听说过有人吃蓝海胆，人们见到的蓝海胆，不过是个空壳，没有人能把活的蓝海胆拿到手里。蓝海胆有个特殊的习性，只要碰到袭击，哪怕不是故意的，它都把肚肠全部吐出来，喷向礁石中细小的岩缝，让所有想要吃它肉的敌人枉费心机。用不了多久，岩缝里的小蓝海胆快速地生长了起来，那是因为它们吃了母亲肚肠的缘故。

蓝海胆就用这种方式宁死不屈地保护着自己的孩子。

谁也不知道，蓝海胆的身上，藏着一个天大的秘密，这个秘密是父亲活着的时候悄悄告诉他的。五十年前，父亲的姑姑看上一个大官，想嫁给人家当小老婆，可她怕人家嫌渔村的姑娘长得黑，费尽了周折，花掉了能买一条篷船的银子，换回了一只活的蓝海胆。待到蓝海胆焙干，取出胆里面那点儿肉，研成末，掺入雪花膏，涂在脸上，几天后，姑奶奶就出落成个白白净净、花仙子一样的美女。父亲还告诉他，蓝海胆是海神娘娘的肚脐眼儿，珍贵着呢，想求蓝海胆，不到天后宫向海神娘娘跪拜恳求，甭想拿到手。范天仓见过他的那位姑奶奶，姑奶奶被遣送回渔村好多年，可那张白脸始终没有被海边的风吹老，被渔村的太阳晒黑，渔村里的人把他的姑奶奶叫白骨精。

范天仓扎入环城礁，像一杆箭，直射海底，怪头怪脸的小鬼鱼、柴火叶子似的细带鱼，以为遇到了怪物，惊慌失措地逃走了。阳光透过十几米深的海水，在海底的礁石上留下光怪陆离的斑点。肥硕的红夹蟹举起铁钳子般的双螯，立起绿豆似的黑眼睛，警惕地盯着范天仓这个不速之客。贼头贼脑的章鱼，挥舞着八个爪子，不知是欢迎还是驱逐范天仓。笨重的海螺并不在乎范天仓的造访，拖着坚硬的壳，不慌不忙地爬着。只有暗藏着的海流，对范天仓的不请自来，表示出了愤怒，翻转着无形的身躯，企图将他甩向礁石上的海蛎子。

那些锋利的海蛎子皮正龇牙咧嘴等着呢，真的被海流推向礁石，范天仓立刻就会被海蛎子千刀万剐成体无完肤，随后鱼蟹们会蜂拥而上，把他啃光食净，只剩下一副空骨架。不过，他早就准备好了，从容地和这股看不见的暗流周旋着，直到躲开暗流的纠缠，再次潜入海底。

一只、两只、三只、五只，在灰黑的礁石上，范天仓终于发现了隐藏得极深的蓝海胆，虽然星星点点就那么几只，采到两只，就足够了。两只蓝海胆，他就能让自己的妻子，永远像个姑娘。

范天仓穿梭在海水里，就像一只老鹰盘旋在蓝天上。他不敢轻易出手，他俯冲下去，在掀翻蓝海胆的同时，必须将软木塞插入它身下唯一的小孔中，稍有迟缓，蓝海胆就会将肚肠连同自己还未成熟的孩子，全部吐净。

转瞬间，你捉到手的，不过是个空壳罢了。

不愧被渔村里的人称为“海中蛟龙”，范天仓的手在水里，一样快如闪电。两只海胆没等反应过来，就成了他掌中的猎物，成千上万的小海胆连同蓝海胆的肚肠都被软木塞死死地封在了圆圆的硬壳里。

从海里钻出头来，灿灿的阳光爽朗朗地照耀着，范天仓仿佛看到了一道彩虹，自己的妻子化成了海神娘娘，神采飞扬地向他走来。

潮涨满了，蓝幽幽的海面上，网把海蜇憋成了一道白亮亮的曲桥。范天仓高喝一声，起网了，操起一个硕大的网抄子，舀向大海，把一只只几十斤的大海蜇拖上船板。孩子们也学着他的样子，拿起网抄子，一只接一只地拖海蜇。

网里憋着十几万斤的海蜇呢，起初的时候，孩子们图个新鲜好玩，你争我夺干得个大汗淋淋。捞过了几百只，孩子们累得仰在船上，懒得动弹了。范天仓微笑着看着孩子们，两只胳膊像是机械臂，沉稳有力富有节奏地捞取海蜇。孩子们年轻气盛，歇过了乏，一骨碌爬起来，拿起网抄子，继续捞向大海。

小时候，小满随船出潮捕捞过海蜇，他知道，海蜇禁不住太阳晒，晒久了，就晒成了一股水，拼死拼活捞上来，就没有意义了。他的手，麻利地揪下伞盖和蜇头，清除掉脏兮兮的内脏，放入大塑料桶，撒入大粒盐和白矾，封严盖子，推向一旁。小满不是个娇惯的孩子，这些活计，他从前就干过，现在干起来照样娴熟。他的同学或许不知道这些海蜇意味着什么，可他知道，这些海蜇足能供他念完全国最贵的大学。

范天仓沉浸在收获的喜悦中，多么累他也感觉不到，他一门心思地把这些海蜇全捞上来，辛苦这一潮，幸福后半辈子，再累也值啊。何况，他怀里还揣着两只蓝海胆呢，哪个女人不愿意漂亮一生？他要让自己的妻子春芳，芳容永驻。他要把儿子供成最有出息的人。

偌大的货舱里，已经是满满登登的海蜇了，那里用不着装桶，扔一层海蜇、撒一层大粒盐和矾就行了。装在桶里的海蜇堆在睡舱和机舱里，这两个舱堆满了，就露天堆在甲板上，只要能装，范天仓不会让自己的胳膊停下来。

午后，船的吃水已经很深了，海蜇得用岸上好几辆汽车拉，百元大钞也能换来一提箱了，再不知足，就会把船压沉。范天仓不是那种贪心不足的人，船上还有六七个孩子呢，钱再好，也没有命值钱。现在，他收好了网，拔锚返航了。

不知什么缘故，海面上突然起了风，比天气预报里说的大上好几级。那风一刮起来就有六七级，好在船很重，颠簸得不很厉害。即使如此，海浪依然把船帮砸得咕咚咕咚响，浪花飞溅到空中，淋湿了孩子们的衣服。孩子们害怕了，范天仓让小满带他们躲进睡舱。

睡舱里照旧沉闷，又有装海蜇的塑料桶堆着，孩子们只好挤坐在一张床上。舱里，一股股怪味儿刺激着他们的鼻子，现在又添了海蜇的腥臭味儿，船一涌涌地颠来簸去，孩子们实在受不了，晕了船，相互传染着哇哇大吐，那个凶劲儿，就差把肠子吐出来了。

小满不忍心看着同学们折腾成这个样子，从睡舱爬上去，爬到驾驶舱，让父亲想办法，别让他的同学这么难受。范天仓告诉了儿子，睡舱的舱隔里有晕船药，取几片，吃下去，睡上一觉就好了。小满返回了睡舱，却没有找到晕船药。

范天仓批评了一句儿子，船上的话都听不懂，上大学你也别念航海专业。说着，他把舵轮推给儿子，让儿子替他驾驶一会儿。

海里行船不像陆地跑车，望不到边际的海，没风没浪的时候，没人把舵，船也能照样走。范天仓大意了，就这么随意地舵交给了从没驾过船的儿子。就是这小小的疏忽，酿造了一件让小满后悔一辈子的事情。

范天仓一出驾驶舱，眼睛就迎向了太阳，他感到一阵眩晕，他知道，这是太累了的缘故。他扶着船舷，闭上眼睛，歇了片刻。小满只懂得沿着航线直奔陆地，哪里晓得船头应该斜切着浪头走，才能行得稳。

一个大浪突然打来，船头猛然翘起，范天仓猝不及防，扑在船舷上，船头劈开的海水，立刻浇透了他。他本想抱牢船舷的木板，稳住身子，却突然感到一个尖锐的东西直入他的左胸，他“呀”地叫了声，随即，心脏猛地痉挛起来，一股憋闷的疼痛蔓延在全身，白森森的冷汗从他的额头滚落下来。他知道，坏事了，有东西刺进了他的心脏。

这一刻，范天仓突然变得异常清醒，他刚才还迷瞪的眼睛顿时睁得老大。他紧紧地抱住船舷，手指向船舷外摸去，他摸到了一个铁钉盖。他明白了，是一只铁钉扎进了他的心脏。他在心中呐喊着，海神娘娘，我不过是摸了两只蓝海胆，你就这么惩罚我吗？拿我的生命做代价。他忽然看到，海神娘娘驾着浪头漂过来，冲他摇了摇头，又倏然而逝。

小满看到父亲贴在船舷上，壁虎一样，伏在那里一动不动，不知道出了什么事。他放下舵轮，爬下驾驶舱，跌跌撞撞来到父亲身旁，想把父亲扶起来。

范天仓疲惫地睁开眼睛，小声说，不要动我，钉子扎进了我的心脏，快把木锯找出来，锯开船板。

小满傻了，他的声音中带着哭腔，爸，锯在哪儿呢？

范天仓说，驾驶舱睡铺底下。

小满说，爸，你可要挺住啊。

范天仓说，钉子不拔出去，我一时半晌死不了，我得开船，送你们上岸。

小满的泪水和汗水一块儿在脸上滚着，哆哆嗦嗦找工具的双手，碰得不是机油就是柴油，擦把脸，脸就成了花蝴蝶。就在他把那把小木锯抓在手里的时候，他忽然想起了，父亲的悲剧是自己酿成的，他不知道船上忌用明钉，是他看到船舷上的薄木板碰断了，随便钉上了一根钉子，谁想到这根钉子会惹下这么大的祸？

急急忙忙跑回父亲身旁，操起木锯锯船舷上的木板时，小满看到，每锯一下，父亲的眉头都要紧锁一下。木板上的钉子连着父亲的心脏呢，锯木板也是在锯父亲的心。

终于把木板从船舷上锯下来，范天仓的胸口挂着木板，疲惫地坐下来，大口大口地喘着气，他示意儿子把他扶起来，一直把他扶进驾驶舱，扶到驾驶台前。尽管他的眼光有些迷离，他还顽强地挺着，手把在舵上，眼睛盯着卫导屏幕上的航线。孩子们都不懂驾船，会在海里迷失方向的，哪怕只剩下一口气，他也要把船开到岸上去。

手忙脚乱的小满，不知该干什么，不知用什么样的方式挽救父亲的性命，他捏着对讲机，调着各个频道呼救。可是没有回应，禁海呢，周边十几海里不可能有渔船，对讲机没有用处。他想到了母亲，母亲或许能有办法救父亲。他拿起父亲的手机，给母亲拨电话。看着儿子的动作，范天仓凄然一笑，离上岸还要跑六个小时呢，再过三个小时，才能有信号，孩子这不是瞎忙吗。他不想阻止孩子，他必须攒下所有的精力，对付海上的风浪。

坐在高高的驾驶椅上，范天仓把头倚在儿子的肩头，手搭在儿子握着舵轮的胳膊上，一旦要让船往哪个方向转舵，他点一下儿子的胳膊就可以了，这样，他可以省力，可以延长生命。感受着儿子的气息，他的眼睛潮湿了，儿子是他生命的延续，儿子性格好，模样好，书也念得好，他不能死，他必须挺住，把儿子送回陆地。抬眼看了下儿子的花花脸，他有心拿起驾驶台上的湿毛巾，给儿子擦擦，可他的手抬了好几下。

小满问，爸，你要干啥？

范天仓勉强一笑，他说，这么脏的脸，怎么见同学。

小满抓过毛巾，擦净了自己的脸。范天仓的脸上露出满意的一笑，眼睛又专注地盯向了卫导的屏幕。

终于看到了远山的影子，手机里也终于出现了信号，小满急不可待地拨通了家里电话，哭泣着告诉母亲，父亲在海上出了危险。听到妻子在电话里焦急的声音，范天仓一直疼痛和颤抖的心脏，似乎得到了一种抚慰，他知道，妻子还在惦记着自己，他没白冒死捞上那两只蓝海胆。他吃力地抬起手，抚了下儿子的头，他知道，只要和陆上通了话，儿子就不会有危险了。

这时，范天仓的眼光突然暗淡下来，他觉得四周全是茫茫大雾，只是眼前的驾驶台还算清楚。他不知道儿子已经看到了陆地，他眼睛盯在卫导上，用指尖点拨儿子左右转舵。现在，他感觉疲惫极了，一生都没这么疲惫过，他很想休息，哪怕永远地休息下去，可是他不放心自己的儿子，不愿意惊动一直待在睡舱、不知道上面发生了什么的孩子们。

就这样顽强地挺了一个时辰，范天仓的眼睛已经完全看不到了，可是，他的耳朵却敏锐地听到了马达声。那不是自己渔船的声音，而是来自远方的快艇。他的嘴角露出了一丝笑意。

小满大声喊着，爸，你快看，快艇，快艇救你来了，我妈也来了，站在上面，挥着红头巾呢。

范天仓微微点下头，他感觉到海风已经把妻子的气味儿送进了他的鼻子。他的手伸进衣兜，摸出两只蓝海胆，声音很弱却很欣慰地说，给你……妈美容用，告诉她，我下辈子还娶她。

小满的泪滴在父亲的脸上，他看到，父亲的嘴唇没有了血色，父亲的瞳孔在无限放大，他看到父亲把他的脸收缩进瞳孔里，久久不肯释放出去。

范天仓进入了梦乡，在梦里，他没有疼痛，没有疲惫，他轻松得能飞起来。他看到，海神娘娘从天边飘过来，甩出了长长的袖子，抛到了他的眼前，他抓住袖子，飞上了云端。

站在高高的云端上，范天仓看到，一条渔船和一艘快艇孤独地泊在大海里，刚才的大风大浪，显得那样微不足道。他看到了自己的躯体，看到了那个貌似海神娘娘的妻子跺着脚哭，看到了儿子小满手足无措地摸着自己的躯体，看到了那群刚刚知道事情真相的孩子们呆呆地站在一旁。他看到一个医生，跪在自己的身旁，拔出钉进自己胸脯的钉子，他听到医生洪钟般的声音传上九霄，那是医生对他的赞誉。医生说，钉子刺入心脏，顶多能活一个小时，什么力量让他活了这么久？

范天仓看到儿子把两只蓝海胆捧给了妻子，妻子把蓝海胆贴在了胸前，他感谢妻子替他的回答。

# 斑海豹

## 上　篇

范老桅刚触到胖妞光溜溜的身子，便遭到剧烈的抵抗。她浑身战栗，每个毛孔都张扬着惊恐与愤怒，凶猛地甩过头，冲着范老桅龇牙咧嘴。范老桅缩回了手，不再刺激她，边耐心地等待，边细心地端详，心中不禁感慨，真是招人怜爱呀，脑门平滑，体态圆润，尤其是那双眼睛，又大又圆又清澈，比任何女人都迷人。

范老桅静止不动了，胖妞却不解风情，依旧挣扎，那双会说话的眼睛，散发着一种无望的哀怨与忧愁。

胖妞的身子挺来挺去，激荡出的浪，像一锅滚开的水，初升的阳光下，折射出晶莹剔透的七彩水珠。混杂着冰粒的水花，喷溅到范老桅的嘴里，腥咸苦涩酸五味俱全。他跑了一辈子海，品不出这是泪水还是海水了。

显然，胖妞对范老桅满怀敌意。

范老桅的示好，成了一厢情愿。他的心沉下来，随着胖妞颤抖的身子，也打起了颤。他稳住了神，静静地等候，等候得太阳都失去了耐心，爬上了中天。漫长的等待，让胖妞麻木了警惕，减弱了挣扎的耐力。

再次向胖妞探出手时，范老桅变得格外小心，小心得比老乌龟爬得还慢。胖妞没有感觉到范老桅的移动，她挣扎得太累了，累得精疲力竭，即使是折腾，也不再惊得水花飞溅。可她那硕大的圆眼睛，依然警惕地盯着范老桅的掌心，脑袋在躲闪，眼珠在转动。

那双厚重而又充满怜爱的大手，渐渐地降落在胖妞的额头，她无奈地闭上眼睛。虽然还在躲避，却不再惊恐万状。

范老桅的大手，抚摩在胖妞的脑门，温暖舒缓而又轻柔，充满着慈爱，她终于懂得了，什么是安全，不再闹腾了。浪花与冰晶同溅的海水，随即安静下来，胖妞对范老桅有了最初的信任。

现在，我可以告诉尊敬的读者，胖妞不是人，是头母斑海豹，辽东湾里独有的一种海兽，也就是渔人间传说的，圆圆的月亮下，在幽蓝的大海上，如梦如幻舞蹈着的美人鱼。

这一幕，大约发生在十年前，究竟哪年哪月，范老桅混淆了，过去的时间，仅仅是模糊的记忆，可那双眼睛，刻在脑子里，永远是新鲜的昨天。

那是初春的下午，范老桅驾驶着渔船，从渔港破凌而出。

这时节，虽说寒风依旧袭人，却也是渔人们常说的“着人不着水”了，浩荡的西南风，打扫净了海面漂浮的雪沫，憋闷了一冬的海水，借助着涨潮的爆发力，从冰的缝隙间愤怒地拱出，撑开厚重而又懒怠的坚冰，冲上沉寂的冰面，无所顾忌地四处流泻，扫荡净陈旧而又顽固的污垢。

大海干净了，潮水将一块一块大如岛礁的冰排托起，又摔下去，碰撞出嚓嚓的巨响，将依附在坚冰上的陈腐、酥化和软弱了的老冰无情地甩掉。

海开了，渔村活了，渔人们忙碌着修船备网，准备出潮。范老桅捷足先登，发动了船舱里的柴油机，沿着冰的缝隙，挤开冰排的桎梏，蛇一样驶离渔港。

开始的时候，渔人们以为范老桅只是试试机器，没想到，这老家伙也像这憋闷了一冬的海水，再也忍受不住了，冒着被冰排挤碎渔船的危险，顶凌出海。

渔村里的人都知道，范老桅是海精灵，风暴怒潮都对他无可奈何，虽说是冒着风险，逶迤入海，可所有的担忧，不过是杞人忧天。谁有胆略，跟随他出潮，准能弄个好收成。老范头比鱼还熟悉大海，潮水在冰下怎么拱，冰排之间在哪里挤压，在哪里分离，用眼睛一搭，便知晓一切。

然而，这个特立独行的老头儿，却不让任何渔船跟随他。他不是怕别人抢了他的鱼群，他怕的是，没有人像他那样，与大海心心相印，与冰排心有灵犀，稍有不慎，渔船不是被卡进冰排里，就是被冰刺穿船板，或者被坚硬的冰排挤碎。渔船撞漏了，还可以修补，人掉进海里，可就没命了。

渔船行驶得很缓慢，也很曲折，范老桅没敢远航，停泊下来时，离岸并不是很远。这时，晚霞已在天空燃烧，烧红了半个天空，陆地的影子暗淡下来，远山远地一片昏黄，广阔而又模糊地扑进眼帘。

范老桅开始下网了，只待明晨破冰起网，把真正的开海第一鲜——冷水梭鱼，带到人们的餐桌。他要让馋了一冬活蹦乱跳鲜鱼的人记住，范老桅无人可比。

夜晚不容商量地来临，初春的大海，一如严冬的陆地，透彻地寒，冷风无孔不入地袭击着范老桅。渔船上四处漏风，无遮无拦，范老桅只好时断时续地点燃液化气，暖和一下自己，顺便烧壶开水，温热烧刀子，借助烈酒的力量，驱尽寒冷。

寂寞难耐的夜晚，在等待中一寸寸地缩短，寒风不断地提醒打瞌睡的范老桅，不能入睡，梦里会被冻坏。不知不觉间，黎明的鱼肚白，像把锋利的刀子，将苍天与大海一分为二，洒脱地留下一道清晰而又笔直的裂痕。

天亮了。

范老桅戴上厚厚的胶皮手套，拿起敲打冰凌的铁锤，开始起网。到底是开海的第一潮，冷水梭鱼还没从懵懂中醒来，就撞到网上，挂在那里，一动不动。鱼真多呀，满网都是，多得范老桅不敢相信。这番情景，好多年没有了，渔村的网越来越多，多得能绕地球一圈，海里的鱼越来越少，少得各色杂鱼装满三五筐，就算是丰收了。

鱼汛已成梦境，鱼满舱已成妄想，网上突然多了鱼，海精灵范老桅都糊涂了，嘴里不断嘟囔，怪了，怪了。

网纲越收越紧，颤抖的感觉越来越强，最终网纲绷成了一条直线，颤抖的力量，几乎要把范老桅拽倒。他不得不把网纲挂到卷扬机上，靠搅棍的力量，收拢网纲。虽然这样会把收到船里的网弄乱，可是，总是这样较劲，他就没有力气收剩余的网了。

范老桅意识到，打到大东西了，这么能折腾，不是老黑鲨，就是大花鲈。

水花从海水里喷涌而起，一个硕大的黑影浮了上来，乱糟糟的网，将它团团裹住。黑黄灰褐，四种颜色的斑点，与乳白色的肚皮，交错翻滚进范老桅的眼睛。范老桅惊愕了，那黑影并不是他所期待的大鱼，分明是一头海牲口。它的鼻孔一张一合，一根根银白色的胡须随着身子颤颤发抖。还有那双绝望的圆眼睛，让范老桅感到胆战心惊。

在海里，什么暴风骤雨，明涛暗涌，范老桅都不曾怕过，他最怕的是打到海牲口。那才是真正的海精灵，要了他们的命，就等于让自己丢了魂。

不幸的是，这头贪吃的斑海豹，把冷水梭鱼追逐进范老桅的渔网时，自己也误闯了进来。这是范老桅最新置备的网，叫“三层褂子”。卖网的人神秘地告诉他，高科技，蜘蛛丝一样，又细又黏，天网恢恢，疏而不漏。

范老桅不懂得啥是高科技，现在，他知道了，高科技就是绝户网，让和人一样聪明的斑海豹无法逃脱。

无拘无束的斑海豹，是大海里的自由之神，哪能承受得了渔网的捆束，打着滚儿地挣扎，可是，越是挣扎，越招惹来更多的网，缠得它死死的，直到再也折腾不动。

范老桅后悔了，后悔买来这种网。人不可以把事情做绝，渔民不可以把大海捞净，打完这一潮，他要将网毁掉，重新捡起老网，哪怕每潮只打十几斤。

中午的日头，不像早晨那样，冷酷无情、懒懒地释放出暖意，青绿色透明的海冰，生出了一块块斑驳的白圈。

在阳光的腐蚀下，冰排正在变酥。

这头后来被范老桅称为胖妞的斑海豹，终于意识到了挣扎的愚蠢，不再与范老桅为敌。

范老桅锚稳渔船，跳上冰排，握牢网纲，顺着潮水在冰缝间涌动的力量，猛地将胖妞拖上冰面。胖妞痛苦地张大嘴，显然，网将她勒疼了，疼得无法忍受。范老桅从腰间掏出一把剪刀，走了过去。胖妞低垂的脑袋抬了起来，紧张地躲闪着，想滚动身子，避开危险，却被网缠死了，笨得寸步难移。她的圆眼睛无望地眨着，透露出等待挨宰的悲哀。

网缠得真紧呀，紧得都嵌进了胖妞的肉里，范老桅小心翼翼地挑开每一道网线，一点一点地解开渔网对她的束缚，直至挑断最后一根。

范老桅这才舒了口气，折过身，重新理顺了乱糟糟的网。他看到，网纲与网坠之间毁掉的大窟窿，比渔船还要长。范老桅没有心疼网，救下一头海牲口，他有种赎完罪的感觉，轻松地将网踢入大海，准备登船，继续收网。

没走几步，身后传来了胖妞的呻吟，一声比一声凄惨，范老桅不由得回头望去。胖妞依旧伏在冰上，没有蠕动，更无逃进海里的迹象，她的身子侧过来，坦露出乳白色的肚皮，脑袋无力地垂下，眼望范老桅，像头可怜的小狗。

范老桅困惑了，捕鱼捞虾，捉蟹打蜇，他在海里折腾了一辈子，偶尔也会误捕到海牲口。每次放生，海牲口都会仓皇而逃，头也不回地钻进大海，这头斑海豹是怎么了，咋会赖在冰上不走？

重新回到胖妞身旁，范老桅惊讶地发现，她圆圆的肚子正在抽搐，生命之门已悄然打开，几簇小海豹的胡须伸来缩去，时隐时现。范老桅突然明白了，渔网捆束了她这么久，饥饿与恐惧又交替叠加，胖妞折腾得没有力气生出幼崽了，她是用呻吟求援。

范老桅不由自主地想到了女人生孩子，没有劲儿了，喝几口红糖水就会长力气，同样，海豹生不出崽，就该喂几条鱼了。这么一想，范老桅便折回身，去渔船上取鱼。他的步子走急了，在冰上趔趄了好几回，好在他在浪涛中奔波惯了，撑开宽敞的脚指头，拿稳了身子。他真的急不可待了，胖妞的胎盘破了，再生不出来，有可能要憋死小海豹，必须立马喂饱胖妞饥肠辘辘的肚子，让她攒足力气下崽。

真是饿极了，胖妞的贪婪相，始终让范老桅记忆如新，她恨不得一口把那盆冷水梭鱼吞下。如同饥饿过度的人，不能一下子喂饱，范老桅拎起鱼尾巴，一条一条缓慢地往她嘴里扔，直到她的双鳍能够自由舞动，身体能够左右翻滚。

吃过了鱼，胖妞有了力气，没多久，就将一个毛茸茸的小海豹排到了体外。

母子俩的鼻子凑到一起，相互嗅了好一会儿，胖妞这才翻滚一下身子，把乳头甩到小海豹的嘴前。

小海豹贪婪地吸吮。

胖妞好看的眼睛，湿漉漉地凝视着范老桅，久久不动。她不时地用胸鳍拍打着冰面，以海豹的方式，致以谢意。

救下了母子俩，范老桅本可以返航回家了。越来越浩荡的春风，吹乱了他斑白的头发，也吹醒了他的脑袋。他的眼光跨越过一道道龟裂的冰排，停留在渔港，心突然悸动了一下，脚步便止住了。

拱开了冰封的潮水，越涨越冲动，不知不觉中，海冰已分崩离析，冰缝间的裂隙，越来越宽，涌出来的海水，越来越充盈，用不了多久，傻子都敢放心大胆地把船开进来，一种担忧爬上范老桅的心头。站在岸上，举起望远镜，便能瞅清胖妞母子的一举一动，谁能保证他们不动歪心思呢？

刚刚出生的小海豹，长相与母亲大相径庭，像条毛发蓬乱的小狗，这厚实绵长而又柔软的胎毛，在保护住了幼崽不被冻伤的同时，也勾引来了贪婪的目光。虽说成年海豹是海中的蛟龙，子弹一样，在水里飞翔，可它的幼崽，却是个不善游泳，怕水的小家伙，弄湿了胎毛，非冻死了不可。这时去浮冰上捉小家伙，一拿一个准儿。

长着胎毛的小海豹，毛皮金贵着呢，比水貂旱獭的皮还要软，还要暖，不是高贵的夫人，没有能力把它围在脖子上。

谋到一张斑海豹幼崽的皮，就是一夜暴富，一生无忧，打一辈子鱼，不如弄到一只斑海豹的幼崽，渔村里的人，谁愿意错过这个机会?

范老桅决定留下来，做胖妞母子俩的守护神。他拿起船上的一根挠钩，在一块隆起的冰面旁，刨出了一个朝阳的冰巢，也算是给胖妞一个迟到的产房。接下来，范老桅要侍候胖妞的“月子”了，海豹不同人类，生孩子要坐“月子”，她的“月子”，只需一周。

胖妞真能吃啊，几乎接连不断地吞下范老桅喂到她嘴里的鱼。小家伙也是贪婪得很，嘴叼住乳头，一刻也不肯松开。

范老桅在海里厮守了三天三夜，眼见得小海豹的身子被奶水撑圆了，胎毛一点点地褪去，渐渐地现出了它母亲的模样，也敢随着胖妞一块儿钻进大海里嬉戏去了。

这时的大海，已彻底化开，接天连地的蓝色主宰了整个大海，残存的一块块小浮冰，酥成了纯洁的白色，像朵朵莲花盛开在海中。

胖妞带着小海豹，围绕着范老桅的渔船，一圈一圈地游下去，最终，恋恋不舍地离开了。

范老桅的心空落落的，怅然地望着一对逐渐消失的黑影。

## 中　篇

惊喜是第二年早春，胖妞带给范老桅的。

和每年开海一样，范老桅又是渔村里第一个破冰而出的渔民，起网的时候，网浮深深地沉下，沉得他使足了力气才能拉得动。一条条一尺多长的冷水梭鱼，脑袋错落有致地挂在网眼里，身子上下左右一弯一弯地弹动，在阳光下跳宕出一片银白的光。没出水的鱼在网上挣扎的颤抖，顺着网纲，细碎而又规则地传导到范老桅的掌心，他感到十分的舒畅，这种捕捞的快感，他很久很久没有体验到了。

面对突如其来的收获，范老桅却疑惑不解了，渤海里的收成，是寡妇过年，一年不如一年。就算你是龙王，也追寻不到鱼群了，连扛着仪器来的海洋专家，都无奈地摇着头，叹息道，渤海无鱼汛了。

重新用回了老式渔网，不应该是这样啊？多得快要密不透风了的冷水梭鱼，是哪儿来的呢？范老桅心里犯着嘀咕。

岸边的沙滩，贪婪地吸食着阳光，将涓涓细流释放出来，也把抱在怀里的海冰还给了大海。没有了岸的牵扯，海冰开始蠕动和分裂，分封出一块一块各自独立的冰排。一道道泛蓝的海水，就是冰排之间的国界。

尽管冰下早已暗流涌动，可顽固的冰排，依旧压制着海浪。落潮的时候，没有潮水的帮助，冰排缝隙间的海水显出了等待的平静。可是，在这平静的表面，范老桅却发现了异样的波纹，一道接一道很规则地荡过来。波纹涌过，沉坠下去的网浮，一跳一跳地弹动。

顺着波纹传递过来的方向望去，范老桅有了惊喜的发现，他看到了两只时隐时现的黑脑袋，他们在冰缝间的海水里钻来钻去，把冷水梭鱼赶进了范老桅的网。随后，他们又把渔网当成饭桌，在那儿吃饕餮大餐。

范老桅认出来了，那双圆圆的眼睛，那身斑驳的花点，还有那被网线勒出的几道伤痕，分明是他去年放生的斑海豹——胖妞。

所不同的是，胖妞带来了魁壮的丈夫，壮得足可以将她装下。他们嬉闹着，没完没了地把吓蒙了的冷水梭鱼驱赶进渔网。

看到范老桅发现了他们，她便跳出水面，调皮地将双鳍展露出来，优美地舞蹈着，飞一样蹿过来，围绕着渔船，与范老桅嬉戏。范老桅清楚地看到，那双水汪汪的大眼睛，处处流露着对他的依恋，惹得那头公海豹，不断地欺压胖妞的身体，把她赶离了渔船。

胖妞重归了平静，笨拙地爬上浮冰，四处蠕动着，寻找巢穴，显而易见，又有一只小斑海豹要从她的身体里诞生了。公海豹勤快地钻进海里，一条接一条地叼鱼，爬上浮冰，大虫子般蠕动，一弓一弓地往前爬，殷勤地喂胖妞。

有了公海豹的照顾，没有范老桅什么事了，本可弃下她不管，载着满舱的鱼，回到渔村，卸下收获，清点钞票。可他将眼光延伸到码头，看到村里的渔船，正沿着冰缝，蜿蜒地游动，一种不安再次油然而生。

尽管范老桅缄默寡言，可一种说法却在渔村流传了一年，村里人窃窃私语，说老范头发了大财，一张斑海豹崽的皮，够给孙子在北京买座大房子，一套公海豹的阳物，够他高干一样富贵余生，这老头儿一副穷渔花子相是装出来的。他们还绘声绘色地讲，老范头把雄海豹的那玩意儿泡在了酒里，制成了海狗肾，送给了省城里的一个大富豪，让大富豪尽情地风流，逞尽英雄本色，幸福得给老范头叫爹都不过瘾，宁愿不管亲爹，也要给老范头养老送终。老范头的海狗肾，让大富豪百战不殆。

各种版本不断地演绎，范老桅却是听而不闻，像海里的礁石，任凭风吹浪打，纹丝不动。村里的渔人们，不是海里的精灵，不懂得斑海豹和人一样有灵性，发财的梦想，比涨潮的大海还要冲动，早就闻风而动，把猎取斑海豹当成一生的幸福之源。

范老桅心里清楚得很，冰封的大海，只裂开有限的几道缝隙，只要自己的渔船横在这道冰缝，谁的船都无法通过，也无法发现那对正在添丁进口的海豹夫妻，只要坚守住这几天，小海豹褪了胎毛，他们一家便安全了。

果然，一艘艘渔船鱼贯而入，范老桅推说着螺旋桨有了点儿毛病，修好了便回，想让他们把一船的鱼捎回岸上，收成对半分。可是，他们对鱼没有太多的兴趣，他们出潮是来寻斑海豹，见到老范头真的是出来打鱼，便纷纷倒车，去别的冰缝寻找。

范老桅就这样守候着，直到冰排急剧消退，海天融成了一种蓝色，所剩无几的浮冰，莲花瓣一样漂游。胖妞一家三口自由地游弋，像踩着莲花瓣，飞翔进茫茫的天海间。

从此，范老桅续上了与胖妞每年一度的约会。

每年约会，范老桅都会品尝到无限的幸福，胖妞撒欢的样子，比懂事的小狗还可爱，游戏过后，牧羊犬一样，把鱼驱赶进范老桅的网里。自然，胖妞不会白白付出辛苦，必须讨到范老桅的奖赏，那就是把鱼丢进她的嘴里，惹得范老桅不由自主地骂她，小骚货。

然而，这种欢愉并没有持续几年，再想见到胖妞，却不似从前那样容易了。

范老桅清楚地记得，那次早春出潮，海里的滩涂上，雨后春笋般立起了竖井。据说，竖井会把海水和地下的淡水混合在一起，抽上来，灌进岸上的塑料大棚，养一种他从没听说过的，名叫大菱鲆的鱼。

对此，范老桅嗤之以鼻，陆地是人的天下，大海是鱼的天下，茫茫大海，多少鱼容不下，非得在池子里养，不在潮里滚、浪里钻，还叫鱼吗？

海冰变薄了，薄得很脆弱，冰缝变宽了，宽得没有了曲折，范老桅流畅地驾着渔船，如期来到与胖妞相约的海域。然而，他的等待变得和夜一样漫长，无论他怎样寻找，再也见不到胖妞的身影。他失魂落魄地漂泊在大海里，撒网时也心不在焉。没有胖妞的帮助，收上来的网也是轻飘飘的，稀疏的几条冷水梭鱼，孤独地挣扎。

别看范老桅比鱼还熟悉大海，却永远弄不明白岸上那些稀奇古怪的东西，更不懂养大菱鲆的废水和消毒水日夜不停地灌回海里，蛏蛤螺贝都被呛死了，鱼们怎能不退避三舍。毕竟，他不是靠呼吸海水活着。

范老桅起锚，沿着冰缝继续前行，边航行，边寻找，走了快到十海里，他的眼睛才突然一亮，胖妞终于出现了，她的脑袋浮在冰排的缝隙间，也浮现在了范老桅的眼睛里。胖妞消瘦了，不像身怀六甲的样子，见到范老桅，一个劲儿地撒欢，张开大嘴巴，向他索要食物，一副急不可待的样子。

船舱里仅有的几条冷水梭鱼丢下去，胖妞凌空接住，囫囵吞枣，一口吞下。随后，那双好看的圆眼睛依旧盯着范老桅，脖子一探一探地向前伸，围着渔船游来荡去，依旧向范老桅索要食物。那头公海豹急匆匆赶来，范老桅已经无鱼可喂，公海豹的眼睛怒视着范老桅，便用撕咬胖妞的方式泄愤。

范老桅一阵心悸，只得再次撒下网，期待着也和往年一样，让胖妞帮忙，把冷水梭鱼赶进网里。

胖妞和公海豹活跃地在海里钻来钻去，不肯爬上冰排，歇息片刻。

收网的时候，依旧可怜，虽说比第一网多打了几条鱼，可那头追来抢食的公海豹，却不顾一切地压制住胖妞，让她没办法抢到鱼。范老桅打了个冷战，一种比这个节气还要苍凉的感觉涌上心头。渤海里，还有比斑海豹还灵巧的吗？无论是飞速游动的大小鱼类，还是藏在海底石缝的虾蟹章鱼墨斗，哪怕深深扎进滩涂里的蛏蚬蛤螺，也难逃她尖利的牙齿。

怎么会把斑海豹饿成如此的样子？

尽管饥饿难忍，胖妞还是在浮冰上产下个幼崽，比猫还小，没多久就夭折了，那头公海豹把它吃掉了，连毛都没剩。

胖妞与公海豹厮打着，一直厮打到消失在范老桅的视野。

接下来的几个冬天，满海无冰，潮水没日没夜，却又有气无力地推着海岸。

渔船没必要例行每年一次的上坞了，整个冬天，渔人们都在海里忙，忙出了渤海，忙到了黄海，甚至忙入了公海。

没有海冰的冬天，范老桅坐立不安，他盼寒冷的天气，眼睛都盼蓝了，盼得快到了立春，还没盼来强冷的寒流袭入。范老桅绝望了，他清楚地知道，没有海冰的冬季，胖妞也就没有了“产房”。把幼崽产到海水里，当即就会溺死。

范老桅搬家了，从陆地搬到了渤海中最大的岛子——觉华岛。他在岛子的最南端，买下一座低矮的网铺，作为了此余生的家。胖妞的洄游离陆地越来越远了，住在岛上可以少跑许多冤枉路，也可省下许多柴油钱。

网铺里，没有多少网具，一面土炕，倒显出了宽敞。他的渔船，才二十五马，没有远航能力，网具置备多了，反倒浪费，索性就不备了，几片破网，修补修补，照样能用。好在岛子的四周，船稀网少，不似大陆的岸边，几近无鱼可捞。

这次出潮，范老桅没有带网，他不是去打鱼，而是找胖妞。没有冰的冬天，海流子变得捉摸不定，就连海精灵范老桅，也没法判断哪个流子会有冷水梭鱼。不带网具，就意味着不能捕鱼，不过，他依然给胖妞带来了好吃的，那就是用螃蟹笼子诱捕上来的赤甲红。

这种螃蟹藏在海底的礁石丛中，鬼精得很，它总能机智地躲过天敌，也会躲开人类的天罗地网，即使误入网中，也会慢慢地嗑开网线，逃之夭夭。范老桅却熟知赤甲红的弱点，那就是贪吃，尤其是变腐了的食物。哪怕是在冬眠，带有腐香的羊骨头，依然能把它们诱惑得梦游，稀里糊涂地爬入螃蟹笼子，有去无回。他买来一些卖剩下的羊骨头，拴进螃蟹笼子里，丢进赤甲红的巢穴旁，让它们自投罗网。

捕不到满足胖妞食欲的鱼了，只能让她咀嚼坚硬的赤甲红。

渔船在大海里漂浮不定地游弋，范老桅在大海中寻找礁石，寻找一块远离海岸、类似海冰的礁石。海里虽说不缺礁石，可哪儿有刚刚露出水面，却又光滑如冰的礁石？更何况潮涨潮落，礁石不可能像海冰那样，随潮起伏。

范老桅意识到了自己的愚蠢，他驾船返岸，寻找来两只巨轮汽车的内胎，扛来一块光滑的大理石板，把理石板绑在充足了气体的内胎上，拖在船尾，驶入大海。

渔船在胖妞迁徙的海域，一圈一圈地转下去，足足转了小半天，始终没有见到胖妞的身影，难道说失去了海冰，胖妞没有洄游进辽东湾？范老桅开足了马力，向大海的深处迎过去，急切得如同迎娶新娘子。

晚霞又开始燃烧，看不见岸的大海里，红得鲜亮的霞光从西天蔓延开去，烧遍四周的天际，像是把范老桅装进了幽蓝色的火炉。霞光褪尽时，天就要黑了，海天就会陷入一片混沌中，范老桅无望地掉转船头，准备返航。

奇迹就在这一刻突然发生，胖妞的头从海里探出来，一直追逐至船舷，发出了一阵尖锐的叫声。

范老桅大喜过望，他以为，这个早春，不会见到她了。鱼篓里的赤甲红在他心里憋一天了，见到胖妞，他不吐不快，一只接一只地将蟹子丢进胖妞的嘴。

胖妞真是饿极了，几乎是生吞活剥地咽下，也不怕螃蟹在她肚里闹腾。

吃饱了，喝足了，胖妞也该到给她铺设的产床上生幼崽了，可她刚往那块光洁的理石板上爬，便闹了个倒栽葱，内胎和理石板示威一般，高高地翘起，狠狠地扣了过去。胖妞吓了一跳，以为碰到了什么不祥的东西，不再对范老桅制造的产床感兴趣。

上哪儿去给胖妞找产床？范老桅陷入了沉思中，他想到了阎山岛，那里离大岛较远，没有人烟，既僻静，又安全。可是，那里聚集着成群的海鹰海雕和海鸥，哪一类都不是善茬子。尤其是海雕，尖锐的利爪，连一只小绵羊都不肯放过，怎能放过一只海豹的幼崽？

这些，并不是范老桅最担心的，再凶猛的飞禽，也比不过人类呀，若是让人们发现胖妞母子，眼睛肯定放出绿光，那便是万劫不复了。

胖妞凄凉地尖叫，是在不断地提醒范老桅，她游了很久，也很累了，需要一个休息的地方。

没有别的办法，范老桅带着胖妞，奔到了阎山岛，找到一块平滑的岩石，权当是块浮冰，引导着胖妞爬上了去。好在有夜的掩护，好在范老桅也是个出色的守护神，他会不遗余力地赶跑所有觊觎小海豹的海鸟。

那块平滑的礁石，让胖妞欢喜极了，快活地翻来滚去，不时地抬起双鳍，拍打礁石，用巨大而双富有节奏的啪啪声吸引范老桅，让范老桅陪她玩。

范老桅掐算过日期，这本该是胖妞产崽的日子，该是怕羞和躲避，不该这么活泼好动。他抚摸着胖妞的头，对她说，千里万里回一趟家，歇着吧，躺下来，安静地生下你的孩子。

胖妞没有一点儿歇息的意图，她伸展出有力的鳍，搂孩子一样，将范老桅揽了过去，欢喜地用胡子蹭范老桅的脸，撒娇地用嘴唇拱范老桅的下巴。

范老桅没心情陪胖妞玩，在大海里游荡了这么久，他早就饿了，得回网铺吃几口。再者说，要下崽的胖妞，胃口将会是个无底洞，他必须返回大岛，取回钻进螃蟹笼子里的货色，供养胖妞。胖妞的鳍像长了钩子，抓住范老桅不松手，眼睛里流露出一种缠绵。范老桅读懂了，胖妞舍不得他走，哪怕是离开一刻。可范老桅却不能不走，没有食物，欢乐也是暂时的。

从大岛上带回赤甲红，胖妞没有着急吃，反将赤甲红故意拱到海水里，在海水里游戏它，直到把赤甲红弄得丢盔卸甲，才不急不忙地将它吃掉。

这副模样，哪儿有将要下崽的忧虑与恐慌啊。范老桅这才把眼光盯在胖妞的肚皮下，发现她的阴门虽然红肿，却没有打开，显而易见，她还在发情中。难怪她打破海豹不在陆地生崽的铁律，无所畏惧地跟船上岛，原来她一路迁徙，居然没有遇到公海豹，怎会有怀孕的可能？她与范老桅如此这般，是把他当成了公海豹，所有的渴望，所有的激情，都赐予了范老桅。

弄明白了胖妞柔媚多情的原因，范老桅便安抚她的肚子，按摩她深藏的乳头。她便舒服地仰面朝天，无羞无耻地敞开自己的一切，人类的各种文明掩饰，在她身上一文不值。

那段日子，是范老桅一生中最快活的日子，胖妞圆圆的眼睛，始终瞄着范老桅。范老桅沉默地静坐，她就安静地伏在面前。范老桅在岸边奔走，她就鸭子般跟随身后。范老桅困倦了，她就笨拙地爬过来，伸出鳍拥住范老桅，用身子暖他。范老桅佯装生气，她就像犯了错误的小狗，垂下头。范老桅高兴时，她便兴奋地尖叫，一个粗壮一个尖细的和声在小岛的上空久久回旋。

范老桅感叹道，除了不会说话，胖妞和女人有多大的差别？

日出日落，不知不觉间，春风搅乱了大海，搅热了海水，胖妞受不了了，必须返回，回到属于她的寒冷水域，过属于她的生活。

范老桅挥挥手，含着泪，向胖妞道别。他知道，胖妞不属于他，也不属于阎山岛，她属于大海，属于自由。

## 下 篇

范老桅没想到，他会成为岛上人的眼中钉，所有的目光都聚过来，紧盯他的网铺。

觉华岛被命名了，命名为北方佛岛，还配给了五脏俱全的开发区。原本夏季才会人潮如涌，现在，早春二月，客人们纷纷登岛，观览风景，烧香拜佛，喝酒行令，品尝海鲜，满岛缭绕着蒸煮烹煎炖烤熏烧的腥鲜。

赤甲红渲染到了每一个餐桌。

尽管范老桅不是岛上人，同是渔民，又常在同一海域打鱼，谁不知道他是海精灵？于是，人们纷纷挤到范老桅的网铺，与他在海里争抢下螃蟹笼子的地方。

范老桅最讨厌与人纠纷，惹不起，那就躲。他索性卖掉了渔船和网铺，换成了摇橹的小瓢岔子，把一生的积蓄都交了出来，承包了连阎王爷都不敢待的阎山岛。

这是属于范老桅自己的秘密，他是在给胖妞固守着最后的家园。

这是名副其实的荒岛，不过是两个足球场那么大，没有淡水，没有屋舍，也没有柴烧。范老桅选择一个朝阳的山崖，用大岛上废弃的船板，钉出了一个简易的屋子。岛上毒蛇遍布，除了冬天，被人们称为野鸡脖子的毒蛇钻到地下蛰伏，他每一天的生活都在提心吊胆中，好在他学会了抽烟，抽那种辛辣的老青烟，才让无孔不入的毒蛇退避三舍。

每隔两三天，范老桅都会摇上大橹，到大岛上去，用螃蟹或海螺换取他生活必需的柴米油和酱醋烟，还有时令的蔬菜与水果。

没人再和范老桅争抢地盘，再渴望海物，也不会过野人的生活，再恋钱贪财，也不愿意与阎王为伍。

范老桅被岛上人视为异类。

然而，阎山岛并非是鱼蟹们的天堂，收获没有范老桅预想得那样丰硕。这里山崖直切入海，缓滩极少，风大浪高，海流湍急，行船艰险，哪怕三丈深的海底，动荡的海水依然让海物难以扎根。除了能抓牢海底的螺蟹，能钻入海沙的蛏蛤，普通的鱼虾早就知难而退了。海物躲在这里，唯一的优长，就是从容地避开人类的捕捞。

现在，范老桅来了，施展着一身的本事，下网拦截，抛笼诱捕，或者鱼一样潜入海底，捉螺拿蟹，结束了海物们动荡中的安稳生活。

范老桅虽然很努力，捕获却不很多，但急流中生存的海物，肉实体满，鲜美异常，他总能卖上好价钱。

晚秋的时候，范老桅选择了一个狭长的小湾子，用一层层网将小湾子与大海隔开。这时节，正是赤甲红藏膏孕子之时，贪吃得很，恨不得把海底吃光。范老桅便大展身手，赤甲红纷纷落入罗网，他一次又一次地将诱捕进螃蟹笼子里的赤甲红，倒进湾子里。

这么多赤甲红，范老桅怕它们饿瘦了，不再肥美，凿开海蛎子，一筐接一筐地扔进小湾子，喂它们，直到它们冬眠。他知道，不拼命地捕获，积攒一秋的蟹子，将无法喂饱怀揣幼崽的胖妞。

冬天不可阻挡地来了，温暖的海水又一次阻挡了海水的凝结。大海蓝得寂寞。

胖妞如期而至。

然而，胖妞的肚子却是瘪瘪的，她一点儿也不贪恋范老桅给她打磨得光滑的产床，更没有露出讨好的样子，乞求他手里的食物。她六神无主地在岸边游来游去，焦躁不安地跳到岸上，又滚回到大海里。

显然，胖妞又没有怀孕。凭着对斑海豹的熟悉，范老桅清楚地知道，发情的母海豹，交配与产仔率是百发百中。胖妞又一次空着肚子洄游，依然是千里万里洄游，没有遇到一只公海豹。年年遇不到公海豹，不再是偶然，而是一种必然了。他听说过，渔人用上了一种类似母海豹发情的机器，公海豹们被声音勾引去了，变成了一副副海狗肾，去滋补无所作为的男人们，在床上毫无意义地鼓起勇气，愉悦身体。当然，公海豹庞大的身躯，也是丰厚的资源，会被人们巧为利用，厚厚的脂肪，熬成一桶桶香味儿扑鼻的油，送给收购商，成了酒店里的上等色拉油，去饲养城市里的人们。

胖妞就是胖妞，她不懂得掩饰，也不懂得遮羞，不断地向范老桅显现红肿的阴门。

那段日子，是范老桅一生中最忧郁的日子、最痛苦的日子，他酷爱的大海怎么了？与他相伴为生的渔人们怎么了？大海让他这个海精灵陌生了，害怕了，无论他怎么品尝，大海的滋味儿，都是自己腥咸的眼泪。他不知道，没有鱼的生活，会不会比死还要痛苦？

范老桅站在阎山岛的山巅上，他突然看不清大岛上本来就流淌着的车流与人流了，他看到的是人们头顶上三尺的地方，随风飘逝的轻烟，还有飘荡着海鲜气味儿的炊烟。他身上的骨头嘎嘎地响着，两条腿也迈不开了，并在一起，胳膊也是一天天地缩短，手上莫明其妙地长了蹼。

范老桅贪吃了起来，他的牙也变得尖利无比，鱼篓里的那些赤甲红被他脆生生地嚼下，咽到肚里。他发福了，肚子胀得圆鼓鼓的，浑身燥热得穿不得衣服。他觉得，自己的模样也在变，那双小眼睛也变得圆溜溜的。范老桅开始讨厌人的气味儿，连自己的体味儿都烦，跳到海里不停地洗，直至感觉到自己是一条鱼。

这时，他才明白，他已经不是一个人了，原来的范老桅没了，他现在变成了一只海豹，一只年轻的雄海豹。

一片片油污从遥远的渤海湾漂来，那片浮油是由一粒粒油珠铺天盖地联结在一起，每一粒油珠里都躺着一个死魂灵。死魂灵听懂了漂浮的魂灵，渐渐地泛滥出一片赤潮，红得比红霞还要刺眼。

箭一般穿行了很久，终于穿过了浮油与赤潮，胖妞欢愉地在范老桅身旁钻来钻去，他决定追随胖妞远行，永远永远地不再回来。

# 第 八 天

## 第一天

吴印光牵着小牛犊般的大狼狗，钻进矿洞。

坑口方方地镶在山崖下，横竖加在一起不超过四米，像打哈欠的老虎嘴。走进去，洞里的岩石犬牙交错，黑黢黢的像是被老虎吞掉。外面的阳光被洞口挤压成铜钱的小孔，可怜地泄进了那么一点点，除了两道小铁轨隐隐地闪着亮，光明在洞里格外吝啬。

现在，还无须矿灯，吴印光睁大眼睛，迈着碎步，小心地行走在并不宽绰的巷道。可他知道，再走个百八十米，矿洞就会豁然开朗，开阔得超过北京的奥运鸟巢。这座矿叫钼矿，钼是地球上稀有的金属，银亮黏稠而又滑润，加入钢铁中，又坚又硬又软又韧，被称作“钢铁味素”。吴印光对不懂的人解释钼时，拍着他的大狼狗，一副自豪的样子，好像狗就是他生活中的味素。

矿洞里，大狼狗东闻闻西嗅嗅，忠实地为主人搜寻一切。

自从有了这只纯种的德国黑背大狼狗，吴印光再也不需要贴身保镖了，保镖出手太黑，万一打死了人，是要偿命的，狗就不同了，哪条法律规定狗咬死了人犯法？虽说吴印光谁也不怕，可他也不希望闹出人命，开矿的忌讳血光之灾，可是，总有人惦着他睡在银行里的几千万，没有狼狗随身防范，不定哪天当了哪个无名鼠辈的肉票。

当然，大狼狗除了会保护主人，还懂得追查偷钼精的贼。你想想，一吨的钼精矿最高价能卖到二十六七万，一饭盒能装十多公斤，一个矿工一天偷走一饭盒，至少能买个冰箱。若是矿工们天天蚂蚁搬家，把矿石上的钼精抠出去带走，他这个矿老板一天得丢掉多少钱啊。大狼狗的本事就是用鼻子把这些嗅出来，让矿工想偷矿也无处可藏。

吴印光把这座矿承包到手的时候，矿基本上快要挖空了，只剩下个别的掌子头，还有些品位不很高、矿层又特薄的余脉。他之所以敢花大价钱把残矿弄到手，看中的不是那点儿余矿，而是那十来根顶天立地的大矿柱。

矿柱是从前的富矿区留下来做支撑的，每根矿柱起码有六七十米高，直径至少有五六米。富矿采空了，矿柱就留下来，擎着上面的山体。当然，矿柱的本身也是富矿，富得不比采走的差。遗憾的是，吴印光和矿区签承包合同的时候，矿柱已经成了啃剩下的骨头，没有啥油水了，上一任承包者早已将每根矿柱一分为四。

上一任承包者，比妖精还精，比发明炸药的诺贝尔还聪明，不知用啥法子，给矿柱打了十字花，定点爆破，像锯木头一样，愣是把一大根矿柱破成了四小根，让别人无法再打矿柱的主意。可是，除了矿柱，这个矿已经废了，吴印光敢承包，那就是坦率地告诉别人，以后谁也别耍小聪明了，他干脆把矿柱彻底吃光。

头上的矿灯亮了好一段路，吴印光的眼前不再有犬牙交错的岩石，矿灯的光柱照射出去，像照在黑洞洞的宇宙，无边无际，矿灯除了照脚下的路，没有了别的用处。现在，吴印光已经站在了那个采空区，他对采空区熟悉得像自己的手掌，哪怕给他架直升机，也敢横冲直撞地飞，因为中间没有了矿柱子，空旷得自由自在。

远远地传来哗啦啦的声音，那是矿工们在二级提装矿石，卷扬机牵着矿车顺着小铁道，把矿石运到矿外。用不了多久，矿里就要清空了，用不着矿管办督促，他就会自动闭坑。吴印光之所以老狗一样啃着骨头，因为矿柱的底端出了道精矿余脉，虽然很窄，窄得只有米把长寸把宽。可是，在废矿中出现精矿，已是奇迹。他要紧锣密鼓地把它采光，即便闭了坑，也不留啥遗憾了。

轰隆隆的爆炸声骤然而起，吴印光知道，这大概是最后的爆破了，精矿的尾巴已经很浅了，马上就会连根拔起，不会再给他积累财富了。令他感到奇怪的是，这次爆破咋会响得那么久？他还不知道，爆炸在采空区形成了共鸣，声音经久不息地回荡，爆炸之后的震颤仿佛是颠簸的列车，持续而有节律，不仅无法衰落，而且越来越强。

吴印光正在纳闷，大狼狗狂吠几声，咬着他的衣襟，扯着他向一旁跑去，一直跑进一个荒弃了的掌子头。没等他脚步落稳，地动山摇的晃动就追随而来，四面八方的挤压声一同灌进他的耳朵，比爆炸还要沉闷，还要震人心房。

矿顶上的石头被晃酥了，冰雹一样往下落，大地在一瞬间倾覆了，吴印光像坐在小船上被风浪掀翻，无法站立。他猛然诞生出了一种绝望，完了，整座矿山落盘了，他马上就成了矿洞里的人肉馅。

## 第二天

吴印光太幸运了，幸运得令人难以置信，整座矿山都塌下来了，他却毫发未损。尽管他被落盘卷起的尘土呛得几乎窒息，可现在毕竟尘埃落定了。这得感谢他的大狼狗，大狼狗敏锐地感觉到了大难的来临，扯他到掌子头躲过了一劫。落盘过后，他吓蒙了，蒙得不想醒来，他害怕摸到血肉模糊的自己，更害怕生命逃逸出他的身体。

不知过了多久，手机的铃声唤醒了他，他掐了下自己的腿，感觉到了疼痛，也看到了矿灯照射下犬牙交错的岩石，这才相信自己大难未死。电话是老婆打来的，老婆告诉他，咱家的矿出事了，整座山都塌了，二十几个矿工埋在了里边，你快想办法呀。吴印光告诉老婆，他也埋在矿里了，赶快找人救他。老婆答应了他，没过几分钟又给他拨过电话，骂着他，净说狗屁鬼话，谁不知道矿洞里没有信号，能接手机，只能证明你在外面呢，怕承担责任，也不能撒这样的谎。

吴印光怎么和老婆解释，老婆都不信。他自己也弄不清楚，矿洞里怎么突然有了信号，反正有信号总归是件好事，他不会与世隔绝了。他忽然觉得电话是那样地亲，比孪生兄弟还要亲，这就是他的生命线哪，既然老婆不相信，他就向社会求救，他开始给 110 打电话，给 120 打电话，给 119 打电话，给 114 打电话，反正能记住的求救电话他都打，直到最后，手机突然断电关机，才傻了眼，他忽略了手机的电量是有限的，不知不觉间，他把同外界唯一的联络消耗光了。

与手机的电池一起消耗光电力的还有他头上的矿灯。

在那一瞬间，吴印光诞生出一种莫名的恐惧，他觉得自己好像跌进了宇宙的深渊，无止无休、无依无靠地跌下去。他的心狂乱地跳着，四处摸索着大狼狗，像是在摸救命的稻草。可是，大狼狗好像有意躲着他，无论他怎样摸，都无法触及。

吴印光开始喊，狗东西，你在哪儿？

声音到处碰壁，一遍又一遍地回旋，回旋出吴印光完全陌生的咆哮，像是来自另一个世界的鬼哭狼嚎，让人毛骨悚然。他立刻闭上了嘴，心里骂着，这个狗东西，怎么丢下我不管不顾了。

吴印光的恐惧终止在两个亮点上。不知过了一个世纪还是一个千年，在漫长而又焦虑的等待中，两个亮点像两轮太阳，把他从恐惧的深渊中捞出。那两个亮点来自大狼狗的眼睛，他爬了过去，先是感觉到了狗嘴里的热气，接下来就感觉到了狗毛的温暖，他搂住了狗的脖子，像搂到了天上的一颗救星，泪也从眼里流出。

大狼狗安详地趴着，不管吴印光如何激动，如何亲昵地和狗贴脸，狗依旧无动于衷，顶多是伸出舌头，舔一下他的手。

吴印光渐渐地平静下来，狗壮英雄胆啊，他顺着狗眼睛反射出来的亮点向上望去，突然发现了一块巴掌大的蓝天，尽管那块天很遥远，可毕竟见到天日了，他不再有蹲在阴曹地府的感觉了，眼睛也依稀地看到黑黢黢的岩石了。他仔细地观察着那块天，渐渐地发现那个有限的天里，还横着个什么东西，一个木杆子似的东西，杆子的顶部有一团乱糟糟的东西。他若有所思地瞅着，觉得那团东西那么熟悉，想了好一会儿，他终于想起来了，那是矿山顶上一根电线杆子上的喜鹊巢。

有了这个标志性的物件，吴印光看到了获救的希望，只要上面抛下来根百八十米长的绳子，他和大狼狗就可以被吊上去，一块儿出去了。他习惯地拿起手机，想把这个消息告诉外面，可是开机的画面刚刚显示，手机又关机了，重新再开启，连一点儿反应都没有。他很沮丧，后悔了昨天的慌乱，打了那么多没用的电话，现在这一个有用的电话，想打都打不出去了。

不管咋样，头顶有了天，有了天有了人间，吴印光冲着巴掌大的天喊了起来，回音再一次嘈杂地响起，那些魑魅魍魉死灰复燃，从地狱中释放出来一般，鬼哭狼嚎地蔓延，似乎要掐断那方蓝天。他太害怕这种声音了，吓得闭上嘴，拍着大狼狗的脑门，鼓励着大狼狗叫。镇里有许多狗都是大狼狗的儿子，狗的耳朵灵，鼻子尖，肯定能听到，会带人来到那片蓝天前，丢下救命的绳子。虽说他急得昏头涨脑，可他并不糊涂，他完全判断得出，那方小小的蓝天可以宽松地把他提出去。

可是，不管吴印光怎样鼓励，大狼狗总是无动于衷地趴着，好像它没被困在矿洞里，只是忠心地守在主人身旁。狗再通人性，也是畜生，他不再做无用的努力了，有那片天在，获救是早晚的事情。

一想到获救之后的事情，吴印光心里一哆嗦，二十几个矿工都在空旷的采空区，没遮没挡，又没有能预知危险的大狼狗，肯定都成了肉酱。还有，从出事到现在，他没听到丝毫求救声或呻吟声，肯定没命了，这些条人命的赔偿，庞大的搜救费用支出，还有各种罚款，各种制裁，他那几千万一划拉，就没了。

破财这是肯定的，灾也是免不过去的，所有的部门都在择清责任，不会给他留下任何讨价还价的空间，那些费尽心机赚下的钱，会纸片一样飞扬出去。他看过怎样处理别人的矿山事故，没有一个手下留情的，毕竟是人命关天的大事。现在，轮到自己了，经验告诉他，唯一的办法是死猪不怕开水烫。反正就是这样了，那些矿工被压得那样深，神仙来了，也是活不见人死不见尸，干脆矢口否认有人下矿井，等事情过去了，再私下里多给那些矿工抚恤，这样有几百万就够了。他担心的是，老婆没经过事，昨天的电话里已经说走了嘴，现在想忠告她，已经来不及了。

退一步，他还有办法能给自己留下个千八百万，这得需要老婆的配合。现在，他已经过不了平常人那种日子了，即使不再一掷千金了，也得有小康生活的钱。老婆手里有几百万用假身份证存的钱，密码也只有她知道，这笔钱是不久前存下的，以防不测，可不测这么快就来了，他担心老婆扛不住来自四面八方的压力，把这笔钱供出去，他必须早一点儿出去，防患于未然，否则，今后的生活他可就真的生不如死了。

至于小嫚手里那几百万，他不准备往回要了，给出去的钱那是泼出去的水，何况人家才芳龄二十，比自己闺女还小，不能让人家白跟了你这么久。想当初，他把天仙一样的小嫚弄到手时，老婆就掀翻了醋坛子，追着他屁股和他打架，恐怕全世界不知道他养了小姘。他真想和老婆离了算了，可是，小嫚呢，像蛇一样抚摩他的全身，小舌头尖舔得他痒痒的，做一回就当一回神仙，完事后还劝他千万别做傻事，丑妻近地家中宝啊，千万别离婚。比起给情人小嫚的钱，老婆手里的钱才真正是钱啊，多得能累死两个小偷。

吴印光在这一天无数次地尝试，想爬到上面去，可一次又一次地失败了，崖壁太陡，根本不容他攀爬。大狼狗眼里的亮点跟踪着他的身影，好像嘲笑他，咋折腾也没用，狗都爬不上去，能轮到你了？安静地等着吧。他真想狠揍一顿大狼狗，可他的力气消耗得太多，揍不动了。

这一天，山体震颤了好几次，虽然听不到放炮的声音，他知道，那是救援的人正在努力打通矿洞。

## 第三天

那片蓝天又露出来的时候，吴印光屙了困在矿洞里的第二泡屎。让他无法容忍的是，懒洋洋的大狼狗突然跳起，只消两大口又把屎吃了。因为吃屎，大狼狗小的时候，没少挨他的打，到底把这种劣习打过来了，见了屎绕着走。当然，代价是猪肺子、血脖肉，还有羊蹄子，没有这些穷人都吃不起的东西，他的大狼狗不可能长得这么高，这么猛，这么凶。

真是印证了那句老话，是狗改不了吃屎。吴印光刚要捡起一块矿石，大狼狗一溜烟地跑进巷道的深处，那两道亮点也看不见了。他无奈地笑了下，不再生大狼狗的气了，这里是特殊的场合，可以容忍，等到出去，他必须教训一番，让它记住，它有高贵的血统，是警犬的后代，享受着副连级的待遇，身份比矿工们还要高，让一泡屎诱惑坏了，太不值得了。

这么想着，吴印光忽然觉得自己也饿了，饿得有些受不了，可矿洞里空空如也，啥吃的也没有，他只能舔着自己的嘴唇。这么一舔不要紧，他觉得嘴唇裂了，裂得直出血，嘴里的唾沫也是干的，干得没法润湿嘴唇。干渴在不断地督促他喝水，喝水。不吃东西，他还能承受，一身的肥肉，禁得住消耗，可不喝水，怎么受得了？昨天折腾得太多了，流了许多汗，他现在急需补充水分。

趁着上面还有蓝天，趁着他的眼睛适应了黑暗，他开始在矿洞里寻找水源，哪怕岩壁上有一点点潮湿，也能让他找到希望。可是，他的希望之旅却是以失望告终。

他躲进来的这个掌子头，只有短短的几十米，追不到矿脉，就放弃了。

按理说，这个层面上的矿，正是含水层，不水流成灾就不错了，错就错在前些年采得太狠了，狠得下游河水的源头都变了，变成从坑口流出，愣是把含水层抽干了。这还不罢休，所有的矿主都在往下掘进，直到海平面下二百多米。矿工挖矿时，不大口大口地吃止疼片，会把脑袋疼炸了。

在这里再找水源，不亚于上了火星了。

吴印光后悔刚出事时的草率，白白扔掉了自己的尿，那时候，如果把尿浇在他头上的安全帽里，他现在还不至于渴得嗓子冒烟。那个狗东西舔自己尿喝的时候，他还在骂，现在，他想喝都没有了。

狗东西，你他妈的比我有心眼啊，喝我的尿，吃我的屎，别忘了，我是你的主人，没有我，你他妈的还能成天吃香喝辣的，比平常的人还高出一等？现在，我有难处了，你应该俯首帖耳，不遗余力。这么想着，吴印光把安全帽放在了狗的裆部，乞求大狼狗赶快撒泡尿，润润他的嘴唇，还有他的嗓子。

大狼狗还算听话，在久久的期盼中，终于淋下尿来，虽说不很多，足可以淹没他的舌头尖，足可以润湿他的嘴唇与喉咙。吴印光舍不得喝，他的嗅觉已经迟钝了，几乎可以忽略狗尿的骚味儿。他现在视狗尿为玉液琼浆，为生命之源，不到承受不了，绝不多饮一下。

大狼狗眼里那两点亮光也掉在了安全帽里，不过，它很知趣，不敢与主人相争。

这一天，没有感觉到放炮的震颤，他经历过好多次矿难，虽然那些都是很小的落盘，道理却是相通的，炸出了那么多毛石，需要清理干净才能往下进尺。他真是憎恨那些救援的人，笨得出奇，攀到上面，往下喊几嗓子就可以了，何必毫无目标地开山凿岩，他真恨自己当初的手足无措，迫不及待地把手机的电用光了。

## 第四天

已经连续三天失眠，吴印光不可能像狗东西那样，没心没肺、老老实实地趴着，他睡不着啊，思前想后，他不甘心就这样困在里面，他有许许多多事情没有处理，许许多多的恩怨没有了断，他担心财产被人算计了，担心老婆扛不住出卖了他，担心情人小嫚跟了别的男人，担心会计趁机贪污他的钱财，担心坑口外的设备被人偷了，担心有人冒充遭难家属讹人，担心矿山的竞争对手落井下石，可这些担心，必须他出去之后才能解决。

他绞尽脑汁想着各种办法，沿着岩石到处摸索能够钻出去的洞，钻得都头破血流了，却一无所获，岩石将他所有的欲望都死死地挡住了，想出去，那就变成蜘蛛侠、超人或者是变形金刚吧。他不过是个肉体凡胎，把脑袋想碎了，也想不出翅膀。你想一想，狗的鼻子眼睛还有耳朵，哪一样不比人强？大狼狗这样安静，只能说明他所有的想法都是不切实际的空想。除了等待，没有任何办法。

吴印光突然明白，自己犯了多么致命的错误，做了那么多无谓的挣扎，其实是在浪费生命，孙悟空压在石头底下还得等唐僧救呢，何况凡夫俗子的他？想要得救，必须要多活，多活一天，多一分救出去的希望，摆在面前的现状是没有食物又没有水，禁不起折腾。终于想明白了的吴印光强迫着自己睡觉，睡着了，没有渴，没有饿，没有痛苦，又能减少消耗。于是，他在浑浑噩噩中睡着了。

不知睡了多久，醒来时，那方巴掌大的蓝天已经发暗，他惊悸地伸出手，急切地触摸到了安全帽，搂在怀里，用舌头舔一下，那汪浅浅的狗尿还在，心便安然下来。狗东西还算有良心，没有趁主人睡着时算计他。

醒来后的饥饿感，潮水般涌来，他已经四天没吃东西了，饿得肢乏体软，口也渴得着了火。他饮了口狗尿，暂时灭掉了嘴里的火，可肚子里肠胃的叫声越来越愤怒，对食物的需求越来越强烈，强烈得刻不容缓。

吴印光的喉结滚动起来，他的嘴里已经没有多少唾沫可咽了，他想起来红军长征的故事，这里没有草根，也没有树皮，可他身上有皮裤带，而且是鳄鱼皮的。在这与世隔绝的地方，裤带已经没有了意义，有谁去看他那点儿隐私，有意义的事情是活着。他解下裤带，摸出那把护身用的匕首。匕首很锋利，他无需用更多的力气，就把裤带切得比面条还要细，放进嘴里，用牙齿细细地磨。

鳄鱼皮太坚韧了，坚韧得无论牙齿怎样咬，都无法磨碎，他只能囫囵吞枣地咽下去。

狗尿和皮带让他的肚子有所安慰，临睡前，安全帽里空了，皮带也没了，好在困意袭来得很快，梦境把他带到了矿洞之外的自由世界。

打通山体的炮又震颤起来，而且震颤得很强烈，甚至还能隐隐地听到声音，他知道离打透的距离不很远了，获救的希望越来越逼近，所以，他睡得还算踏实。

## 第五天

吴印光是被噩梦惊醒的，他梦见遇难者的家属。他们都来了，好几百人，他们把他架在干柴上，点燃了熊熊烈火，要活活地烤死他。醒来时，他感到浑身冰冷，伸出手，一下子抱住了大狼狗。大狼狗没有啥反应，依然如故地蜷着身体，他感觉到了狗毛的柔软，也感觉到了狗的体温，梦中的惊惧便被狗吸走了，被黑暗吞没了。

火烧火燎的干渴一阵猛过一阵地袭来，水已经成了天大的问题，吴印光拿着安全帽，又一次塞到大狼狗的裆下，乞求大狼狗再撒出一泡尿，哪怕只是一点点。大狼狗没有任何反应，依旧懒洋洋地蜷着，两个闪着亮点的眼睛无奈地闭上。

大狼狗也是渴得无尿可撒了。他气愤地打了下大狼狗的脑门，大狼狗爬起来，换了个地方，又蜷成一团。

吴印光欲哭无泪，号称亿万富翁的他，现在是叫天天不应叫地地不灵啊。肚里的胃又一次和他闹起了意见，这一次不是因为饿，而是因为疼，昨天吃下去的皮带硬得无法消化，他被酒精烧出炎症的胃怎能受得了？他疼得捂着肚子，冷汗也沁出来。这也是他最害怕的事情，本来就没有水，身体咋就这么不做主，还出汗呢？

他憎恨起了那群狐朋狗友，成天狗一样跟着他，图的就是剩骨头那么一点点好处，天天把他恭维到酒店，喝得个烂醉如泥，称他为中国钼业的老大，只要他一跺脚，全世界的钼矿山都得颤。现在，他困在里面跺了无数次脚，却听不到一丝救援的回音，更谈不上有人送进几料止疼的药了。

还是他的大狼狗最好，最忠于他，把最后一泡尿留给了他。

沿着巷道的岩壁，吴印光向里边摸去，他要摸到大狼狗，他现在一刻也离不开大狼狗了，大狼狗是他生命的依靠。终于摸到了大狼狗，大狼狗没有躲，任他抚摸。

他从来没有像现在这样，对潮气万分敏感，他感觉到了狗嘴的潮润，他伸出舌头，舔着狗嘴，居然舔到了狗的涎水。他把那丝涎水咽下去，居然感觉到胃不再那样疼了，狗的涎水好像是天然良药。

这一天，他无数次地把嘴唇伸向大狼狗的舌头，用狗的舌头抹自己干裂的嘴唇，直至把狗的舌头抹得干涩了。大狼狗忠心耿耿地忍受着，它的喉咙和主人的喉咙一起滚动，显然它也干渴难耐。直至吴印光将它松开，它才蔫蔫地往更深的巷道里走。

吴印光感到大狼狗变得让他无法认识了，平日里异常暴躁，除了被他牵着，始终奔跑着的大狼狗，从矿山落盘那刻起，安静得像是裹着狗皮的标本，动都懒得动一下，甚至都不尝试从那块巴掌大的蓝天逃出去。

自打发现了那方蓝天，他没间断地鼓励大狼狗，跳到上面，钻出去，把营救的人引来。可它只是用眼光打量，从来没有像他那样努力过，或许它知道那是徒劳无益，更也许是舍不得离开主人。这一点，他始终不肯原谅大狼狗，怎么就不去试一试呢？

其实，吴印光也感觉得出，尽管他舍不得大狼狗，可大狼狗总是和他保持着一定的距离。这大概是天性吧，它喜欢距离。这一刻，他又摸不到大狼狗了，他知道大狼狗在更深的巷道里，便摸索着追了过去。就这么屁股大的一块地方，大狼狗无论如何也躲不开他的追索。就在他抱到大狼狗那一刻，忽然感到一阵阵的凉意。他从来没有像现在这样敏感，他感觉到了那是块很潮的岩壁。把嘴凑贴到岩壁上呼吸，他觉得火烧火燎的嘴唇和嗓子凉快了许多。

今天，他听到了铁钎子撞击岩石的声音，那声音离他不很远了，否则，不可能听得那样清晰，间或还有凿岩机的声音传来。他捡起一块矿石，拼命地砸向岩壁，开始时对面没有任何反应，铁钎子声依然接连不断。他又砸了几次岩壁，终于听到铁钎子的声音停了，停得满世界一片安静。他便使出最后的力气，向岩壁甩出最后一块矿石。暂短的停歇之后，铁钎子声骤然而起，雨点般敲在岩壁上，他知道，对面听到了他的反应，紧锣密鼓地朝他而来。

吴印光的嘴角第一次流露出微笑，便疲惫地倒下了。

## 第六天

饥饿和干渴让吴印光只有昏迷没有了睡眠，他的心脏跳得很厉害，他觉得自己轻得像片纸。

头顶上那方天又一次蓝了，大喇叭声从上面灌下来，指挥着第一组做什么，第二组做什么，吴印光数了数，大概有十几个抢险组，估计得有好几百人正在救他。他急得受不了了，他多想自己也有个大喇叭，告诉人们，别再寻找那些没用的坑口了，快往上面爬，塌下来的山顶上裂开了一道缝，快下来救我呀。

可是，人的嗓子和狗的嗓子加在一起有多大的能量？更何况他已经疲惫不堪了。

铁钎子的声音越来越弱了，他知道，那不是救援在减弱，而是他的听力在下降，耳鸣像一张巨大的网，罩在他的脑袋上，他只能通过身体感知救援队与他的距离了。

现在，他的眼睛里不再有那方蓝天，眼睛里晃动的都是外面的世界，老婆没完没了地在他眼前指责他，小嫚呢，不时地推开他的老婆，送给他如水般的温柔，女儿无奈而又凄婉地看着他。无数条巷道骤然打开，万丈光芒照射进来，那些和他争矿的矿主，一个接一个地跳进他的眼帘，他端着冲锋枪，一个一个地和他们血战。子弹穿过他的身体像穿过空气一样，他却把对手一个一个地打死，打得尸体一踩就烂成泥。

他高喊着矿区里流行的一句话，见着太阳的地方归政府管，见不着太阳的地方归我管，谁不怕死谁就是王，我是中国的钼王，我要拥有几千个亿，让比尔·盖茨给我提鞋。

等到黑暗重新回到吴印光眼睛里时，他突然明白，刚才的一切都是幻觉，是他从前真实的想法或者是真实发生过的事情，他迫在眉睫的事情是解决难以承受的饥渴。

金花在他眼前不断地飞溅着，大狼狗两眼中的亮点也汇集在这些金花里。他努力地排除掉幻觉，摸到了大狼狗的屁股，挥起匕首扎了下去。大狼狗的身体颤抖了一下，居然没有叫，也没有反抗，只是把他手里的刀抖掉在了地上。他知道，他没有力气把刀扎得更深。

他的嘴伸向了刀口，一口接一口地吸着狗身上流出来的血。他知道，狗身上的血也耗得差不多了，不会汩汩地流，可这毕竟也是营养啊，这是下策中的下策，谁让他是狗的主人来的？狗再厉害，也得誓死忠于主人。

也许是用力过猛，也许是狗身上实在流不出太多的血，吴印光又一次昏厥了。

## 第七天

恐怖的第七天终于到了，吴印光早就知道，人的极限是七天。也就是说，今天是他的大限，今天他不获救，就会没命了，这几天在里面想好的几条天衣无缝的对策将毫无用处，因为那些对策的前提都是他必须出去。

今天，那块巴掌大的天不知咋就那么蓝，蓝得透透亮亮，还有大狼狗的两只眼睛，也是那样亮亮晶晶，铁钎子声叮叮咚咚清清楚楚地传过来，还有那一股股凉风也钻了进来。可是他知道，哪怕那边和这边手挨着手了，铁钎子也得撬上个一天半响的。他有心喊，炸开吧，我能躲开，可他的嗓子已经喊不出声了。

活下来的唯一希望，就是那条大狼狗了，他的手又一次触摸到了匕首的把柄，不管他多么舍不得，必须杀死它，才能救活自己。大狼狗让他养得这么肥，生吃了它，起码能让自己多活十天半个月。

吴印光握着刀，一步一步向大狼狗爬去。大狼狗却一步一步地退却，间歇时，还用舌头舔着屁股上的伤口。他的心跳成了一团，每吸入一口气都是那么累，他没有能力爬到狗的身边了，也没有能力张嘴把狗唤来，他用手指头冲着狗勾着，示意大狼狗，别忘了，我是你的主人，你要听我的命令。大狼狗低眉顺眼地趴下来，它没有忘记主人，更没忘记主人手里的刀。

他的眼前开始金花四溅，眼睛想睁都睁不动，看来他真的没有本事把刀插进大狼狗的脖子，痛快地饮一顿狗血了。他觉得自己的身体轻飘飘地浮起来，像是浮到了云雾缭绕的天宫，他的大狼狗转眼间变成了哮天犬，而他自己呢，成了长着三只眼的杨二郎。他高声对着玉帝喊，我不当那个狗屁的二郎神，我要当财神爷，天下的每一个人，哪怕是花一分钱，也得是我赐予的！

吴印光再次从幻觉中回来时，那道巴掌大的蓝天终于消失了，所有的光明也随之全部消失。他知道，自己完了。在他时断时续的意识里，看到闺女在给他披麻戴孝，看到老婆和小嫚打成了一锅粥，还有那些实实在在的钱，转眼间就成了漫天飞舞的冥钞。

他又看到了自己寒酸的葬礼，人们好像是在悼念他，可所有人关心的事情，与他都没有任何关系，他的骨灰还不如沙子，没有人过问。

只有大狼狗忠实地站在他的墓前。

刮风了，风吹干了大狼狗的眼泪，吹光了大狼狗的毛，吹净了大狼狗身上的肉，吹倒了大狼狗雪白的骨架。

没人给他上坟，他的墓成了荒冢。

## 第八天

救援队握着的生命探测仪，反应越来越强烈，他们终于撬开最后一块岩石，彻底地将里面通开，救护人员急忙冲进巷道。

现场却让他们大吃一惊，探测仪的反应，根本不是来自人体，而是大狼狗。他们不分昼夜地进尺，救的是一条狗，而人却成了毫无营救意义的尸体。奇怪的是，凶悍的大狼狗泥塑一样，直直地蹲在尸体旁，没有惊慌没有恐惧没有愤怒更没有感恩。

吴印光死了，死得很彻底，哪怕是一千年之后的科技，也无法将他复活。他的肚子被掏了个大洞，心肝肺全被大狼狗吃了。那把锋利的匕首还握在他的右手，成了十足的摆设。

法医对尸体做了一番检测，种种证据表明，吴印光是死后被大狼狗吃掉的，而且是死了好一阵子，身体僵硬了之后，狼狗才敢下嘴，因为伤口没有血痕。还有，狼狗屁股上的伤痕，留下了鲜明的牙痕，还提取到了吴印光的唾液，起码证明了在被困的几天里，死者曾吸过狗的血，还不包括肠胃中残留的皮带碎屑。令法医费解的是，吴印光的各种生理指标根本没有达到极限，再加上那么多的脂肪积累，再熬个两三天也不是问题，退一步说，也能比受了伤的大狼狗活得久，怎么会轻易地死了呢？

带着这个疑问，法医问了很多专家，包括心理学家。

# 月亮也是亮

冬日的太阳总是这样，很懒，很蔫，也很遥远，吝啬地守着温暖。觊觎了很久的寒流，乘虚而入，狂傲地搜刮着辽西走廊。

陈大能蜷着身子，蹲在窗下，褪着袖子，向太阳乞求温暖。本来，他不应该这样寒酸，身子一转，钻进他的农资商店就可以了。可今年不行，屋里没生火，比外面冷。

不是陈大能烧不起煤，是老婆不让烧，立了几次铁炉子，都被老婆拆了。煤贵到一千多块一吨，他那个大筒子屋，一冬得烧掉五六吨煤，够小民小户活一年了。正是猫冬时节，没有人急着备耕，商店几乎空着，村里村外的闲人把这里当茶馆，围着铁炉子，嘬茶喝水，吹牛胡侃，以为店里的煤是天上的太阳，不花钱，咋用都行。

老婆赶来，看着呼呼作响的大铁炉子，眼睛突然像烧红了的炉盖子。她拎过一桶水，霹雳般一声吆喝，一桶水全泼到了炉子上。大铁炉子炸裂了，裂得七零八落，红红的炭火撒了一地，呛人的青烟随之而起。人群立刻像遭遇了炸弹，四散而走，他们知道，大铁炉子不会回来了。

从此，陈大能被震成了孤家寡人，像普通庄户人一样，蹲起了墙根。不过，他毕竟不是普通的庄户人，他买了十几个大树墩子，塞在一户人家的柴火垛里，等到天冷到三九，他会把树墩子拿出来，在外面烧，到时候，他就会像那堆火一样，被大伙围着。

商店是从前供销社的尖顶子房，很高也很壮，寒风碰了壁，从房脊上跳过去，越过晒太阳的陈大能，摔到商店前边的路上，变得更加疯狂，卷起团团黄尘，呼啸而去。路上，顶风而上的行人，谁也蹬不动自行车了，弓腰驼背，艰难地推车行走。风冷酷得六亲不认，就连乡里的唐秘书也不能例外，撩起他的棉大衣，鼓起他的后背，推车的姿态像个大虾米，身子哆嗦成了脑血栓。

没被寒风打扰的陈大能，饶有兴致地看吹得东倒西歪的行人。

唐秘书看到了陈大能，像红军奔到了井冈山，满脸的欢颜。他丢下自行车，奔了过去，挤在陈大能身旁，呵着冻僵的手，急切地说，有喜事告诉你。

陈大能说，金融风暴比他妈的寒流还要猛，我连炉子都烧不起了，有个屁好事。

唐秘书卖起了关子，高低让陈大能舍出一盒烟，起码让脸暖和暖和，才肯告诉。

陈大能懒得把手从袖里拿出来，就让唐秘书到柜台里拿。唐秘书也不客气，拿了最贵的玉溪。唐秘书点燃了烟，顺手塞进陈大能嘴里一根，替他点燃了。陈大能吐出一口烟，说，年根快到了，又该让我捐款了，说吧，这回是啥先进？

唐秘书神秘地把嘴凑到陈大能的耳朵边，不是评先进，是选乡长，秦书记找了一大圈，没找到合适的人，忽然想到你了，让你当一把副乡长的差额，这不是喜事吗？

陈大能的表情木木的，眼睛瞅着太阳，好像唐秘书的话是耳旁风，等到把眼睛瞅晕了，他张开大嘴，把眼睛一闭，接二连三地打起了喷嚏，随后，一转身，钻进了冰窖一样的商店。唐秘书想追进商店里，陈大能突然把门插死，宁愿挨冻也不出来。

唐秘书大声问，你是啥意思，这么好的事，别人做梦都得不到，你咋这个态度？

陈大能隔着窗子喊，我不是他妈的一盘菜，谁在锅里涮一下都行，滚吧，滚吧，要要，要别人去。

唐秘书说，这事秦书记定死了，怕挨涮也不行，除非你把他脖颈扳过来。

陈大能沉默了一会儿，突然打开门，嬉笑着对唐秘书说，问问你妈，你们家选爹不？

唐秘书愣了，想回敬一句，陈大能啪的一声，把门关死。唐秘书没了辙，只好哭丧着脸回乡里复命，好在回去的路是顺风，遮住了唐秘书的狼狈。

乡政府混在村子里，一个大院，两幢平房，又横七竖八地搭了几个临时建筑，若不是门口一红一黑地挂着乡党委和政府的两块牌子，以为是个大杂院呢，还不及陈大能买下的供销社有气势。不过，屋里的设施却比陈大能好得多，起码有暖气，尽管烧得不很热，秦书记办公时也无须披大衣。

披大衣进来的是唐秘书，唐秘书的哭丧脸被寒风冻住了，秦书记办公室里再暖和，也没化开他脸上的冰霜。唐秘书说，他不同意，还骂了我。

秦书记愣了下，万万没有想到陈大能会不同意，他焦急地踱起了步，嘴里嘀咕着，他不同意，他居然不同意，他充其量不过是有几个臭钱的农民，让他做差额，是给他扬名呢，真不识抬举。秦书记突然停住步子，问唐秘书，你没告诉他，这是我的意思吗？

唐秘书的脸忽然化冻了，用乞求的眼神瞅秦书记，说了也没用，我看他是铁了心，要不就换个人吧，拿我当差额也行，我不怕丢脸。

秦书记盯着唐秘书，盯了好一会儿，突然冷笑一下，可是我怕丢脸。

唐秘书说，我向天发誓，保证选不上。

秦书记拍拍唐秘书的肩膀，别着急，副乡长算个啥，我的位置早晚也是你的。

辽西走廊的冬天，更像孩子的脸，昨天还是寒风凛冽，今天就是风息日暖了。

乡政府的院子一片大乱，村里的妇联、乡里的妇联，还有村委会的主任、乡里的计划生育助理被一个泼妇闹得束手无策。有人喊着，快去找陈乡长。

陈乡长叫陈墨，是陈大能的侄儿，全乡有史以来学习最好的人，大学刚毕业就成了省委组织部的选调生，派到了家乡当副乡长。戴着小眼镜的陈墨急急忙忙地走出办公室，脸上的权威随着他的脚步，不知不觉地溜走了。他躲开泼妇的眼神，文绉绉地让大家按照乡里的计生政策办。乡里的计生政策是土政策，超生就强硬送进乡卫生院做人流。陈墨没有指定谁负责往卫生院送，大家大眼瞪小眼，谁也没有伸手。

计生助理明知故问，乡里的规定是啥？逼得陈墨只好说出强制做人流。计生助理要的就是这话，你泼妇要恨就恨陈乡长吧，招呼着大家动手。

泼妇生了三个闺女，盼儿子眼睛都盼蓝了，好不容易又怀上了，做 B 超检查时，被人发现举报了，才弄进了乡政府。她一看小乡长要让她断子绝孙，捡起院里的一根木棍就拼命，吓得陈乡长立刻躲在人群后面。

好在院里人多，没能让泼妇把木棍抡起来，计生助理见指望不上陈乡长，又脱不掉第一责任人的干系，就冲锋在前，把木棍抢了下来。

泼妇没了武器，又不甘心被送到手术台，不顾寒风凛冽，三下五除二地脱光衣服，扬言不让她生下孩子，就冻死在乡政府。

陈墨副乡长才二十三岁，还是个小处男呢，哪见过这阵势，吓得撒腿就跑了。

这时候的陈大能，早就到乡政府了，只是陈墨过于紧张，没发现叔叔。侄儿的掉头就跑，大出陈大能的意外，也让他大失所望。

陈大能突然跳到人群的前面，大声嚷嚷着，谁有避孕套，赶快给我，百年难得一遇的便宜事，这时不占啥时占。

计划生育助理说，陈经理，你是开玩笑吧？

陈大能一脸的严肃，这是啥地方？是乡政府，是最基层的国家机关，是说一不二的地方，谁敢开玩笑？

计生助理的办公室堆满了避孕套，给陈大能拿来一大盒子。陈大能从里面抽出一只，用嘴吹鼓，检查一番没有漏气的地方，便开始脱上衣，脱出个赤条条的上身。接下来，他又解开裤带，拿着避孕套，煞有其事地在裤子里鼓捣一会儿，嘴里还嘀咕着，老子是嫌你埋汰，否则才不费这个事呢。说完，腾出双手，上前就抱。

泼妇见陈大能比她还不知羞耻，还要和她来真的，抱起衣服，一溜烟地钻进了女厕所。

其实，秦书记隔着窗玻璃把这一切看得真切，他对陈乡长的胆怯感到惋惜，乡长是干啥的？有学问有水平是一方面，还得有对付刁民泼妇流氓地痞的坏主意、损办法，要不政府就成面条了，吃“伟哥”都治不好。对陈大能的无耻，秦书记只是一笑了之，他知道，陈大能肯来，这个丢脸的差额就推不掉了。

陈大能进了秦书记的办公室，第一句话不是寒暄，也不是愤怒，而是骂了一句，真腐败，骂得秦书记莫名其妙。在这个穷得兔子都不拉屎的小破乡当书记，吃只全羊就算奢侈了，若不是这两年取消了乡镇财税大包干，上级直接拨工资了，乡里还不得穷死，院子早就成荒草甸子了，有啥腐败的资本？

顺着陈大能的手指，秦书记恍然大悟，所说的腐败，指的是屋里取着暖还添加一个电暖器。

一个小玩笑让气氛像屋里一样温暖，秦书记对陈大能的气也就没了，两个人立刻恢复到了从前亲兄弟的样子。秦书记也是打开天窗说亮话，他说，县里准备调他到富裕一点儿的乡镇，主持完乡政府的换届就走，保住陈墨副乡长的位子，是组织部门给他下达的政治任务，必须完成，陈墨太年轻，又不会笼络代表，实在担心被选下去，没敢像往届那样，拿乡政府的机关干部做差额，思来想去，只有你这个当叔叔的最恰当，对谁都有个交代。

陈大能沉吟好久，才说，青蛙唱大戏，癞蛤蟆往里挤，我又不是国家干部，一个臭农民，瞎掺和啥，他们都人五人六光溜水滑地当选了，干吗非得让我当驴屁眼儿挤出来的屎蛋子，太丢人，以后让我咋见人？干脆等额选举算了。

秦书记说，等额选举还算个屁民主，刚才你也看到了，你侄儿只配坐大机关，在底下冲锋陷阵他不行，能不能当选，还悬着呢，你要是不怕对不起你侄儿，不想让我挪个好地方，我只好让唐秘书做差额了。

陈大能忙站起来说，别。

秦书记笑了，拍着陈大能的肩膀说，这才叫哥们儿呢，等选完了，我用工资请你吃全羊，我调到哪儿，你的种子化肥还有农药就卖到哪儿。

陈大能愁眉苦脸地走出秦书记的办公室，还在院子里喊了好几嗓子，谁选我，谁王八犊子。

陈大能心甘情愿当屎蛋子的事，传得比风还快。陈大能还没到家，满街筒子的人都知道了。看着村里人嬉笑着捂嘴，陈大能早就明白了，一路喊着，我是为我侄儿，一直喊到了家门口。

老婆早就气得鼓鼓的了，准备好了一盆洗猪肠子的水，陈大能刚一推开家门，那盆水就泼在了他的脚下。老婆骂他，滚吧，当你的屎蛋子去吧。

陈大能当然不会屎蛋子一样滚出去，这个辉煌的门楼和温暖的家是他一手缔造出来的，论滚，也得是老婆滚。陈大能伸手就给老婆一个嘴巴，他已经伤自尊了，决不允许老婆再伤他的自尊。

那天晚上，嫂子给了陈大能充足的面子，扛来半个猪屁股，实墩墩地撂在地上，以侄儿的名义，早早地给陈大能送过年的礼物来了，她说你侄儿脸皮薄，舍不出面子亲自来。老婆当时就接句话，那是当官有架子了。陈大能斥责了句老婆，一边去。老婆没走，还在一旁听声。嫂子说，你们爷儿俩捆在一起还不是一个人嘛，嫂子孤儿寡母的，家里也没啥，陈墨是我的孩子也是你的孩子，你要是不供他上大学，他不还得回庄稼地，将来你侄儿当了多大官，也忘不了叔叔。

虽然嫂子没说一句嘱咐的话，陈大能也清楚得很，还不是怕你不愿意当那个屎蛋子。

老婆对嫂子母子俩这么多年一直花他们家的钱耿耿于怀，对陈大能刚才赐予她的嘴巴心有不甘，揶揄着嫂子，我说这天咋不黑呢，原来太阳从西边出来了。

陈大能骂了句，闭上你的狗嘴，这是我们老陈家的事。

嫂子走了，陈大能却失眠了，眼睛盯在中央四套节目上，就是合不上，要不是为了侄儿，他才不干这丢脸的事呢。就在困意袭上来的时候，电视里美国当选总统奥巴马的名字没完没了地灌进他的耳朵，逼得他睁开了眼睛。看着电视的屏幕，那张生动的黑脸没完没了地在他眼前晃动。突然，一个想法闪电般击彻他的全身，困意顿然全消，他想，美国都可以让黑人当总统，为啥咱农民就不可以当乡长，况且还是个副的。

这个想法一闪即逝，陈大能狠狠地掐灭了自己的欲望。因为傻子都知道，让他做差额，是秃脑袋上的虱子，也是秦书记的聪明所在，只要他欲望一燃烧，侄儿的命运就夭折了，虎毒还不食子呢，何况你陈大能在全乡还是有头有脸的人呢。

没有了睡意的陈大能捅着老婆，让老婆也看一看奥巴马这个黑小子有多大气魄，让竞争的对手当国务卿，任命的全是白人。

老婆心烦地裹紧被子，转过身去，皱着眉头说，行了，陈乡长。

陈大能笑了，尽管老婆是嘲弄他，听起来也挺舒服，看来谁的骨子里都有一股当官的瘾，只是因为他是农民，有想法就可笑了。

憋闷了好几天，眼看就要到选举的日子了，陈大能依然不愿意出门，怕乡邻们拿屎蛋子取笑他，所有的外界联络，全靠电话。最终是“选调生”这个词把他逼出了家门，他始终没琢磨明白，这个词是啥意思。于是，他去了乡里，问秦书记。秦书记掰饽饽说馅地解释了好一阵，他才明白，原来这批人是省里的后备干部，是省委组织部从高校里挑出来，派到基层锻炼来的，不是乡里的人，却占着乡政府领导的指数，就像从前的下乡青年，不是乡下人，却吃着乡下的粮食，说不定哪一天，腿一拔，就回省里了。

秦书记解释得很准确，神情也是一副怡然自得，好像选举已经结束，将来你侄儿当上了管官的官，千万别忘了他的那份功劳，末了，还一个劲儿地表扬陈大能顾大体识大局，连屋子都不肯出，甘愿被老百姓奚落。

陈大能表面上嘻嘻哈哈，心里却掀起了滔天巨澜，他对秦书记的话极为反感，四十八个乡人大代表，凭啥让他一个人光屁股拉磨——转圈丢人？凭啥认为他在全乡混得没有人缘，肯定落选？凭啥断定我不会为荣誉而战？农民咋了，农民就不是人了？就应该让所有的人都骑在脑瓜顶上？

如果秦书记哄他几句，如果秦书记说几句抱歉的话，陈大能有可能把欲望压制住，可是秦书记却完全忽略了他的感受，反倒以陈家恩人的姿态出现在他面前，实在让他不舒服。反正他从秦书记那里探到底了，反正侄儿是省里的，归省里培养，当不上副乡长，省里就得拿回去，谁还记得在乡下落选的事；再者说了，省里有点儿级别的，就不比县长差，在穷乡僻壤里苦熬个啥，没准儿上得更快呢。

主意一定，陈大能便要破釜沉舟了。

回到家，陈大能的第一件事就是向老婆要存折，要那三十万的存折，他要把三十万都撒出去，撒得一文不剩，不信买不来超过半数的人心。老婆怔了下，突然猛醒过来，欣喜若狂地像个小牛犊，一蹦老高，没完没了地亲陈大能的脖子，她夸奖丈夫，这才像个男人，像条汉子。随后，旋风般直奔厨房，她要拿出看家本事，犒劳丈夫。

陈大能靠在沙发上，眼睛定在电视上，眼神却飞出了屋子，飞遍了全乡。他在脑海里过滤着每一个代表，盘算着他们的欲望，他们的软肋，他们的隐私，以及他们的死穴。他要像打游戏过难关一样，快速小心而又果断地把他们拿下。

老婆把炒菜的勺声当成了算盘珠子，噼里啪啦地拨拉着，丈夫当上了副乡长，就是国家的公务员了，一直到死，都是国家管，不算其他的收入，光工资每月就两千多，用不了十年八年，这些钱都回来了，十年丈夫才五十多岁，按老陈家的平均寿命，起码能活八十岁，你再能做买卖，能做到八十岁吗？我的天爷呀，这可真是天大的好事，说啥也不能错过去。

尽管盘算好了，陈大能还是按兵不动，动早了，走漏了风声，就彻底毁了，白白浪费老天爷赐给他的机会。直至选举的前一天晚上，陈大能突然出击，趁着夜色，一家一家地走。他最先选择的是各村的支部书记，动员的话只有一句，乡长轮流做，下届到你家，你就攒足钱吧。说完，把钱往人家怀里一塞就走人。

当然，也有像陈大能这样，不是村支书也不是镇干部的代表，他除了塞钱，还按事先想好了的策略，承诺了人家最想要的东西，比如答应人家承包山林，砍伐树木，批给房场，答应工程，甚至还承诺不让人家断子绝孙，只要肯投票，什么他都答应，反正兑现是当选后的事情。实在不肯答应，他还有撒手锏，谁也不是完人，那点儿越格的事都是把柄，不怕闹翻天，那就试试吧。

乡里的代表，又不是国家的代表，商量的是国计民生，谁当乡长，跟他们能有多大的关系，反正陈大能把钱送到了家门口，还是他们陈家自残骨肉，管他呢，有钱花就是好事，谁家不愿意欢欢喜喜过个年。于是，他们答应得格外爽快，甚至愿意乡长年年选。

一圈走下来，钱袋子就空了，剩下的十多个代表都是捧铁饭碗的乡干部，对于他们来说，上边的话比钱好使，花钱反倒是坏事，万一漏了风声，让秦书记知道了，就全毁了，反正那些票也不是他的票，他一分钱也不花，一张票也不拉，反正票已经够数了，能宽绰地当选就行。

回家的路上，陈大能心里美滋滋的，他知道，离梦想只有一步之遥了，从明天起，他就脱胎换骨了，不再是农民。

第二天选举的时候，陈大能没事人一样，坐在最偏僻的角落。直到秦书记硬把他拉到前排，他还一个劲儿地说，我一个当陪衬的，坐啥前边，寒碜，寒碜。有的村支书心领神会地坏笑，他对人家使眼色，意思别弄漏了。

这样下来，陈大能就有资格和乡党委成员坐在一排了，挨着他的是党委成员的最后一名——唐秘书。不知唐秘书对不让自己做差额有意见，还是想让陈大能下不来台，或者有意讨好陈大能，他在陈大能的名字上面画了个圈，还故意给陈大能看。

陈大能小声地骂了句，你这个王八犊子，让我出丑啊。心里却很美，这一票没花着钱。避开唐秘书的视线，陈大能只给自己画了个圈。

票收了上去，秦书记正襟危坐在主席台上，他的左边是县委组织部的干部股股长，右边是乡党委的副书记。秦书记满面春风，等待着毫无悬念的结果。公布完选举结果，乡政府的换届就圆满结束了，他操了几个月的心也就画上了句号，只等着调到富裕的乡镇，再向副县长的位置冲锋了。

可是，选票的统计却慢得出奇，一共才四十八张选票，再笨的人也该数完了。焦急的等待中，监票人出来了，趴在秦书记的耳朵旁说了些什么，秦书记刚才还红润的脸一下子就白了，白得瘆人，好像突然得了病。三个人随着监票人匆匆走出，一时间，主席台上只剩下了桌子。

陈大能立刻明白了，结果正朝着他努力的方向发展，他的心止不住地怦怦乱跳，却故意低垂着眼睛，努力地让自己若无其事。其实，很多人也明白发生了什么，只是装糊涂，反倒故作姿态地议论，到底咋的了，几个数都数不好？

陈墨被突然出现的异常弄蒙了，最初时，他还没反应过来是咋回事，以为乡干部的素质真差，连票都不会统计。后来他突然发现，许多双眼睛避开他，故意谈论些与开会无关的话，便突然醒悟了，问题出在了自己的身上。他的眼里突然涌出了水汪汪的东西，眼光无助地四处寻找着。他在找着秦书记，秦书记带着他到县委组织部，当着市委组织部领导的面信誓旦旦，拿自己的职务做担保，确保陈墨高票当选。

可是，陈墨的眼光被墙阻断了，他抓不到秦书记宽厚的肩膀，像飘荡在天空一样，没着没落地一直往深渊里坠，看不到任何救命绳索。他只好低下头，除了像他的名字一样沉默，没有任何选择，他无论如何也想不到，自己这个重点大学的高才生会栽在才小学毕业的叔叔手里，而且是亲如父亲的叔叔。

满会场虽然乱得像飞满了苍蝇，可人们的眼角却只有个闪烁其词的聚焦点，那就是同样低着头的陈家叔侄。

没过多久，陈大能被乡里的副书记喊了出去，那样子像是喊犯人。

找陈大能谈话的是秦书记，陪同的是县委组织部的股长，县里相信秦书记不会选砸，把组织部的部长们派到别的乡镇去了。秦书记万万没有想到，会有这样出乎意料的结局，他本想拿叔叔做差额，就万无一失了，可聪明反被聪明误，陈大能偏偏弄来了三十二票，想不让人家当副乡长也不行了。

在后面讨论怎么办的时候，副书记建议，干脆把陈大能的得票数念成陈墨的，谁让陈大能搞小动作来的。秦书记坚决反对，那是违反《选举法》，弄不好，咱们都得坐牢。股长建议立刻打电话向部里汇报，秦书记问，能改变结果吗？股长摇头。大家的眼睛都看着秦书记，等他拿主意。秦书记想了想，出了这么大的差错，想跳出穷乡僻壤已经是不可能了，与其这样，倒不如送个顺水人情，好歹陈大能是个干将，乡痞流氓他能镇住，乡里纠葛他能按住，让你省下不少心，还交了个讲义气的朋友，怎么也不会像他侄儿那样，两家争一个墙头都掰扯不明白，非得党委书记亲自出面。

尽管主意已定，秦书记依然暴跳如雷，骂陈大能如同骂孙子，骂得陈大能头都抬不起来，他畅快淋漓地骂着，从今以后，没人叫你屎蛋子了，因为你不是屎蛋子，你侄儿才是屎蛋子，真正的屎蛋子，大家也不会取笑你了，更不会和你亲亲热热地闹着玩了，因为你比屎蛋子还臭，臭不可闻。

骂到最后，秦书记骂累了，才说，既然大家选你了，我也不能强奸民意，这副乡长就你当吧，今后你就有事做了，用下半辈工夫洗身子，洗净你的臭味儿，你下去吧，准备准备，说说你将来要咋干。

一行人终于回到了座位，陈大能也坐在了自己的位置。坐在主席台上的秦书记，神情凝重地宣读选举结果，那样子像是念悼词。

不过，陈大能的演讲可不像悼词，慷慨激昂，农业产业化咋搞，工业产品怎样抓，社会治安怎么弄，农民外出务工往哪儿送，说得个头头是道。末了，还赢得了稀稀落落的掌声。

选举刚结束，嫂子就知道了结果，她无论如何也不肯接受这个事实，半个猪屁股都给了孩子他叔，他叔居然做得这样绝，孩子刚刚起步，就给下了这么狠的绊子，摔得爬都爬不起来。

陈大能回到家，迎接他的不是老婆的拥抱，也不是乡邻的祝贺，而是满地的玻璃碎片，嫂子把他的家砸得个狼狈不堪，若不是气得抽了过去，被人们送进医院，陈大能免不了会遍体鳞伤。

嫂子休养了几天，缓过劲儿来了，陈墨却倒下了，躺在炕上，滴水不进。嫂子决定，不再和小叔子纠缠，到处收集贿选的证据，高低要告倒没良心的陈大能，还儿子一个公道。她甚至调查清楚了，小叔子哪天哪时取了三十万，她要让上级追问出三十万的去处。

县里的人大，市里的人大，甚至省里的人大，都派人调查来了，可谁肯承认受贿呢，承认了，人大代表丢了，钱还得上交，弄不好还得被抓进去，更何况陈大能许诺了乡长轮流坐呢，今后谁往咱乡里派干部，都不好使，我们是这个乡的主人，就像美国，想选谁就选谁，谁都有机会弄个副乡长干干。

嫂子告了一圈状，白告了，得出的结论是陈大能有本事，能承担起全乡的重任，陈大能懂经营，能带我们共同致富。嫂子除了到小叔子的家，又砸了一次可砸的坛坛罐罐，再一次发泄一番，没有了任何办法。

陈大能老婆的脾气好得出奇，嫂子想砸啥，她就把啥东西递过去，只要嫂子能解气，甚至嫂子踢着她的屁股，骂她的屁股还不如猪屁股，她也不生气。直到嫂子砸累了，砸得气喘吁吁，陈大能的老婆才说，侄儿也没啥损失，还保留着副科级呢，回到省城，照样当大官，你这是何苦呢。

嫂子不知从哪里借来的力气，追得陈大能的老婆满院子跑。嫂子已经疯了，只要能解恨，没有她不敢做的。她甚至拿着火柴，要点陈大能的房子。

一直躲在柴房的陈大能不干了，他不是心疼房子，杀人放火是要下大狱的，嫂子因为烧了他的房子下了大狱，他就更对不起嫂子了，他扛起嫂子往乡卫生院跑，求医生帮忙，让嫂子安静了下来。

秦书记很够意思，给陈大能跑下了行政编，落实了公务员身份，还核定了工资。接下来的事情是党政两个班子分工，那些难事破事还有得罪人的事，自然都分给了陈大能。陈大能也不推辞，成天忙得车轮似的，全乡只看到他一个人干活儿。别人下棋喝酒打麻将，上网聊天睡大觉，只要班子形成决议，全让陈大能落实。

陈墨没有回省里，在乡里当了团委书记，省里说，落选了，就证明没干好，不具备领导才干，不允许回去。陈墨一下子崩溃了，患上了严重的抑郁症，几乎天天想自杀，幸亏乡里的派出所民警有经验，送到医院全天候地看守他，才使他度过了最危险的时期。不过，医生也警告过，这种病随时可能复发，千万不能刺激他。

陈大能看到侄儿成天失魂落魄的样子，鼻子一酸，他后悔了自己的冲动，嫂子的担心没有错，这孩子，没经历过风雨，承受不住打击，这辈子恐怕真的毁了。可是，一旦工作起来，他就不后悔了，他比侄儿出色一百倍，一千倍，他能在玩笑间，把最难缠的事情处理了，能把上边不切实际的命令，化解得十分得体，还有那些上访和群殴的事件，没等冒出来，他就给按住了。可是，他还要加上一百倍的努力，让自己更出色，别让人们瞧不起他，他必须走出贿选的阴影，尽管谁也不肯承认这回事。

其实，陈大能的苦楚，只有他自己最清楚，他这么拼命地工作，甚至没事找事地蹲在下面，就是不想回乡政府，他害怕侄儿那双忧郁的眼睛，他觉得侄儿清澈的眼窝里，藏着的是硫酸，早晚会把他烧得一丝不剩。他更怕侄儿被他的身影刺激得旧病复发，那样的话，他更对不起死去的哥哥了。他盼着下一届选举早点儿来，好把侄儿选上去。

秦书记使用起陈大能来一点儿也不心疼，有时还解恨地用，谁让他不知好歹地争来的，甚至直截了当地告诉他，你陈大能再也不是自己的陈大能了，而是全乡的陈大能，你没有白天了，只能踏着星星来，背着月亮走，累死了你也得干下去。

陈大能嘿嘿一笑，他说，这世界只有气死的，没有累死的。

有时，陈大能回家很晚了，晚得月亮都不愿意陪他了，可他还挺有精神，他回味着别人叫他陈乡长时的舒畅，回味制服了别人的愉悦，回味有求于他的人的卑微，浑身充满了幸福感。有时，他也想，难怪古时候，一个县就一个县令，就这么巴掌大的一个小乡，现在，啥税都免了，啥钱也不收了，乡政府能有多大的事？勤走几趟，谁家孩子出牙了，谁家放屁崩坏了裤子，谁家的老婆偷人养汉，谁家买了假种子，谁家发了笔小洋财，谁家被人坑了，谁家做买卖赔了，诸如此类，都瞒不了他。不就是个小破副乡长吗，有啥不好当的？

陈大能唯一不能面对的，只有他的侄儿陈墨。

# 我是谁

## 上篇

隔着窗玻璃，范龙飙满眼睛晃着老裴。

已经第四天了，老裴还不嫌累，褪着袖，守在铁合金厂的大门口，焦急地等候销售公司经理，求购钼铁。

早春的辽西，还残留在冬天。城市的上空，风卷黄尘，云携碎雪，混淆不清地飘荡。工厂大门旁的杨柳枝还未返青，抽在脸上的风，灌进颈里的雪，令人瑟瑟发抖。可老裴不嫌冷，也不嫌脏，孜孜不倦地守候着，不达目的，死不瞑目。

厂子是个大厂子，国有大型，大到了亚洲第一，来往的客户，动辄几个亿，基本上不做几百万的小生意。多半时间，销售公司经理和天津、徐州的客商泡在酒店和洗浴中心，脸捂得牛奶一样白，手养得葱芯一样嫩。老裴想在飘着硫黄、扬着尾矿灰、混着黄尘的厂门口堵到销售公司经理，需要借登天的梯子。

老裴没有想到，捏着钱买东西，会这么难。也难怪，钼像石头那么多，就不叫稀有金属了，既然稀有，自然奇货可居，加上店大欺客，一货难求实属正常。所以，厂里人一向很牛，即使厂里的门卫范龙飙，在那个叫老裴的民营企业家面前，都显出了优越感。哪怕老裴把他的眼睛晃花了，也懒得唤他进来，暖和暖和。

这个县长都称为裴总的人，在厂门口，堕落回了农民，连泊在一旁的越野吉普都不敢钻，虔诚地守在门口，恐怕一不留神，销售公司经理滑过他的视野。

范龙飙嘲笑着老裴，不怨是民营企业家，民间色彩太浓了，信息时代，想见谁还用等？手机电话邮箱QQ一大堆联络方式，在厂门口等人，简直是笨到了家。你瞧那些富豪们，成天海参鲍翅海鲜大餐，把销售公司经理供成了白胖胖的蜂皇，厂里炼出的心肝宝贝钼铁，都让他们垄断了。

你奢侈一把，花个几万块，请销售公司经理豪华一次，路子不就铺开了吗？范龙飙心里这样想着，却没有告诉老裴。

别看范龙飙是个小小的门卫，在厂里放屁都不响，可水涨船高，钼铁紧俏，门卫的身价也不一般了。厂长教训他，别他妈的作践自己，门卫就是厂子的形象，就当给国务院看大门了，见官大三级，你越牛逼，我当厂长的越有面子。

既然厂长愿意门卫摆谱，那就舞弄吧。趁着厂长酒后训人，范龙飙敲诈了一把厂长，把他的极品铁观音，还有那套紫砂壶、凤雕茶架，统统请到了门卫。他说，咱这厂子，看大门的都是茶博士，藏龙卧虎啊。厂长吃了亏，还特高兴，夸他，你小子，精啊。

从此，门卫范龙飙便有理由派头十足地煮水泡茶品茗，端着小茶壶，喝令厂门口的人来人往。

饮茶看门，虽是挺有面子，那是给外人看的，本质上的称谓并未改变，就是看门狗。范龙飙干得再出色，顶多是一条好狗。厂里搞采购、搞销售、搞生产的，谁不是一方诸侯？谁没吃独食的能耐？就连看炉子的工人，饭盒里夹块钼铁，卖个千八百块的，易如反掌，一个月犯一回规，就值了。只有他这个当狗的，天天闻肉香，吃不到嘴里，靠一千多块钱的工资过活，动不动因为给工人搜身，挨了打，还没处申冤，人家敢把钼铁夹带出来，就不怕你搜，就有人门外仗腰眼子呢。

这季节，老天就是猴脸，昨天还是风清朗，今天就是北风呼啸，雪花漫天。守在门外的老裴，没多久，就变成了老白。雪花一片接一片地落在他的脖颈，冻得他直打哆嗦。可是，他依然瞪大眼睛，守株待兔般紧盯每一辆开出的轿车。

早春的雪，很黏稠，落在脖颈就化了，落在身上就往衣服里渗，老裴终究是个血肉之躯，忍得住风雪，却忍不了融雪。不想遭罪，又能捉住销售公司经理的身影，只有躲进门卫室了。所以，老裴不得不求助范龙飙，塞进一盒软包中华烟，请求进来避避风寒，也请范龙飙多一双眼睛。

范龙飙推辞一下，没推掉，就不能把老裴推到外面了。再者说，恻隐之心，人皆有之，风雪交加的，老裴在外边也够可怜的。不管咋说，人家毕竟是裴总，只是到了大厂子才低人一头，若不是等米下锅，担心自己那个小厂子百十号人窝工，谁肯受这份窝囊气。

老裴被让进来了，还有幸陪范龙飙喝起了铁观音。茶过两壶，老裴忍不住了，跑回他的越野吉普，拿过来一盒滇红，用沸水酽好，边谈饮茶养生法，边喋喋不休地讲着不同茶的茶道。他说，这个季节，喝红茶暖胃。

范龙飙忽然间眼界大开，原来饮茶之道，有这么多学问。他与老裴之间那道不可逾越的鸿沟，被茶道悄悄地搭上了一条窄窄的桥，双方融洽地沟通在一起。甚至，他连想都没想，就答应了老裴，从中牵针引线，买到钼铁。

晚上回家，范龙飙刚刚树立起的自信，被老婆仅仅两个字就击溃了，穷鬼。

范龙飙管老婆叫貂蝉，老婆不是美女，却很爱美，叫貂蝉很受听。其实，在范龙飙的心里，早把老婆的名字改了，叫刁馋。婚前，他还觉得老婆还有点儿貂蝉的味道，真真假假中，给老婆叫出了这个绰号。

可是，儿子未满周岁，老婆和她变粗的体形一样，野蛮而又不可理喻了，总嫌家穷，总嫌钱少，总嫌日子过得苦，买条鱼都舍不得，还给自己变得粗俗找出了理由，生活逼的。

一次，销售公司经理多出了一吨货，赏赐给他两万块钱，算是封口费。晚上交给了老婆，老婆只欢喜了两天，第三天就变脸了，说多出一吨货才给你两万，你是傻呀，一吨钼铁，就是二十五六万，才给你两万，你还觉得捡了天大的漏儿，下回，不给十万，你就不放行。

没有了下一回，销售公司经理才不会傻到让抓住把柄不松手，两万块钱，不过是让厂里人人都变成贼，与人方便，与己方便而已。

难怪老婆骂他，结婚十年，儿子都上学了，还和爹妈挤在两室的房子里，虽说热闹，可天天舌头碰牙，家里打成一锅粥。老婆不是和爹妈打，就是和他打，好不容易把老婆哄消停了，老两口又闹别扭了，儿子又吵起来了。就这六十来平方米，一家五口人，走路都撞屁股，范龙飙经常是按住了葫芦起了瓢。

怪就怪没有自己的房子。这些年，他俩不断地攒钱买房子，攒够了十万，房子涨到十五万，攒到了十五万，房子涨到了二十万。他们狗撵气似的攒钱，却总也追不上房价，房子便一直在他们的梦里。

所以，幸福生活到了范龙飙的身上，不知要打了多少回折扣。他经常后悔，自己不能像别人那样，从厂里连偷带拿，也后悔自己太要面子，借钱买了房子，早把外债还清了。

现在，老婆面对着他父母，大声摆气地骂穷鬼，让他喝茶时良好的心态一下子烟消云散了。他“嘘”了一声，意思是别被爹妈听见。可老婆却变本加厉了，就是让两个老家伙听到，哪家爹妈不给儿子买房子，没本事就别娶媳妇，要不，就嘎嘣一下子都死了，给活人腾地方。

话越说越难听，范龙飙按不住媳妇，又不愿意爹妈受伤害，只好再一次撒谎，说给小舅子找到了份工作，工资比他还多，再闹，这事我就不管了。

这一招果然奏效，老婆立刻消停下来。弟弟是她的心病，她那个成事不足败事有余的弟弟，在哪儿打工，都超不过半个月，准被人家开除，快三十岁了，还靠她当姐的养着。不管怎么说，丈夫给她带来了好消息，心中的郁闷一下子消了一多半，急切地追问，到哪儿上班？

范龙飙顺嘴说出了老裴的工厂，便仰在床上，闭上了眼睛，佯装累了要睡，心里却在骂着自己，过得真是个狗日子。他甚至后悔了回家，哪怕留在门卫，和老裴一块儿谈茶论道，也比在家里受夹板气强。

第二天一早，范龙飙刚刚到班，老裴又来了。

不过，这一次老裴没守在门口，从吉普车跳下来，直截了当奔向门卫，追问范龙飙，钼铁买到没有？范龙飙这才拍了下脑门，他早把这件事情忘北边去了，又不好意思说出口，只好糊弄着老裴，没找到销售公司经理呢，晚上等我信儿。

老裴没再催促，只是与范龙飙相约，晚上小酌一番。范龙飙昂着高贵的头，用鼻子应下了。可是，一看到老裴钻进越野大吉普，气宇轩昂地开走了，他鼓起来的骄傲，就像泄了气的皮球，瘪得个皱皱巴巴。他心骂着自己，连人家的车轱辘都买不起，还装啥屁。

晚上，这个屁，范龙飙只好接着装下去。好在老裴求购钼铁的心情特别急切，小酌已经变了味儿，成了豪华宴，虽说只有两个人，却吃遍了人间精华，划卡的时候，够他半年的工资了，销售公司经理享受的，也不过是这般待遇吧。这么想着，他真的动心想帮助老裴了。

酒足饭饱，奢华却没有结束，老裴带着他去了灯红酒绿的歌厅，走进了一个梦幻般的世界。老裴吆喝着服务生，老子不差钱，把嗓音最好、长得最漂亮的小姐请出来，陪他们唱歌跳舞。

范龙飙心想，老板们真不是个东西，太败家了，一天的花销，够他们家花上一年的了，便一个劲儿地劝，太破费了，少花点儿。

老裴不以为然，说自己的收入哪一年不是数以百万，花钱交朋友，不算啥。

范龙飙怔住了，人家一年等于他一百年啊，他觉得自己活得真的猪狗不如了，他不图花钱如水，不图纸醉金迷，一辈子房宽屋暖、衣食无忧、妻娇儿贵便足矣。然而，这辈子，他只能看着别人这样活了。

歌女走进来了，陪他的女孩，美艳得让范龙飙的眼睛发呆。女孩一进来，就坐进了他的怀里，一口一个地叫着老公，小妹陪你快活到底。

怀里的小妹，娇嗔地告诉他，妹的名字也是力挫群芳啊，叫西施。

那一刻，范龙飙确实心花怒放了，他没有想到，自己这个穷酸样，古代的四大美女，他这一辈子占了俩。可惜的是，家里的貂蝉（刁馋），和怀里的西施，却是天壤之别呀。

歌厅里，长歌伴舞，推杯换盏，缠绵悱恻，玩得个痛快淋漓，子夜时分，余兴未消。西施吊在范龙飙的脖子上，不肯松手，高低让范哥哥像范蠡一样，带着她私奔。范龙飙只好哄着她，等我有了四五百万，一定把你金屋藏娇。

西施伸出小拇指和范龙飙拉钩。

一夜无话，第二天回到现实生活中，范龙飙忽然觉得，自己真实的生活太过真实了，真实得一点儿都不可靠，活着的每一步，都拴着绳索，四五百万，别说是在现实中，就算是在梦里，他也拎不动啊。

昨夜只当一场风花雪月的游戏。

盯了大半天，总算逮住了销售公司经理的影子。这一次，不是范龙飙特意找到的经理，而是经理来找他，低语着行个方便，咱家大老板的私活儿，别验了，不会亏待你的。

范龙飙沉吟好久，他不是想答应与不答应的问题，答应与不答应，都拦不住人家，和你商量，是看得起你。他在想另一个问题，既然连厂长都活在阴谋里，凭啥让我一个人烤在阳光下？就不许我捞他一大把？

范龙飙没有拒绝，更没有伸手要钱，却提出了个让销售公司经理大吃一惊的要求，每月批他二十吨钼铁，他要当商人。

经理告诫他，钼铁可不是那么好玩的，市场波动太大，别看现在紧俏，每吨卖个二十五六万不成问题，明年也许十五六万都不值了，货压在了手里，你就是倾家荡产也赔不起呀。这一点其实用不着经理提醒，他知道，这些年，价涨价落，栽在钼铁上的富商，那是一大堆呀。

范龙飙淡然一笑，这时候，他的主意早已经拿准了，便很平静地说，蛇有蛇道，鼠有鼠道，小鸡子不撒尿，也有他自己的道。他要按照自己的小九九走，不可能让销售公司经理看出自己的如意算盘，便执意让经理批了三张条子，每吨比出厂价便宜了五千块钱。

有了这三张条子，范龙飙就有了实施自己计划的资本，这一天，他都在兴奋中，并且把这种兴奋保持到了家里。虽然，家里和每天一样，打成了一锅粥，可粥再乱，也是一家人，好喝难喝，也都得喝下去。只不过他没有像每天那样愁眉不展，因为他离告别这样日子的时间不远了。

这一次，他没有像从前那样，哄着老婆，而是强硬地呵斥了老婆，因为小舅子已经被老裴安排进了厂子，而且，上班的第一天，就开满了当月的工资。老婆只是停顿了一下，又变本加厉地和老妈对骂着。老爹也参战了，怂恿着儿子，这样的老婆，必须拿拳头教育她。

范龙飙没有选择暴力，更没有偏向老婆，他觉得这样的草包人家，待得太没意思，就选择了逃跑，干脆离开了吵闹的家，奔向了那家灯红酒绿的歌厅。

他本想逃到这里躲避，用歌舞升平麻醉自己，却没有想到，西施给了他温暖如春的安慰。那个晚上，西施拒绝陪同任何客人，躲在一角，陪着他聊天，那种亲密无间的样子，和上一次的逢场作戏完全不同。他突然涌上一种冲动，把西施也带进自己的计划里。

西施说，跟你私奔，我可不是闹着玩的。

范龙飙一把搂过西施，没命地亲吻，之后便说，金屋藏娇，我也不是说着玩的。

裴总把钱打进范龙飙卡里的同时，二十吨钼铁就出库了。裴总是感激涕零，因为范龙飙每吨替他省下了一万块钱，二十吨，省下的就是二十万，这样的好朋友，打着灯笼都找不到。

范龙飙却不让裴总感谢他，他说，我在厂里的人缘好，听说我想倒腾钼铁，谁不给个面子，想报答我，就对我小舅子好一点儿吧，他不成器。裴总答应了下来，回去就给他小舅子发一万块奖金。

细算一下账，谁都会明白，二十吨钼铁，不算销售公司经理给的优惠价，范龙飙还赔进去了十万块呢。幸好这事没别人知道，否则，非得骂范龙飙脑袋进水了不可，怎么做赔钱的买卖。

范龙飙的玄机就藏在赔钱的里边。

自然，范龙飙没钱赔，钱是从老婆手里拿出来的，他跟老婆说，攒钱不如挣钱，咱也倒腾钼铁吧。老婆迟疑了好一会儿，他掰饽饽说馅地跟老婆讲道理，讲存钱就是傻瓜，十年前人人都羡慕的万元户，现在就是贫困户，钱存在银行就死了，就贬值了，钱就像那水，越流越活，越流越多，钱也像那雪球，不滚，不会变大，越滚才会越大。

也许是给小舅子安排了工作的缘故，也许是活生生的攒钱追不上房价的例子，范龙飙说服了老婆。老婆像一只被狐狸赞美的乌鸦，松开了紧叼着的嘴，把看了十年的钱，都舍了出来，不但掏空了二十万家底，还从娘家借了十万。

范龙飙就是用这些钱，分批填充到老裴的钼铁里，把老裴哄得个欢天喜地。

一个月，两个月，三个月，三批钼铁顺顺利利拉入老裴的厂子，这批高质量的钼铁，让老裴大赚了一把。老裴认定了范龙飙，称范老弟与他是刎颈之交。每一次拉钼铁时，见范龙飙，裴总的脸笑得比太阳还灿烂，辞别时，比亲爹还亲。

范龙飙却只是反复交代一句话，照顾好我的小舅子。

事情是第四个月突然发生的变化，范龙飙给裴总打电话，钼铁更紧俏了，这个月多拉十吨吧。裴总想都没想，给范龙飙的银行卡汇进了七百二十万。

然而，裴总万万没有想到，这一次是肉包子打狗，钱和范龙飙一起从人间蒸发了。

## 下　篇

转眼间，五年过去了，警察腿都跑细了，没查到一丁点儿眉目。渐渐地，范龙飙一案从人们的热议中消退了。因为不是命案，诈骗案中，这也是小巫，警察不再穷追不舍。

茫茫人海中，范龙飙成了一个盲点。

老裴一生的财富被范龙飙席卷而去，不可避免地破产了。貂蝉呢，被天天讨债的老裴逼疯了，狗一样从垃圾箱里叼食物。小舅子的腿被老裴打折了，跛着脚，沿街乞讨，后悔了一无所长。爹妈被逼得跑到乡下，寻了个没人住的破房子，苦熬着余生。还不到十岁的儿子，跟随着爷奶到了乡下，读四面漏风的住宿制小学。

老裴发了狠，干脆搬进了范家，死等着范龙飙回来。

蒸发不过是表象，物质是不灭的，范龙飙这个大活人，哪能空气一样消失在空气里，只不过熟悉他的那些双眼睛，瞅不见他了。谁也不曾想到，五年前，与范龙飙一起蒸发的，还有化名叫西施的歌女，因为西施是外来妹，浮萍一样掠过这座辽西走廊里的城市，又浮萍一样地走了，没人注意过她。

老裴做梦也不会想到，范龙飙是和仅有一面之交的歌女私奔，老裴常泡歌厅，摸过的小姐比摸过的钞票还多，耳朵里歌女们的娇媚别称，早就百花盛开、万紫千红了，根本记不住谁还叫过西施。

范龙飙和西施逃到了遥远的深圳，在那里，他做了整容手术，变得比范蠡还酷，自己都不认识了，面对镜子，完全是另一个人，一个崭新的人，一个没有过去的人。

房子是拿着西施身份证买下来的，上面是她真实的姓名。房子是高层中的最高层，三十六楼，客厅里宽阔得能打羽毛球，坐在阳台上，俯视半座城市。楼顶上还搭配一个空中花园，那是留给他怡情养性的地方。

范龙飙知道西施闲不住，买下一个门市，开了一家美容院，实现了她朝思暮想的愿望。剩下的四百万，他藏在了从别人手里兑换下来的空卡里，输入了个只有他自己知道的密码。他不找工作，也不去奔波，更不和老家联络，成了十足的宅男，顶多出去买点儿菜，买点儿生活必需品。

可是，每一次出门，他都心慌，觉得身后背着无数双眼睛，眼光芒刺般扎入他的后背。所以，他总是忙三火四地往回赶，急切地返回高入云端的家。电梯里，他还要在中间上下好几回，最后确定安然无恙了，才回到家里。

直到关上了防盗门，安全感才回到他身上，仰在沙发上歇息片刻，冲个热水澡，穿上舒适的睡衣，他才悠闲地坐在阳台上。望着楼下甲壳虫一般的轿车，他觉得这辈子，总算脱离了尘世的羁绊，有了一种生活在天上的感觉。

他逍遥得如同神仙了。

日子长了，恐惧感剥茧抽丝般慢慢地消退了，尤其站在镜子前，他恢复了自信，手术做得天衣无缝，他自己都不认识自己了，别人怎能识破，又不是身负命案，多余害怕，这么一想，他释然了，也敢走出了家门。

唯一麻烦的是，改头换面后，他失去了身份，出门旅行，社会交往，都被身份捆住了，不敢越雷池一步。他从电视上看过，DNA 很厉害的，让警察抓住，一测就出来，保护自己最好的办法，就是深藏不露。除了必须面对的人，他几乎不与人交往。

每一天，他除了等着西施回家，还是等西施回家，无所事事得让自己度日如年。

开始那两年，西施和他厮守得还很腻，她也怕警察找到她，虽然坏事不是她干的，一旦警察找到了她，属于她的那几百万的钱，也会成为肥皂泡。所以，她总是小心翼翼地陪着他守在屋里。

随着她的美容院越搞越活，越做越大，成了城市里贵妇们减去年龄的竞技场，她再也没法深居简出了。

喜欢出人头地的西施，成了这条商业街上的名人，光光鲜鲜地活在人群里，她不需要用假名遮掩身份了，还光明正大地把爹妈接过来，让爹妈一块儿感受她的成功。

五年前的时候，范龙飙把有钱的生活想象得和天堂一样好。可真的有了钱，却始终摆脱不掉提心吊胆，梦里都怕警察找上门来，剥夺去他的幸福。有时，街上警笛一响，他就哆嗦成一团，直到警笛遥远地消失了，他才把快要跳出来的心按回去。

只有到了晚上，很充实地搂着西施，他才感到生活的真实，感觉到有钱真好，钱真他妈的是万能的，让所有的膝盖都软下去，有了钱，女人会变得棉花一样软，会把你哄得更像男人。更何况西施这样的女人，经历过许多男人，总有手段让他在床上舒畅淋漓，心荡神驰。每逢这时，他就觉得，对老裴的瞒天过海，是他一生中最精彩的一笔。

五年过后，钱不再是生活的主题，西施在美容院，时时笑逐颜开迎来送往，天天应酬交际甜言蜜语，生意日进斗金，客源广达四方。两个人最初的卿卿我我，也被时光磨得平平淡淡了，热情也慢慢地耗尽，甚至同床时，也像例行公事般了无兴趣。

范龙飙忽然觉得，有了钱的自己，其实活得并没有多大的意思，许多人伦之乐，他没有，也不敢尝试，成了活在乌龟壳里的人，那座豪华的大房子，就是他的壳，离开了这个壳，他随时觉得会被人吃掉。

美容术再高超，改变的只是范龙飙的脸，却改变不了他的心，也改变不了他卑贱的出身，尤其是他缩在房子里不出来，这个世界对于他来说，越来越窄了。与此相反，西施宽阔的生活领域，让她知道了大千世界越来越精彩，人活着的滋味儿越来越丰富，引领社会潮流的男人们，越来越摄人心魄。

她现在才真正品味到了，什么是男人，懂得性不过是男人的本性，无论在哪个领域，能征服世界，才算是个男人。范龙飙是什么，她不知道了，别看两个人天天生活在一起，仔细一想，她真的不知道他是谁。只不过有那四百万吊着她，她必须用夫妻的称谓天天哄。

这一点，范龙飙敏锐地感觉了出来，试图阻止西施出门过夜生活，西施顺嘴说出了，你是谁呀，敢管我？虽然说完了她捂住了嘴，忙过来哄他，说是不能把客人都得罪了啊。可覆水难收啊，心里的话，不自觉地溜了出来，那就是西施的内心所想，没有那四百万，早就把他蹬开了。他闭上眼睛，忍了下来，西施是真实存在的人，他是虚拟存在的人，真真假假才能生活，他离不开她，只能让着她，任她成为交际花。

西施走了，范龙飙还在想，不怨人家问你，你是谁呀，你管得着人家吗？要么你就把她杀了，灭了口，没人知道你的秘密了，要么你就听人家的，留下个能保护自己的外衣。

夜深人静了，范龙飙坐在镜前发呆，看着对面的自己，他觉得那样陌生，陌生得完全是另一个人。他不断地问，我是谁呀，我在这里干啥，你的爹妈，你的妻儿可好。镜子里那个人也像不认识他，满脸茫然，重复着和他一样的话。

范龙飙彻底地找不到自己了。

他很失落，把牙膏涂满了镜子，既然找不到自己了，那就不找了，他索性把自己摔在床上，望着房顶，胡思乱想。

不由自主地，他的眼前总是浮现出陪着西施去见她爹她妈时的情景。这是他最难受的事情，谁不想孝敬自己爹妈，可他却不能，更不敢。消失了的人，想重生，想得到亲情，就是飞蛾扑火。

每一次见西施的爹妈，那种失落感就越来越浓地侵略着他的心，他的心被掏空了。谁都不是从石头里蹦出来的，他想家了，想自己的爹妈，想自己的孩子，也想那个搂着没有一点儿意思的老婆，哪怕回家天天吵架，天天挨骂，也是温暖，因为他们吵的是真话，闹的是真情，骂的是关心。现在呢，虽然和西施相敬如宾，他却觉得，他和这个世界隔着一层虚伪的膜，他和他居住的楼房一样，被人们束之高阁了。

他有一种被人类弃之于荒岛的感觉。

可是，西施却不是这样，贵妇们围着她团团转，场面上的男人需要她给装饰脸面。她天天都在忙碌，天天都在品味成功的喜悦。还有，城市里有她的黑龙江同乡会，来旅游的家乡人常来拜访，恭维她的话，比诗歌还美。

她体会不到范龙飙内心的孤独。

有一次，西施要到北京拜访美容名家，范龙飙坚持要陪她去。西施很犯愁，乘飞机，两个小时就够了，当天就能返回。范龙飙没有合法的身份证，只能坐火车，折腾个一昼夜，才能抵达。她高贵得承受不了旅途的劳顿了，不想坐火车。范龙飙坚持得很坚决，大有不让他去就豁出命的架势。五年了，快在家里憋出病来了，也该出门散散心了，西施只好妥协，买了两张软卧。

其实，范龙飙不惜奔波几千里，只想了却小小的心愿，给家里打个电话，了解一番家里的状况。他知道，警察的鼻子比狗都灵，在深圳打电话，万一招来警察，那就前功尽弃了。北京两千万人口呢，茫茫人海，万一有问题，就像往太平洋里丢一粒沙子，却立刻跳到大西洋里藏身。警察再有本事，也不会想到，在北京显形的人，其实在深圳。

刚出北京西站，范龙飙吓了一大跳，警察拦下几个人，索要出身份证，往笔记本电脑里一插，什么都清楚了。好在，警察真的像狗一样势利眼，专找农民工装束的人去查，他就躲过了这一劫。

西施也感觉到范龙飙的手在抖，抱着他的胳膊，小鸟依人般滑过警察的身边，钻入出租车，奔向一家五星级宾馆。宾馆的房间，有人帮她预订，拿西施的身份证登记就足够了。

直到西施出去办事，范龙飙的心绪才平稳下来。他不敢走出房间一步，望着床头的电话，总有一种拨电话的欲望。可他忍住了，宾馆到处是监控，一旦家里的电话被监听，人家顺藤摸瓜追上来，就会把他揪出来，整容也没用，他无法改变 DNA。

晚上出来散步，范龙飙总算抓到机会了，在最狭窄的一家小胡同里，他看到一家杂货店的门口有两部公用电话，上面写着长途每分钟三毛钱。他不是想省钱，而是仔细观察到了周围几百米都没有监控，更没有警察，甚至没有多少行人。所以，他放心地奔向了电话，拨通了家里的号码。他要向自己的爹妈道歉，要把钱送到他们手中，弥补自己的不孝，让他们别再过苦日子。

电话通了，他仅仅“喂喂”两声，电话里便传出一声冷笑，随后就是老裴的声音。老裴说，你不说话，我也知道是谁，范龙飙，我告诉你，你儿子车祸死了，你老婆疯了，你爹妈把房子给了我，沿街要饭呢，你是坑了我，也坑了他们。

范龙飙拿着听筒木木地站着。

西施吓了一大跳，一不留神，范龙飙会撇下她，转到了电话机旁。她再也不是贤淑的美女了，劈手按下电话，扔给店主十块钱。扯着他的衣襟，急急地走出胡同，拦下一辆出租车，奔向一个火车票代售点，买了两张返程票，回到宾馆，也不准备办明天的事了，退了房，一刻不停地奔向车站。惊恐之余的范龙飙，还在琢磨，家里的电话，怎么会让老裴接呢？难道老裴霸占了他的家？他真想多说几句，弄个明白。

边走，西施边不断地埋怨范龙飙，你必须和过去彻底割裂，变成另一个人，不能和过去有任何牵连，我真没想到，你大老远地跑到北京，不是为了散心，就想打一个电话？你太蠢了，会给咱俩带来灭顶之灾，要记住，这个世界，你只属于我。

范龙飙愤怒了，本来是他给西施带来的幸福，反倒被她关进了心灵的监狱。他咬牙切齿地说，我不是你的宠物狗，也不是圈里养的猪，狗还有拉屙的自由呢。

西施凶巴巴地说，拿到了老裴的钱，你就不是你了，想当回自己，除非蹲大狱。

范龙飙怔怔地盯着西施的脸，心里骂，狗屁西施，稀屎一个，臭不可闻。

返回到深圳的家，范龙飙大病了一场，病得连眼睛都不想睁，半梦半醒中，他又回到了从前的生活，很累，也很有滋味儿。等到病好时，他再也感觉不出，宫殿一般的家，就是自己的家了，居住的高楼也不是天堂，却像是囚着他的地狱。他想爹妈，想妻儿，想得心里涨满了潮水。

一个月之后，范龙飙做出了个他自己都不相信的决定。返回老家，找到爹妈和妻儿，即使蹲了大牢，他也要拉上垫背的，案子是自己犯下的，和爹妈没关系，和爹妈的房子更没关系，老裴没有资格把他们撵出家门。

# 反讽、诗意以及时间形式

## ——周建新小说的解读立场

张贺楠

任何一部小说都是作家与现实世界建立某种关联的尝试与努力。现实世界之于约瑟夫·康拉德，是一片未被开垦的非洲丛林；之于博尔赫斯，是一个布满智慧迷宫的小径分岔的花园；之于卡夫卡，又是一座巨大的被虚化的城堡。在这些复杂深奥的精神空间中一个个簇新的世界渐次露出面孔，人类通过阅读小说发现生存真相与觉知自我，体验惊奇与迷狂，或沉浸或质疑，或欣喜或恐惧，唏嘘不已而又爱不释手，这便是伟大小说的艺术魅力，也必然是每一位作家出发时的终极目的地。身处晦暗不明的现实世界，聆听来自精神渊潭的召唤，使自己对强大的日常生活保持警觉，周建新对世界的理解和表达是多向度而富有立体感的：艺术空间既有地域往事的追忆也有对现实生活的迫近，小说语言或凄艳哀婉或简洁干练，叙事策略善于以个体人物的人生经历传递出对历史、对现实的主体性解读，整体来看，他的小说鲜有对某一独特题材的冲锋枪似的集中扫射，在城镇生活、官场生活、地域文化风情等多种题材上用力均衡，作家往往通过捕捉每一个鲜活生命那些幽微奇妙的心灵悸动，表达现实生活中人类精神世界的焦躁与忧悒，在我看来，周建新正在进行一次充满刺激的体验，在他的小说中，作家抱定一种拒绝与现实同流合污、世俗谄媚的姿态，甚至不屑于与现实生活平行共存。为了寻找人类灵魂的归宿他选择了一段并不轻松的旅程：既要保持小说智性思考的艺术品质，又要让小说焕发诗情涌动的艺术魅力，我认为这种坚持既是作家建构自己艺术世界的立场和出发点，也是打开作家艺术世界的神秘钥匙。

## 一、人生错位的智性反讽

伟大的巴尔扎克常常谈起一些杰出的科学著作对自己文学创作的启发，在他的艺术世界中，文学的真实性具有了某种社会科学、历史科学的意义，宏大的文学想象既来源于19世纪的法国社会，又可以在众多小说人物的出场及行动轨迹中得以实现，从这个角度上看，巴尔扎克拥有一种有效侵入现实而又可以在现实的云端之上表达现实的神力，“19世纪法国社会的一面镜子”毫无疑问是对作家这种能力的肯定和褒赞。新世纪以来，生活的空间在世界与中国、在城市与乡村的双重视野中不断拉伸与延展，生活的体验在中产阶级、市民阶层、底层等群体中表现得日益复杂和含混，对于现实主义小说家，警惕现实生活巨大的胁迫引力，走出黏滞于具体现实的窠臼，发挥作家主体的建构能量，力求不被生活旋涡吸纳，用超越现实的艺术灵性塑造作家体验的独特世界，一直都是必要的。在《我是谁》《翅膀上的二弟》《第八天》《月亮也是亮》《螃蟹》《天中的蝌蚪》《乡村立交桥》《水门事件》这些具有现实主义特征的小说中，作家从破碎的、零散的日常世俗生活现象中挖掘出具有象征意义的生活片段，借以潜入人性的隐秘地带，展现生活表象之下的生命真实，显然已经有效地跨越了具象真实的栏杆，躲避了那种宣泄快感、冲动写作的陷阱。在转喻式的文化思维掣动下，作家运用理智性的反讽将小说的叙述锻造成一种对现实的深刻隐喻，其反讽的对象是种种错位的人生境遇以及在这种无序的错位中心灵世界的失衡与陷落。

这种错位主要体现在小说人物自我认知的错位上，以《我是谁》为代表。《我是谁》的意蕴在标题中已有显示：自我意识苏醒的标志就是对于自我的拷问，主人公要知来路，临深渊，追求一种身份的优越置换，以获得某种幻想的幸福实现。“我是谁”既是诱发故事的导火线，也是设定人物走向的启动器。小说中看门守卫范龙飙的生活充斥着世俗生活的一切情节：社会地位卑微、事业无成、家庭失爱以及缺少遭遇诱惑的自制力，一次偶然的艳遇使他有了逃离眼前生活的冲动，诈骗计划在酝酿中步步紧逼，他终于带着老裴的全部家当和情人远走高飞。对物质的占有带来了满足感、成就感，但是莫名的恐惧感、虚空感也随之即来，“范龙飙忽然觉得，有了钱的自己，其实活得并没有多大的意思，许多人伦之乐，他没有，也不敢尝试，成了活在乌龟壳里的人，那座豪华的大房子，就是他的壳，离开了这个壳，他随时觉得会被人吃掉”，“范龙飙彻底地找不到自己了”。良心的诘难和道德的煎熬催促着主人公踏上回家的旅途，“他想爹妈，想妻儿，想得心里涨满了潮水”。美国当代作家詹姆斯·莱德菲尔德在小说《塞莱斯廷预言》中说道：“人们对物质生活的关切已演变成一种偏执。我们沉湎于构造一种世俗的、物质的安全感，来代替已经失去的精神上的安全感。我们为什么活着，我们的精神上的实际状况如何，这类问题慢慢地被搁置起来，最终完全被消解掉。”《我是谁》正是以小说人物主体精神漂流的跌宕起伏诉说了现代人没有信仰的悬空状态，范龙飙在与自己深刻的对话中达成了对自我的谅解和救赎，这样的自我认证是追求心灵坦途的唯一路径，即使它需要以牢狱生活作为代价。在这些生命的原生态图景中，作家处理这一类型人物的错位时是保守的，他没有把人物的失衡状态极端推进，在讽喻现实对现代人的无情改造时，他仍旧为人物留有余地，他对小说中的人物是宽容的，小说的结局往往是忏悔者的幡然醒悟；他对小说的虚构是有根的，小说中体现的道德因素不是宏大的宣扬叫喊和空虚的生活表层，它浸透在小人物的生活气息中，并最终为自我的重新发现和心灵的归位做出贡献。

另一种错位体现在自我镜像与此在世界的对立和鏖战中。在小说《第八天》中，作家将人物安放到存在状态的极端领地，从喧闹可控的现实世界到孤立无援的地底矿洞，吴印光与狼狗度过了七天，这七天各种活生生的欲望被一一剥离剔除，财富、家庭、情人都在与肉身的保存与延续对抗中败下阵来，生命的形而下的生理特征彻底倾覆了吴印光对世界的认识，活着是探讨存在的一切前提，在小说的最后，残缺的清醒渐渐被幻觉取代，吴印光看到了自己的葬礼和一块孤零零的墓碑。根据加缪的解读，荒诞应该是一种被流放在孤岛的感觉，这种感觉恰恰是由于个体人物在机械的千篇一律生活中行动起来后生发的，吴印光是被动的，不情愿的，显示出绝境之中生命的懦弱与单薄。小说人物的自我认知错位揭示了人类存在的荒诞感，这种荒诞感不是随意拼贴的观念集合亦不是孤独的自我玩味和孤芳自赏，作家把这种荒诞感设定在人物对世界的发问与质询中，放在自我预设与社会评价的多次较量中，他把这一类型的人物处理成一种生活的局外人，他们的存在或者消失都不会引起这个世界的注目，充满悖谬的是亚龙湾不会是最干净的天堂，矿坑却是一个实在的最后归宿，小说的人物将永远处于错位之中，不被释放，这便是作家对这个光怪陆离、活色生香的现实世界最本质的批判。

## 二、生活碎片的诗意追慕

阿恩海姆认为："实际上，正是在处理那些最普通的对象和最为老生常谈的故事时，艺术想象力才能最为明显地表现出来。"在这里，他提出了一个严峻的问题：作家如何在牢不可破的现实中为想象开辟一道小径，并通过飞腾的想象力使作品的艺术润泽度、质感呈现出来。在周建新的小说中，我发现起到巨大支撑作用的正是一种诗意，作家笔下的诗意既是他想象力飞升的土壤，又是营造艺术空间的称手器物，他有意识地摒弃绚烂的文学技巧、狂乱的话语句法以及喋喋不休的絮语堆砌，唯一忠诚不变的就是对日常生活剖面的诗意保持一种持续的倾心，即使在那些充满警策、急切怀疑的现实主义作品中，这种诗意也不曾消退。在我看来，周建新的诗意有着人间烟火味道的格调，它不矫情也不放纵，是有情感依托和人性底线的，诗意的存在沟通了个人与自我、他人以及世界，它把人心安抚，把生命丈量，是在世界如此不可靠的当下所做的最虔诚的祷告。

在小说《阳关三叠》中，读者会惊奇地领略到作家开辟的另一处世界，它缓慢从容，低回浓烈，处处布满胶着的情感碰撞，小说整体氛围是充满诗情的，这种诗情它不芳香诱人，也不明丽饱满，正如贯穿整部作品、令人柔肠寸断的《阳关三叠》，它凄凉，愁苦，伤感，饱含离别之痛和生活的无奈，在周和的每次揉弦中读者的心房也会随之颤抖。在小说中，作家把这一段妙音设置成小说人物的身份、境遇以及人生选择的跟踪器，周和与刘氏因经历过世事沧桑在曲中听出了心酸的生活和孤独的自己，两个不完整的生命因为这一段曲子穿过阶层、伦理的世俗障碍心心相依，然而这首二胡的曲目注定是一首离别之歌，一首哀怨之歌，刘氏在为《阳关三叠》配好了词后，“踩着周和手中的冥冥之弦，在哀怨的声音中走进了另一个世界”。作家并不避讳让读者一下子抓住小说的意图，毫无疑问，《阳关三叠》每次的出场总是很妥帖适合，它不是重复使用的叙事道具，也不是技艺穷尽后的狡猾伎俩，相反，作家具备把这一意象处理成有生命底色并满溢情感的诗意存在，正如博尔赫斯在《诗艺》中写的：“要把岁月的侮辱改造成一曲音乐、一声细语和一个象征。”整篇小说的诗意是聚集而又缜密的，想随意摘取些片段来阐释作家的抒情笔力显然是徒劳的，情景与人物的情感，铺垫与情节的突变，步步紧随，环环相扣，每一处诗意都潜伏着心机，每一处绝境又总有诗意的注入，作家把小说写成了真正的诗篇，对于这一点，作家的确胜券在握。

## 三、小说文本的时间形式

圣·奥古斯丁在《忏悔录》中写道:“时间是什么呢?如果别人没问我这个问题的时候，我是知道答案的。不过如果有人问我时间是什么的话，这时我就不知道了。”每一位作家面对这个问题恐怕都是失语的，因为时间的流逝既难以捉摸又充满太多不确定性，但作家又是智慧的，他们总会找到基于直觉的体验升华为形而上的时间形式。普鲁斯特、乔伊斯与伍尔夫用意识的流动表达世界是一条永不消歇持续奔腾的精神之河，马原、北村与扎西达娃又通过打破时间与空间的界限，把线性时间的瞬间性、永恒性折叠成一种时空含混的多义所在。在周建新的小说中，对于时间的介入是以一种追忆的形式完成的，《阿门，1900 年》中写道：“这座温暖的小屋是我爷爷称为爷爷的家，我们家族中喜欢点儿文墨的人，围坐在老人家身边，听他讲古。”追忆是对现有时间的拒绝，本质是对时间流逝的恐惧，听老人讲古就像是时光隧道，有着逆时空的功能，它把读者直接传送到已消逝的另一处。这篇小说的构思逻辑中隐含着一种对历史文化时间的虚化，八国联军、义和团和清王朝，传教士卜右林、落魄书生圣手子婴和西学归来的瑞恩，中国近代史上的一个重要转捩点以及众多人物的登台与退场，在小说中只是构成孩童眼中充满饥饿的世界的零部件。作者借助这一沉淀的时间节点表达对民族历史生存的思考，把宏大的时间降临在民间，将流逝的外部时间凝结在具体的生存体验中，道出了人类的生命是时间的最基本形式，相对于湍急的、粗暴的外部时间流逝，追忆的心理时间的叙写很好地完成了作家主观性时间理解的建造与验证。

在小说《第八天》中，作家对时间的表达异常清晰，对时间的理解直接转化成强劲的叙事结构。博尔赫斯说："我想到了一个观念——这个想法就是，虽然人的生命是由几千个时刻与日子组成的，这许多的时刻与日子也许都可以缩减为一天的时光：这就是在我们了解自我的时候，在我们面对自我的时候。"小说把叙事时间框定在七天之内，面对自我的时间被拉伸和延长了，这是一种独特的时间表达形式，它既是以对人类生理极限的常识性认知为先天条件，又在与这种预期的巨大反差中获得了叙事的张力：吴印光在第七天被自己扼杀在矿坑里，时间的残酷性昭然若揭。

在小说《斑海豹》和《蓝海胆》中，作家对时间的表述聚焦在物化形态上，倘若时间可以赋形，那么时间便是一部关于人类生存活动的活历史，从农业文明到现代文明，从民间古老的信仰到科技生活的发达，小说以渔民的生活为叙事中心，揭示了农业文明规范的自在生命如何迷失毁灭在工业文明基础上的现代社会的凶险迷津中。还有什么比大海更能诉说时间的流转呢？范老桅“是海精灵……比鱼还熟悉大海，潮水在冰下怎么拱，冰排之间在哪里挤压、在哪里分离，用眼睛一搭便知晓一切”。他这一代依靠时间中累积的自然经验可以读懂大海，它的平静、凶狠以及神奇的环城礁隐匿之所都是范老桅知晓的秘密，与大海的凝视与交谈本身就是建立作家时间感觉的一种方式。整部小说是以两种时间观念的重叠与差异展开传奇叙事的：一种是货币哲学的拥护者，他们迅速地切断时间的过去和未来，只关注现在进行时的享乐，现代人生存的时间破坏了所有生命的时间序列，大海变得越来越贫瘠；另一种是对自然万物充满敬畏感的信仰者，他们相信大海是充满神性的，海物都是有灵性的，时间在这里没有被任意切割，它是一种完整的属于自然世界的时间，有季节有温度，它包容一切又即将带走一切。“逝者如斯夫。”在时间的永恒性之下，作家凭借这两种时间形式深刻地传递出现代人生存的扭曲和变异。范天仓进入了“梦乡”，“在梦里，他没有疼痛，没有疲惫，他轻松得能飞起来。他看到海神娘娘从天边飘过来，甩出了长长的袖子，抛到了他的眼前，他抓住袖子，飞上了云端。”范老桅则化身为“一只年轻的雄海豹”，“他决定追随胖妞（斑海豹）远行，永远永远地不再回来”。时间在这里以灵异的方式回归到直觉性感知，人与自然重新恢复到互动平衡的相处状态，人类的精神家园在与现代性时间的交战中得到了修葺和巩固。

图书在版编目（CIP）数据

平安稻谷/周建新著. —大连：大连出版社，2015.11
（“字码头”读库. 辽宁舰）
ISBN 978-7-5505-0961-0

Ⅰ.①平… Ⅱ.①周… Ⅲ.①中篇小说—小说集—中国—当代 ②短篇小说—小说集—中国—当代 Ⅳ.①I247.7

中国版本图书馆CIP数据核字(2015)第193586号

平安稻谷
PING'AN DAOGU

出 版 人：刘明辉
策划编辑：刘明辉　李　岩　张　波
责任编辑：张　波　杨　钟
封面设计：林　洋
版式设计：张　波
封面绘图：孔昭平
责任校对：魁宏达
责任印制：阎　骋

出版发行者：大连出版社
地址：大连市西岗区长白街10号
邮编：116011
电话：0411-83620442　0411-83620941
传真：0411-83610391
网址：http://www.dlmpm.com
E-mail：dlszhangbo@163.com
印 刷 者：大连图腾彩色印刷有限公司
经 销 者：各地新华书店

幅面尺寸：130 mm×195 mm
印　　张：10.625
字　　数：203千字
出版时间：2015年11月第1版
印刷时间：2015年11月第1次印刷
书　　号：ISBN 978-7-5505-0961-0
定　　价：29.00元